32,90
Nacional

Contos de réis

Roberto Saturnino Braga

Contos de réis

EDITORA RECORD
RIO DE JANEIRO • SÃO PAULO
2005

CIP-Brasil. Catalogação-na-fonte
Sindicato Nacional dos Editores de Livros, RJ.

B795c   Braga, Roberto Saturnino, 1931-
         Contos de réis / Roberto Saturnino Braga. – Rio de Janeiro: Record, 2005.

ISBN 85-01-07229-X

1. Rio de Janeiro (RJ) na literatura. 2. Conto brasileiro. I. Título.

05-1060
CDD – 869.93
CDU – 821.134.3(81)-3

Copyright © 2005 by Roberto Saturnino Braga

Projeto de capa: Lola Vaz

Direitos exclusivos desta edição reservados pela
DISTRIBUIDORA RECORD DE SERVIÇOS DE IMPRENSA S.A.
Rua Argentina 171 – Rio de Janeiro, RJ – 20921-380 – Tel.: 2585-2000

Impresso no Brasil

ISBN 85-01-07229-X

PEDIDOS PELO REEMBOLSO POSTAL
Caixa Postal 23.052
Rio de Janeiro, RJ – 20922-970

EDITORA AFILIADA

Sumário

Ainda Sobre o Rio   7
O Engenheiro   11
O Tenente   31
O Médico   45
O Deputado   61
O Arquiteto   75
A Briga   93
A Divorciada   105
A Baiana   125
A Planta   135
A Mãe   149
O Neurastênico   159
Espaço — Tempo   177
Ernesto Nazareth   195
O Poeta   209
A Centelha   223
A Carta   237
No Que Creio; No Que Não Creio   261

Ainda Sobre o Rio

Antes dos contos, quero desenhar a forma do que vou escrever, ou dizer em linhas e letras; falo da forma da escrita mesma, não do conteúdo. O inovar pelo inovar somente não convence, o mais das vezes é embuste. Se não descubro a linha nova fundadora não vou resvalar para o cubismo; prefiro o jeito costumado, mais honesto.

No clássico, há o retilíneo, que rejeito. Não porque não possa ser belo; há formas retilíneas elevadas, próprias de uma nobreza inigualável, que atingem alturas sublimes sem grande dispêndio. Mas é que as formas curvas são sempre muito mais humanas; no ser do homem só o esqueleto é retilíneo. O estofo da vida humana é todo curvo e sinuoso, vai e vem como a sua carne quando é viçosa. Tomo então o lápis e desenho como quero: as curvas da minha cidade e da sua gente, que também é minha. Inesgotável, realmente, mas ninguém escreveu tanto sobre o Rio do século vinte, o meu século, ou ninguém teve tanto empenho em fazê-lo. Não criei epifanias, não manifestei novos jeitos literários, mas fiz. Modestamente, ou aborrecidamente, sei que muitos vão dizer, e até com razão, mas o fato é que fiz. Por gosto da Cidade. Toda obra de arte, e a construção literária muito em particular, tem o gosto da terra de onde brota para buscar o espaço de mundo. Eu conheço o gosto do Rio.

Há sempre histórias novas, que a vida vai criando, ou inventores, contadores vão narrando. São excitantes, como novidades, descritas sempre com maneiras novas, as expressões do momento cultural, especialmente as jornalísticas. Mas as boas histórias, no meu gosto, neste que me move, são as antigas, as que você viu e escutou mais de uma vez, cujo fim você conhece, sabe que acabam assim, como a vida finda em morte. São velhas histórias, às vezes centenárias, repetidas em livros e poemas, em canções do homem e da mulher, desde que receberam o dom do *logos*, da palavra, da razão.

E vou, encho folhas brancas de papel, esboços de um pintor ou arquiteto, vou enchendo e jogando de lado, folha sobre folha, projetos enjeitados, que no dia seguinte às vezes voltam à prancheta com traços mais fortes que me agradam, e então retomo, vou redesenhando as linhas do tempo e da Cidade, do que era aqui, do que era fluindo para o que é, tudo o que é vem do que era, que eu mesmo vi, contemplei e tateei, desde aqueles sentidos delicados do menino. Não se falava ainda do deserto das grandes cidades — o Rio ainda não era, não tinha televisão, tinha rádio, mas só começava.

O sol é o mesmo, e o odor das praias; a cor mudou, era mais verde, cresceu enormemente a crosta cinzenta de pedra, mas o que mudou mais foi o senso das pessoas, que era mais diverso e mais rico de prazeres simples ou ingênuos, de alegrias naturais e afabilidades espontâneas, era assim antes da televisão, que bom, foi assim. E hoje me sinto capaz de desenhar um pouco disso tudo que foi na ponta do lápis macio, um pouco de tudo do Rio simples, o Rio curvo daquele espaço-tempo ingênuo, juvenil, antes do ontem, antes do auge que todos gostam mais de referir, o da bossa nova, antes dele, o Rio que aflorava para o mundo.

E, então, contar. Não mais como quem desenha mas como quem canta uma canção antiga, de sentimentos antigos, até de palavras antigas de todo dia, mil-réis, tostões, contos de réis.

O Engenheiro

O engenheiro é aquele que sabe o preço das coisas; ou o engenheiro é um condutor de homens, faz a engenharia do comando; ou é o que faz cálculos e fabrica engenhos de toda espécie; uma estrada é um engenho, como uma usina; o engenheiro é aquele que constrói e conhece a fórmula engenharia = física + bom senso. No Brasil de mais antigamente, antes dos positivistas, o engenheiro era o que construía fortalezas; nossa primeira escola de engenharia foi uma academia de construção militar. Os candidatos àquela academia deviam possuir "constituição robusta e nenhum defeito de visão ou tremor nas mãos". E até a segunda metade do século dezenove, enquanto existia o escravo, aquele que de fato trabalhava o barro e a natureza, o prestígio do engenheiro civil era muito baixo, confundido com o mestre de risco, seu prestígio social era nenhum, artes mecânicas e construtoras eram vistas como atividades subalternas, estando os patamares elevados da sociedade reservados aos fazendeiros e aos bacharéis letrados.

Melhorou de fato logo no início do século seguinte, depois que se consolidou no Brasil a filosofia de Augusto Comte, que exalçou a ciência ao nível das letras e modernizou o pensamento da elite patrícia. Ora, os homens de ciência eram os engenheiros. Também de alguma forma os militares, que aprendiam matemática, alguma coisa de física, e eram positivistas. E os médicos, é verdade, que tinham também a sua ciência, mas que não passava pela matemática, pela astronomia, pela mecânica racional, só um pouco pela química. Resultava que o cientista de verdade era principalmente o engenheiro, que era homem, e fazia estradas, pontes, portos, barragens, canais, edifícios, usinas elétricas; quem fazia mapas era o topógrafo, quem media terras era o agrimensor; havia o engenheiro-agrônomo, que cuidava de algumas fazendas herdadas; e havia mulheres arquitetas, geralmente cuidando de interiores; ninguém fazia máquinas, locomotivas, navios, tratores, automóveis, nem pensava em aviões. O engenheiro tinha de ser homem porque precisava dormir em barracas dentro da mata, subir e descer montanhas a pé, urinar e obrar no tempo, precisava principalmente, como os fazendeiros, mandar em outros homens rudes que não tinham respeito por mulher.

Eu conheci vários desses velhos engenheiros; eram homens fortes, quiçá brutos, mesmo os franzinos, um que outro; homens que andavam léguas e comiam o que havia, homens que enfrentavam a maleita, curavam febres com chá de plantas, arrancavam um dente infectado amarrando uma ponta de arame no dente e a outra numa pedra de dez quilos que era arremessada ao solo, às vezes ia junto um pedaço de osso do maxilar, eu vi; era assim, comiam índias ou caboclas se não tivesse outra mulher por perto, às vezes até preferiam. Os engenheiros.

Eu conheci vários. Conheci já velhinho, mas ainda duro, um que foi famoso pelas suas obras portuárias em quase todo o País, ao correr dos anos dez, vinte e trinta do século passado, época primeira em que o Brasil começou a confiar nos seus engenheiros, logo depois que um deles elegantemente rasgou a capital do País de avenidas ao estilo de uma Paris tropical.

Homem de muita viagem longa e ensolarada pela costa enorme do País, este de que falo, tinha ainda os olhos faiscantes da têmpera rija de toda a sua vida, quando o conheci, homem de labor e disciplina durante quarenta anos duros sem remanso. Um vitorioso, para a sociedade e para si mesmo: tinha uma origem relativamente modesta, filho de um alfaiate e de mãe de pele bem morena que ajudava o marido nas costuras, e se fizera respeitado pelo esforço, desde os estudos, no Pedro II e na Politécnica, e depois na diligência, no cumprimento dos acertos, na precisão profissional, e principalmente na capacidade de mando. Casara-se numa das grandes famílias do Rio, gente de posses, de terras e prestígios. A moça não era de todo bela mas era moça, trazia o frescor da pele alva e um calor irradiante nos olhos grandes, pretos, luzidios. Trazia sobretudo uma vivacidade insaciável, uma inteligência de grande rapidez que a fazia uma leitora sequiosa e uma argumentadora incansável, que desejara ter estudado, ter sido uma escritora, ou uma doutora, médica, ou até uma enfermeira, de inigualável dedicação aos pacientes. Aquele ardor de alma febricitante era a grande preocupação dos pais, pelo que tinha de extraordinário, tão incomum que beirava a anormalidade. Era a mulher do Engenheiro.

Casaram-se em núpcias comentadíssimas em toda a cidade do Rio, pelo auspicioso daquela união tão brilhante e promissora. Era o momento em que o Brasil já ia firme na urbanização e as coisas importantes já aconteciam nas cidades, embora as raízes das pessoas comandantes ainda estivessem no campo. Era o tempo em que o Brasil inteiro, orgulhoso, pagava a cara remodelação da sua capital feita por um engenheiro de traços finos, vontade decidida, que havia trabalhado e aprendido com o grande Haussmann na reforma de Paris. Era o princípio do novo século que apontava para a solução de todos os problemas da humanidade pela via da ciência. Era o ano de 1908 e o engenheiro de que falo era um positivista convicto.

Teve dois filhos o casal nos três primeiros anos do matrimônio, e logo começaram as viagens do Engenheiro. Eram trabalhos longos, com duração de dois, às vezes três anos, e a Esposa naturalmente o acompanhava. Recife, depois Salvador, depois seria Cabedelo, com intervalos de seis meses ou um ano no Rio, aquela vida nômade, com as crianças pequenas, bem recebidos, naturalmente, ele um engenheiro vindo da capital, sempre bem hospedados, amplamente, mas em sociedades que não eram como a do Rio, nos costumes, no jeito, no falar, embora fosse gente até muito culta, que conhecia os livros e tinha conversa sobre as novidades da Europa. Mas a Esposa era uma mulher descondizente, uma personalidade forte e singular que já no Rio era insurgente às convenções, e só a convivência na família a moderava, o lastro da dignidade dos pais, a sabedoria de uma irmã mais velha e sofrida, o conforto dos outros irmãos e primos dedicados, o abraço enfim do grande clã que no dia-a-dia a circundava e protegia.

Em Salvador, um incidente: a Esposa ficou grávida e repudiou a idéia de uma nova e penosa gestação. A conselho de uma velha curandeira, tomou uma dose decuplicada de aguardente alemã, poderoso laxante capaz de induzir um aborto. Sem o conhecimento do marido, que não teria permitido. Abortou, mas passou muito mal, exangue e prostrada, meio inconsciente por alguns dias, anêmica depois por alguns meses. O Engenheiro, ciente, esteve por muito tempo entre a ira funda da reprovação e o dever conjugal da proteção e do carinho à esposa enferma. Foram tempos de grande tensão interior para ele, quase insuportável, como insuportável vinha sendo desde muito a vida com aquela mulher insensata e por demais destemperada. Ao fim, depois de tanto, predominou a ira, disse-lhe coisas pesadas que nunca poderiam mais ser esquecidas na relação entre os dois. Inquiriu a empregada com severidade e soube quem era a curandeira; pediu audiência ao chefe de polícia e exigiu que fosse presa a aborteira. Deu ordens expressas, comando, à criadagem, para que não deixassem mais sair de casa a esposa insana.

A obra estava em fase bem adiantada, mas ainda a uns cinco meses do término, era insustentável sua permanência ali como estava. Disse ao engenheiro-chefe que não deixaria mal a empreitada, que ficaria até o fim do afundamento do último bloco de concreto, mais um mês, depois iria ao Rio, deixaria lá a esposa doente e voltaria para a conclusão da nova extensão do cais. Foi compreendido, foi correto. Gastou dezenove dias no total de ida e volta de navio, mais o pequeno prazo no Rio, de explicação à família do sucedido e das razões de ter que deixá-la entre eles. Foi também por eles bem compreendido; a Esposa era de todos conhecida nas estranhezas do seu comportamento, cheia de opiniões desde menina.

Desde menina e moça era observada, lembrando aos mais velhos, no muito reservado, a tia solteirona irmã da mãe, louca, que tivera de ser recolhida. Esperava-se que o casamento afastasse do mesmo fim aquele novo caso da família.

O casamento, entretanto, em poucos anos se dissipou em aparências apenas necessárias à manutenção do bom nome. A Esposa geria a casa e educava os filhos; a casa, na rua Sorocaba, era a que haviam ganho do pai dela como dote vinculado ao casamento. Os filhos cresciam pajeados por uma babá; o mais velho era um menino que se aproximava da idade de ir ao colégio, e o pai queria que fosse o Aldridge, de formação no rigor britânico. E a menina, aí estava uma polêmica acesa, entre tantas, a Esposa queria que a filha estudasse como o menino, que fosse ela também ao colégio, o que era de bem, havia os colégios de freiras, mas que não parasse ao fim do curso primário, como fazia a maioria das meninas para em seguida aprender as prendas do lar e aguardar o casamento. Nesse paradigma comum pensava o Engenheiro, enquanto a Esposa queria que a filha fizesse o curso complementar em busca de um estudo superior como o irmão, para ter ela também o seu mundo profissional como oportunidade aberta, ao seu alvitre, escolhendo o seu destino. Coisa absolutamente incomum para dizer o menos; coisa absurda no ver mais sensato do Engenheiro. E ademais era um confronto completamente extemporâneo, a menina estava ainda a um ano de matricular-se na primeira série, mas era coisa repetida e discutida, porque muito importante para a Esposa, era uma nuvem densa de tempestade que pairava, firme, inamovível, obsessivamente para ela, lá no horizonte.

O confronto, na verdade, era permanente e de muitos outros assuntos, era de todos os dias em que ele estava no Rio, e por isso mesmo, e por outras razões derivadas de seu crescente sucesso profissional, o Engenheiro parava pouco no Rio, muito maior era o tempo em que estava viajando a trabalho, seu nome crescendo e fazendo crescer a força da sua personalidade, a solidez das suas certezas, que eram as da razão, certezas da ciência.

Crescia nele a força da razão enquanto crescia nela, no mesmo passo, ou mais intenso, a força da libido, que não tinha então este nome, mas era conceituada como paixão descomedida, fantasia visionária, delírio, coisas de tal categoria, uma dedicação quase total à música e ao canto, com aulas diárias também de piano, até se convencer, após dois anos, que, embora tivesse

talento musical, sua voz não tinha qualidade que valesse tal dedicação. Resolveu que seria uma escritora como as havia na Europa, afinal tinha cultura e inteligência, tinha força de inteligência, e uma enorme força de inspiração, um abrasamento interior. Tanto se empenhou que ficava pelas noites a escrever e perdia o sono. E foi perdendo o apetite, e se foi debilitando com grande preocupação da mãe, que combatia sem resultados aquela nova mania, e acabou chamando um médico.
O médico. O médico e sua relação com a mulher. Sua relação benfazeja com a mulher, necessariamente de alguma intimidade, e carinhosa ainda que no limite adequado, mas necessariamente carinhosa. O médico era homem, não havia médicas mulheres. Talvez porque fosse uma profissão que enfrentava a crueza da morte e dos traumatismos sangrentos, fortes em demasia para os sentimentos delicados da mulher. Mas havia as enfermeiras. Bem, eram pessoas mais rudes, de extração social mais baixa. Ou talvez porque a ciência do médico implicasse um conhecimento do corpo humano em toda a sua intimidade. Inadequado para a mulher. Também porque o médico devia sair todo dia ao trabalho, num contato humano de intensidade que não era apropriada à mulher, naturalmente caseira e recatada. Enfim, o médico era homem, em geral mais velho, encanecido e bondoso, mas podia ser não tão velho, ter quarenta e dois anos e um hálito ainda bastante varonil na voz com que indagava e aconselhava. E podia ter nas mãos um nervo masculino que a mulher sentia quando era tocada nos braços para uma tomada de pulso, ou para uma fixação do tronco na auscultação, ou tocada no ventre para um exame mesmo sobre o tecido do vestido. O médico e sua relação com a mulher, que podia ser bastante complexa, e chegar até ao incandescente, no caso de maridos que se ausentavam por anos. Assim.

A paixão tomou conta do corpo e da alma da Esposa, tomou-lhe o sangue que latejava à noite, quando ela se recolhia à cama sem poder dormir, apesar do láudano que o médico lhe receitava. E quanto mais crescia o anseio de vê-lo, senti-lo próximo e vibrar com o calor que ele irradiava, trazer para dentro de si a imagem daquela barba aparada e bem preta que de noite imaginava roçando de leve o seu rosto, quanto mais se deixava arrebatar, mais doente ficava, dores fortes de cabeça, paralisia nas pernas, um enjôo constante, palpitações, necessidade de chamá-lo a cada quinze dias, a cada semana, quase a cada dia, até a mãe perceber o que já era claro e indubitável. Perceber, falar à filha mais velha e esta, confidente e conselheira, concordar em que era preciso mudar de médico, que aquele não acertava com o caso. O médico, ele mesmo, já tinha com clareza percebido e aceitou sem mágoa a substituição. Foi sucedido por um velho e experiente homeopata, de setenta e quatro anos, cuja longevidade e disposição eram como um atestado de seu saber e poder de cura. Era a pessoa certa, que sempre o Engenheiro quisera que atendesse sua esposa, um crente na homeopatia que ele era, ciência de inclinação dos positivistas.

A Esposa curou-se ao fim de dois meses e meio. Mas tomou uma aversão definitiva ao Engenheiro a partir de então, uma aversão de mulher, de resto uma aversão não muito incomum nas mulheres, uma aversão ao corpo descorado e tosco do marido, uma repugnância declarada, em termos educados, ela o era, mas também era franca, não sabia esconder os sentimentos. Não podia doravante dividir a cama com o Engenheiro quando ele estivesse no Rio. Decidiu ela o fim do leito conjugal e passaram a ter quartos separados. Naturalmente, apesar dos cuidados de discrição permanentemente exigidos dos criados, o Engenheiro sentia que a sociedade sabia daquele arranjo incomum da casa. E mais do que um incômodo aquilo foi para ele uma revolta, uma revolta a mais, entre as muitas que tinha por causa da mulher. E que tinham de ser dominadas, contidas, disfarçadas, porque era sua esposa, devia-lhe o respeito consagrado, até mesmo naquela rejeição, naquele repúdio que o humilhava ao fundo do ser. Era sua esposa. Cresceu-lhe o ódio.

A vida do Engenheiro tornou-se mais e mais intensa no profissional, requisitado que era, não só para supervisionar obras como para dar pareceres técnicos sobre muitos casos onde surgiam dúvidas sobre a melhor solução de engenharia. Era então uma autoridade, sua opinião acatada sempre produzia bons resultados. Viajava cada vez mais, viagens menores, não mais aquelas de ter de passar anos gerenciando uma obra, mas muito mais freqüentes, a ponto de ficar cada vez menos tempo no Rio. E nos dias que passava na capital, em sua casa em Botafogo, pouco via a Esposa, ocupado que estava em escrever um livro sobre construções portuárias, obra avançada no uso do concreto, que anos antes não merecia confiança técnica para trabalhos marítimos, obra destinada ao sucesso em razão do prestígio profissional de que ele desfrutava e do cuidado, da precisão com que ele a ia compondo, sem pressa, era obra alentada, bem completa, com certeza seria referência no Brasil, talvez na América do Sul, quem sabe em outras partes do mundo.

Visitava, sim, a mãe, sempre que estava no Rio, a velha e modesta mãe viúva que o recebia sempre de olhos marejados de orgulho em sua pequena casa de vila em São Cristóvão. Morava a mãe com uma tia solteirona, tia-avó do engenheiro, já passando muito dos setenta. Eram os restos da sua família. O irmão mais velho, que não conseguira estudar, tinha morrido antes dos trinta de uma tuberculose renal, e a irmã, casada, se fora com o marido, morando no interior de Minas e pouco se comunicando com os demais.

Aquelas duas senhoras eram o tesouro de afeto do Engenheiro, talvez até mais do que seus próprios filhos, mais ligados à mãe, muito influenciados por ela, se bem que captasse no menino um olhar que ia além do respeito, em busca do amor que ele próprio, pai, não era capaz de prover, em razão de sua ausência quase permanente.

Numa de suas chegadas ao Rio teve a notícia do derrame sofrido pela tia-avó e correu a visitá-la. Vendo a aflição da mãe, prontificou-se a tudo providenciar em assistência à velha enferma. Recursos não faltariam, para a melhor assistência médica e para a contratação de uma enfermeira permanente. Enterneceu-se profundamente ao ver a lágrima de gratidão escorrer pela face direita paralisada da tia velha.

Foi contratada a enfermeira às expensas do Engenheiro, e a velha tia, assistida e confortada, foi se conformando às muitas limitações do seu resto de vida, antes já tão apequenada entre as paredes daquela casa de vila da sobrinha. Comovia-se às lágrimas a cada visita do sobrinho-neto e, com dificuldade no escandir as palavras, dizia e repetia o agradecimento a ele, o benfeitor, e o louvor à moça de tantas qualidades que ele lhe providenciara, a enfermeira, qualidades de educação, de delicadeza, de conhecimentos, e de carinho, sim, de carinho que dispensava a ela, pobre velha doente. O Engenheiro não tinha o que dizer, escutava com atenção, cumpria seu dever de afeto para com a mãe e seu dever de humanidade e sentimentos para com a velha tia. Escutava e dizia que o pouco que havia feito tinha sido por prazer muito mais que por dever. O que era em muito verdadeiro. E não passava tempo no Rio, mesmo muito pequeno, uma semana às vezes, que não fosse fazer a visita.

Quando estava fora, que era o tempo maior, a Esposa ia, não para representá-lo, fazer as vezes dele, não o faria; ia por dever próprio dela, sim, mas, ela também, ia pelo prazer de fazer bem àquelas duas mulheres mais velhas, jogadas àquela margem tão estreita e pobre da vida. Sentia aquele justo júbilo do imo, o bem que fazia à própria consciência aquele dar-se de boa vontade ao que era, de fato, o maior prazer das velhas senhoras: suas visitas. Prazer até maior, na verdade, do que as do Engenheiro, filho querido e sobrinho-neto, simplesmente porque a conversação era muito mais fácil, compreendia-se, entre mulheres sempre havia mais o que dizer espontânea e animadamente, comentar, noticiar sem constrangimentos — e se os houvesse, porventura, num caso ou outro, a nora, viva e inteligente, os desarmava. Esqueciam, as senhoras, os desentendimentos, que conheciam, entre o filho e a nora, e deleitavam-se afetivamente com a presença moça, encantadora, muito vivaz e versada, da visitante.

Eram tardes muito aprazíveis, com aquela conversa animada, única. E a Enfermeira com freqüência participava dela, escutava e muita vez dizia uma que outra palavra. E quando o fazia era sempre com muita propriedade, era uma pessoa realmente educada, recatada o quanto devia ser, pessoa que conhecia o seu lugar, de maneira alguma se intrometia no colóquio das senhoras, mas que, por dever de assistência à velha enferma, alguma vez colocava sua presença na conversação e fazia suas discretas e adequadas intervenções. E era nisso até estimulada pela velha tia e pela mãe do Engenheiro que, com a observação no passar do tempo, foram lhe dedicando uma crescente confiança, mesclada de admiração e, por que não, de certo afeto já familiar. E a Esposa, de ouvir das mais velhas e de observar por ela mesma, também foi formando o seu conceito sobre a acompanhante em sintonia com o da casa.

A Enfermeira obviamente captava todo aquele sentimento e com ele se gratificava profundamente, no íntimo até se enternecia de agradecimento, embora por recato natural não expressasse tudo o que sentia, manifestando tão-somente o que a natureza da relação permitia, as expressões de gratidão, em palavras, em gestos, na medida adequada à situação dela entre as senhoras.

Não era bela a Enfermeira. Tinha sido recomendada pelo doutor Rebelo a pedido do Engenheiro, e era uma mulher de pouco mais de trinta anos, com aparência firme e hígida, além de figurar uma seriedade que vinha das linhas austeras do seu rosto, compostas com os óculos que usava. Não era bela mulher, mas tinha uma pele clara e bem sedosa, tinha cabelos castanhos também muito sedosos, fartos e levemente ondulados, cabelos bem femininos, e tinha formas de corpo, nenhuma adiposidade excessiva mas formas e curvas de conteúdo e maciez claramente de mulher. Os cabelos ela muitos dias trazia apanhados para cima em forma de um coque adornado com uma fita, deixando à mostra a nuca de desenho suave e coloração delicada.

O Engenheiro ia e vinha, e ao vir visitava, durante meses, um ano, e mais meio. O Engenheiro não tinha constituição robusta, era seco de carnes e um tanto baixo de estatura, usava um bigode aparado, preto da cor dos seus cabelos, agora já mais que ligeiramente grisalhos, sempre curtos, usava ternos brancos de linho bem-passados, seus olhos eram pretos também, e penetrantes, de grande severidade, pouco riso na face, olhos que se fixaram na Enfermeira a partir de certo tempo de presença dela na visitação dele. De forma discreta, todavia, que as senhoras não captassem. Só a Enfermeira; ela, ao contrário, ele passou a querer que ela percebesse. E ela recolheu, naturalmente, os dardos agudos lançados naquele olhar de interesse vivo. Mas recolheu sem estremecer, sem mover fibra do rosto em sinal de percepção.

Foi, o Engenheiro apaixonou-se. Ia ao meio de sua vida adulta, era um senhor de quarenta e seis anos e se enredou nas linhas daquele corpo feminino, a graça própria da feminilidade. Procurou resistir, naturalmente, era um amor completamente impossível. Procurou esticar mais suas viagens, chegou a ficar mais de quatro meses sem vir ao Rio, dirigindo uma operação de relocação e dragagem do canal da Lagoa dos Patos, que ligava Rio Grande a Porto Alegre, aproveitando com grande interesse a oportunidade de ver e conhecer nos detalhes a famosa obra da barra do Rio Grande, um dos orgulhos da engenharia brasileira, mas enfrentando a solidão e o frio intenso daquele extremo sul do Brasil no meio do ano. Espécie de autofustigação que fizesse secar aquela atração que só não vinha do demônio porque ele, positivista convicto, não acreditava nessas coisas.

Vinha, com certeza, de sua abstinência nas funções do sexo, que a natureza ainda queria ativas na sua idade. A Esposa o rejeitava, não era uma pessoa normal mas havia que respeitá-la. Entretanto, mesmo que não houvesse acontecido o enfrentamento entre ambos, que fora crescendo até o desfecho após o desatino da ligação com o médico, mesmo que continuassem em meia normalidade na relação conjugal, não seria fácil o preenchimento das necessidades naturais dele enquanto homem, porquanto a Esposa era somente três anos mais moça e, nessa idade, a mulher adquiria ares e formas de senhora, cada vez menos propícios às aproximações e aos contatos do amor sexual. Sabedoria da natureza, que fazia a mulher, passada a idade própria da procriação, perder os atrativos e as graças que movem a cupidez dos homens.

A ciência desvendava a natureza e dava ao homem os meios de dominá-la. A natureza queria a perpetuação da espécie, e por isso dava ao homem o desejo do sexo. À mulher, não dava propriamente desejo mas a propensão dadivosa a abrir seu corpo à satisfação dos impulsos masculinos instigados pelas suas formas femininas, e assim receber a semente. E mantinha essas formas enquanto estivesse a mulher em idade de gestação, até pouco depois dos trinta e cinco anos. Se o homem mantinha a força do desejo até quase os cinqüenta, a natureza recomendava, por conseqüência, uma diferença de idade de dez a quinze anos no casal: o homem se casaria depois dos trinta, a mulher entre os quinze e os vinte. Antes do casamento, o desejo do homem encontrava alegrias na relação avulsa e descomprometida com raparigas. Nunca usando a masturbação, que podia facilmente descambar em vício incurável, o vício solitário, que incapacitava o homem definitivamente e em muitos casos levava à demência. Era a ciência.

No caso deles, a diferença de idade era pequena, eis o erro, terminara a fase procriativa do casal mas ele sentia ainda os impulsos masculinos do sexo. E tinha enormes dificuldades, intransponíveis mesmo, em procurar raparigas, decorrência da sua condição de respeitabilidade. Em Porto Alegre havia freqüentado semanalmente uma casa de profissionais, mulheres bonitas e variadas, de tipo gaúcho, mais europeu, vencendo a inibição das primeiras visitas. No Rio, seria de todo impossível, pela notoriedade da sua pessoa.

Homem de ciência, reconheceu logo o imperativo da natureza na flama que lhe despertou a figura da Enfermeira. Seria uma força invencível, como o são as da natureza, e incontornável, na medida em que não podia deixar de visitar a mãe e a tia e ter ali, frente a frente, ao alcance da libido, a mulher que lhe despertava o forte anelo masculino.

O Engenheiro reconheceu a inevitabilidade e escreveu uma carta que discretamente pôs nas mãos da Enfermeira na visita seguinte. O texto se abria com um pedido de permissão para chamá-la minha querida. Mas o conteúdo, denso, não era pejado de lirismos, o Engenheiro não possuía veia poética e queria manter-se nos limites da sua personalidade austera. Confessava, porém, sem metáforas, o seu sentimento intenso, que procurava enobrecer com expressões elevadas de referência a ela, à pessoa dela, ao caráter dela, ao espírito dela. E encerrava o texto com uma proposta objetiva e honesta: que ela procurasse uma casa simples porém confortável, ao gosto dela, num bairro de categoria mas distante de Botafogo — Tijuca, por exemplo; que deixasse de trabalhar, alegando algum encargo de cuidado de um parente próximo, e fosse viver sozinha sob a proteção oculta dele, Engenheiro, nada lhe faltando dali para a frente para uma vida de conforto e dignidade.

— Peço que leia com atenção e boa vontade — foi assim que ele entregou-lhe a carta em dez segundos de um encontro a sós na copa. Ela nada disse, nem olhou-o de frente, mas tomou nas mãos o envelope sabendo instintivamente do que tratava, e respirando fundo para disfarçar o alvoroço circulatório, a perturbação e o rubor de face que o retângulo de papel desencadeara no interior do seu ser.

Eram quase seis horas, o Engenheiro despedia-se e ela esquentava a sopa que devia servir às senhoras, não podia ler a carta naquele momento nem nos seguintes, vez que tinha de dar ela mesma a sopa à tia inválida, e depois da sopa um docinho, e logo após ela também tomar sua pequena refeição, sozinha, na copa, e em seqüência sentar-se na sala e ler para as senhoras, durante uma hora mais ou menos, antes dos cuidados que precediam o recolhimento de ambas, os remédios, a pequena limpeza que fazia com uma toalha morna e úmida no rosto e nos braços da doente, a ajuda para levá-la ao banheiro, a espera, nova ajuda para a troca da roupa, acabava tudo aquilo só por volta das oito horas. Todo esse tempo, pensava rápido, tinha de conter e disfarçar a agitação do corpo e do espírito, necessariamente, não podia revelar nada da perturbação que lhe invadira a alma, respirava, tinha de conseguir.

Conseguiu. Sem alterar o ritmo, cumpriu todas as etapas, e só então fechou-se no seu pequeno quarto, que continha somente a cama, um armário e uma cadeira pesada de espaldar trabalhado. Sentou-se bem reta na cadeira, como se importasse, naquela leitura, manter a cabeça a prumo. E leu, na luta interna entre o impulso de engolir todo o conteúdo de uma vez e o outro de fazer a leitura vagarosa, para apreender tudo sem risco de escapar nenhum detalhe, para compreender bem todo o seu significado, para degustar as palavras, uma a uma, fruir bem o sentido das frases. O que fez satisfez os dois impulsos: devorou de uma leitura toda a carta e depois, linha a linha, letra a letra, aquela letra firme de homem instruído e forte, que sabe o que quer, leu uma segunda vez, agora com vagar avaliativo, as palavras profundas e graves da carta do Engenheiro.

Fastígio. Momento de auge na vida dela, foi o que sentiu a Enfermeira, fechando os olhos depois da segunda leitura e enchendo o peito de vários sopros fundos de ventura. O Engenheiro falava do seu casamento infeliz e do seu sonho impossível, que embora de todo impossível tomava completamente o seu coração: o sonho de tê-la como esposa, ela, ela mesma, que ali estava lendo, de tê-la como esposa serena, digna, bela e sobretudo muito amada. Assim dizia. E ela cria, flutuando naquelas expressões.

Era uma sexta-feira, e o Engenheiro pedia na carta que, no domingo, após a missa a que ela sempre assistia sozinha, que era às nove, ele sabia, porque às sete ia a mãe e a tia velha não podia ficar só, após a missa ela deixasse que todos saíssem e esperasse, junto ao altar de São José, que ele iria ter com ela para ali receber a resposta. Se recebesse o sim tão esperado e acariciado, queria escutá-lo emocionado ante aquele altar que era especial para ele.

O sábado, não estava dito mas pensado por ele, tinha sido intercalado como tempo para a reflexão dela. Reflexão e preparo dos sentimentos, que o amor tinha propriedades sutis que exigiam um cultivo especial, minimamente demorado, para que atingisse seu esplendor, uma composição com outros sentimentos, de segurança, de conforto, de dignidade, de carinho, que deviam ser pesados com precisão e adicionados pouco a pouco naquele cadinho onde se processaria a fusão de todos os elementos do que seria a vida dela, de senhora, de bela senhora, de respeitada e amada senhora, em sua casa própria na Tijuca. Era para ser vivido assim, aquele tempo do sábado.

Mas não o foi. A Enfermeira na verdade nem percebeu que ele se escoava, aquele tempo, correndo mais que de costume para atender aos seus deveres junto à doente, sem conseguir fixar o pensamento em nada, numa agitação interior que nunca, mas nunca mesmo, a tinha acometido com tanta intensidade em toda a sua vida. Amada, afinal, verdadeiramente, com dignidade. Olhava o relógio e não conscientizava a hora, olhava em seguida e não percebia a aproximação da hora decisiva do dia seguinte. Preocupada, o dia inteiro, com algum tremor das mãos que pudesse revelar seu estado de tensão. À noite, tomou quinze gotas de beladona e custou a pegar no sono; tomou mais dez e só então conseguiu dormir.

No domingo, não foi à missa. Pediu perdão a Deus e, na hora da missa, foi à casa do Engenheiro procurar a Esposa. Sabia que ela não ia à igreja, e que àquela hora o marido havia saído em busca da resposta. Foi recebida com a simpatia correspondente ao sentimento que despertava em sua interlocutora. Mas sua ansiedade, tão evidente, foi logo percebida e indagado o motivo da excitação.

— Pensei muito antes de vir procurá-la. — Havia uma tensão na face e em cada palavra que aquela face emitia. — Pensei muito mesmo, não pude dormir nessas duas últimas noites, para decidir se devia vir falar-lhe, mostrar-lhe, ou simplesmente jogar fora esta carta — tirou da bolsa o envelope —, acabei por achar que seria traição não lhe mostrar, a senhora tem sido muito boa para mim, mas pode ser que esteja errada, não tenho certeza, daí meu nervosismo, peço que me desculpe se estiver agindo levianamente. — E passou a carta às mãos da interlocutora perplexa.

A Esposa abriu e leu, havia logo reconhecido a letra do Engenheiro e imediatamente depreendido seu conteúdo antes mesmo de ler-lhe as palavras. Mas leu, até o fim, em silêncio, na frente da outra, sem qualquer hausto ou movimento de indignação, nada que denunciasse o vendaval de ódio sobre o ódio que cresceu num instante e lhe tomou o ser por inteiro. A não ser a palidez assustadora do rosto.

— Você fez muito bem, eu lhe agradeço. — Foi só o que disse, o que pôde dizer ao levantar-se e pedir licença. Para não desmaiar na frente da outra.

O Engenheiro era reconhecido na sociedade da capital. Pela fama da sua ciência e pela tradição da família de sua mulher. O Engenheiro desfrutava de um excelente relacionamento. E o cultivava com esmero. O Engenheiro tinha um trato de quase intimidade com o doutor Carlos Eiras, desenvolvido nos encontros repetidos na tribuna social do Fluminense, ambos aficionados do *foot-ball* e torcedores daquele clube que congregava a melhor sociedade naquele esporte nascente mas já prestigiado.

O antigo Chalet Olinda, adquirido pelo pai do doutor Carlos, ampliado, reformado, transformado na Casa de Saúde Doutor Eiras, era então o principal centro de atendimento a doentes mentais da elite do Rio de Janeiro. Tinha uma longa história de seriedade e competência, e os melhores profissionais da psiquiatria da época, doutor Henrique Roxo, doutor Juliano Moreira, que o Engenheiro também conhecia respeitosamente, recomendavam aquela casa de saúde para os seus clientes necessitados de recolhimento.

A Esposa do Engenheiro, que se trancara no quarto após a leitura da carta, sem trocar palavra com ninguém mais desde então, encontrada na cama deitada com a carta dobrada na mão, depois que a porta do quarto fora arrombada, a Esposa que só falava em monossílabos com pessoas ausentes, para dizer que não queria mais viver, que não achava mais graça nem razão nenhuma na vida, que pedia a Deus que a levasse logo, a Esposa foi internada na Casa de Saúde Doutor Eiras, e lá ainda viveu um ano e dois meses, uma vida só de respiração, alentada talvez pelo ar puro e enriquecido pelas árvores de abundante folhagem que cercavam o casarão imponente, uma vida sem movimento algum, de quase não comer e quase não falar, uma vida talvez de imagens mentais de sua juventude vivaz e inteligente, uma vida que acabou por consumir completamente toda sua figura física, toda a expressão do seu corpo, da sua face, das suas mãos. Uma vida já extinta, desde a leitura da carta.

O Tenente

É ciência, e se é ciência é certeza: quando se age sob a certeza da ciência, as fraquezas típicas da dúvida desaparecem. Os militares de oitenta e nove tinham feito a República porque tinham a ciência — os jovens, que decidiram e tomaram a iniciativa. Mais que isso, tinham a filosofia embasada na ciência que era o positivismo, que conferia aquela crença inabalável às pessoas na sua própria representação de portadores do progresso, dava-lhes a luz da vanguarda, capaz de abrir a visão das realidades mais à frente, a longa distância. Nenhum deles admitia ceder espaço qualquer a sentimentalismos, que o povo comum cultivava em relação à figura paterna do imperador. Devoção, aliás, que o próprio marechal Deodoro mantinha, porque não tinha a pureza da ciência, o que tornou difícil e demorado o seu imprescindível convencimento a liderar o movimento. O Exército, pela sua oficialidade mais nova e esclarecida pela ciência de Comte, se havia antecipado ao povo e às elites, assumindo a responsabilidade do passo histórico que lançou o País cinqüenta anos à frente.

Aristides rememorava os relatos do pai, cadete à época, discípulo de Benjamim Constant, relatos de testemunha viva e vibrante dos sentimentos e dos fatos límpidos daquele momento histórico, até mesmo de fatos pitorescos presenciados por ele, como o do velho marechal do alto do seu cavalo, cercado por tenentes e cadetes, todos montados, em frente ao portão fechado em grades do Quartel-General no Campo de Santana, observando muito sério o tenente chefe da guarda que, em posição de sentido após a continência, declarava, visivelmente inseguro diante daquela autoridade enorme, que tinha ordens superiores de não abrir os portões e ia cumprir o seu dever. Finda a declaração vacilante, contava o pai, Deodoro aprumou-se sobre a cela, esticou o queixo na direção do portão e, sem alterar a voz nem esboçar gesto brusco, mas também sem nenhuma indecisão, disse só "Abra essa merda", que entre os cadetes ficou sendo a frase histórica da República, como "independência ou morte" havia sido a da independência. O tenente correu e abriu os portões para a tomada do comando. O major ria de prazer e orgulho daquela vivência, descrevendo para o filho, menino ainda e fascinado.

Aristides podia rememorar cada palavra e cada gesto do pai, com a mesma nitidez com que recordava o seu próprio desempenho, em trinta e cinco, como tenente do 3º RI. Ali também, naquele outro momento histórico, o seu, haviam sido movidos pela certeza da ciência, então a ciência marxista, tão afirmativa nas suas proposições quanto a positivista, tanto ou mais ainda refratária a emocionalismos, exigindo ações firmes, incontroversas. Nunca tinha acreditado na versão oficial, mentirosa, propositada, que acusava camaradas seus de terem friamente assassinado oficiais governistas em suas próprias camas enquanto dormiam, na noite do levante. Houve luta, claro, e podia, sim, ter havido alguma ordem de prisão, em nome da revolução, com uma reação de não aceitação respondida com o fogo das armas.

Hoje entretanto, vinte anos depois, conhecendo mais maduramente o radicalismo absurdo da chama revolucionária, que exaltava a grandeza da causa e a certeza da ciência, e exigia a frieza das ações corretas e eficazes, Aristides admitia que, não fosse o brando caráter brasileiro, poderia sim ter ocorrido algum fuzilamento de oficial no sono.

Sim, a perspectiva do tempo mostrava com clareza o dualismo de sentimento daqueles jovens no grito revolucionário: de um lado os imperativos da ciência, incompatíveis com qualquer laivo de sentimentalismo, até mesmo de amizade ou companheirismo; de outro, a emoção enorme, avassaladora, da participação naquele movimento de redenção do povo e da nação brasileira pela revolução comunista, liderada por aquele que era o maior símbolo vivo da luta pela justiça e pela emancipação da pátria, que era Luiz Carlos Prestes.

Recordações. Tinha ainda gravado no ouvido o grito do Leivas Otero — "Viva a Revolução!" —, dando início à ação armada dentro do quartel do 3º RI. Àquelas horas de luta e de metralha, vida em intensidade altíssima, jamais repetida por ele, cada minuto tinha na memória, até a rendição, a decepção profunda, naquela altura já sabiam que tudo havia falhado e eles estavam sós, restando apenas a bravura admirável dos capitães Agildo Barata e Trifino Correa. Depois veio a conhecer o outro herói, o capitão Sócrates que havia levantado a Escola de Aviação.

Recordações de vinte anos, que faziam ainda bater com alguma força o coração de Aristides, agora engenheiro de obras, perdida sua patente de oficial, expulso do Exército, trabalhando, depois de percorrer distâncias vivendo no interior ainda ínvio de Goiás e Mato Grosso, trabalhando agora na construção de uma grande fábrica estatal de produtos químicos em Cabo Frio, revolucionário inteiramente aposentado, mas contribuindo ainda, com o sorriso da simpatia e da compreensão nos lábios, contribuindo com uma mensalidade que outro engenheiro da fábrica, ainda moço, arrecadava para o Partido.

Recordações que ainda continham certa emoção, mas que eram evocadas agora juntamente com o julgamento duro da aventura irresponsável em que tinham entrado; da gigantesca irresponsabilidade daquele grupelho de idiotas, ignorantes, que se achavam donos de uma ciência infalível, irrefutável, e que tinham conseguido levantar não mais que duas unidades no Rio e um batalhão em Recife — o tenente Lamartine, outro herói, colega seu que nunca veio a rever. Sim, apenas; Natal havia sido uma bagunçada, nem se podia considerar, um governo revolucionário de um sargento, um sapateiro e dois funcionários públicos. Uma revolução que deveria ser da massa dos trabalhadores mas na realidade foi de pouquíssimos militares. E havia muitas fábricas no Brasil já naqueles anos, muitos operários, mais de um milhão talvez, muitas greves, agitação, só que não queriam fazer revolução, quem queria era um bando iluminado de milicos, capitães, tenentes e sargentos, que ainda tinham na cabeça um resto das ânsias do tenentismo, então recheadas pela ardorosa novidade da ciência de Marx e imantadas pela figura forte de Prestes. Resultado: milhares de pessoas presas, centenas de torturados, e um labéu pesadíssimo colocado para sempre sobre todas as pessoas inconformadas com a injustiça social, logo tachadas de comunistas. Por décadas, até o fim do século.

Oh, que incompetência, articulada em Moscou sem a menor noção da realidade brasileira, sim senhor, que ciência mais furada, que previa uma grande adesão de militares descontentes com uma questão que era meramente salarial, e de trabalhadores, sindicatos aguerridos, e da população em geral enfeitiçada pela agitação da Aliança Nacional Libertadora. Caramba. Quanta tragédia inútil. A vida dele, mesma, completamente desarticulada, oh, a perda de Maria Alice, que bocado enorme se foi da sua vida. Ultimamente pensava muito nessa coisa chamada caráter nacional. Havia lido bastante os relatos que chegavam dos julgamentos de Nuremberg e os comentários que acompanhavam aqueles relatos, dando conta da adesão maciça do povo alemão a toda aquela loucura que foi o nazismo. Adesão maciça a um projeto de força e violência espantosa, crueldades impensáveis, que era a própria negação da idéia de civilização desenvolvida no Ocidente com a contribuição enorme de tantos pensadores e artistas alemães. Como se houvesse, nas profundezas do ser alemão, algo muito mais forte do que a razão dos filósofos, dos escritores, e a beleza dos músicos e dos poetas.

Pois o caráter brasileiro era completamente avesso, refratário a qualquer projeto de força e violência. O povo não podia ter gostado da deposição do imperador que era um velho manso e querido. Aceitou a República friamente, até com certa antipatia, apesar de ter sido um movimento militar pacífico, sem violência, e que só saiu vitorioso porque o velho marechal, também querido, amigo do imperador, aderiu à última hora. O mesmo caráter nacional, brejeiro, superficial e sentimental, explicaria não só a irresponsabilidade assustadora daquela tentativa comunista, chamada depois oficialmente de Intentona, como o seu próprio fracasso rotundo.

Aristides achava que a vida lhe ensinara a pensar. E que era assim mesmo, natural, o tempo. E falava com as filhas, puxava uma linha de compreensão das coisas, mas achava que elas não lhe prestavam muita atenção. Tudo natural, o tal fosso das gerações. Embora ele, na idade das filhas, gostasse de escutar as histórias do pai, mas era uma situação bem diferente, ele, cadete em Realengo, ouvindo contos da vida de caserna em que ingressava cheio de orgulho, as antecipações da bravura militar. Em trinta e cinco, Maria Ângela tinha só um ano, e Maria Carmem, três. Tudo que sabiam daquela história meio misteriosa vinha de relatos dele. E de Maria Alice, naturalmente. Maria Alice tinha morrido em Cáceres em quarenta e quatro, de uma gravidez tubária, ele tinha querido tentar um filho homem. Oh, se não tivesse tido aquela vontade, tolice masculina, tinha uma saudade densa e cândida da mulher, um pedaço muito grande e precioso da vida dele, pessoa doce mas sempre muito forte, que o havia corajosamente acompanhado em tudo, ela que tinha tido uma criação tão cuidada e protegida na família, morrer naquele fim de mundo, passando dores de rebentar o coração, claro que teria sido salva numa cidade grande. Era o luto da sua vida, ainda não levantado. Uma velha avó, mãe do pai, dizia que a vida era feita meio a meio de lutos e de júbilos.

Aristides tinha contatos poucos, quase nenhum, com outras moças; em Cabo Frio era a vida de trabalho tão-somente, do hotel para a área da fábrica, não propriamente uma tristeza, nem sisudez, não, sabia rir e brincar, mas um certo recolhimento que mantinha, coisa de viuvez, só se amava uma vez na vida, uma leitura à noite antes de dormir, e um prazeroso mergulho no mar às seis da manhã no tempo quente. Era tudo. Não. Também passeios ao fim da tarde, de volta da fábrica, antes do jantar, passeios de devoção àquela espantosa beleza do mar do Arraial, a praia deserta, ventosa, enquadrada pelos morros, cujas encostas por vezes ele subia em parte, nas tardes mais longas do verão. O Arraial era uma aldeia de pescadores, poucos, com uma casa apenas, grande e bela, de conforto civilizado, na beira arenosa, pertencente ao grande colecionador Castro Maia, que nunca ia lá. Aristides passeava, contemplava, fruía, e também pensava: por aquelas terras tinham andado os franceses, antes dos portugueses, no século dezesseis, bem-enturmados com os índios, conseguindo amigavelmente com eles o pau-brasil tão apreciado na Europa. Aliás, o Rio de Janeiro tinha sido francês antes de ser português: a pequena colônia de Villegagnon, mesmo sem ele, tinha durado dez anos.

Às sextas, vinha ao Rio numa caminhonete com outros engenheiros e voltavam domingo à noite. O ponto era em Niterói, havia que atravessar de barca e ainda tomar um ônibus para chegar em casa, era cansativo, toda semana, mas não falhava nesse contato. As filhas agora estavam no Rio, estudando e morando com a tia, Maria Amélia, irmã de Maria Alice, generosa, onde ele pousava no fim de semana.

Tinha mulher no sábado à tarde, era uma puta de traços suaves que no jeito lembrava Maria Alice, e que o recebia no seu pequeno apartamento na rua Correia Dutra. Passava com ela horas de aprazimento brando, realmente descuidado, e muita vez pensou em levá-la para Cabo Frio, quase propondo, a ela e a si mesmo, instalar-se com ela numa pequena casa para não ficar no hotel juntamente com os outros engenheiros, os médicos e suas esposas. Pensava mas nem falava, deixava seguir.

No pequeno hotel da companhia, conviviam em bom espírito, eram onze engenheiros, dois químicos e dois médicos, todos funcionários, quase todos bem mais jovens do que ele, não conheciam sua história de vida. Casados, na maioria, moravam ali com suas mulheres. Um deles, o engenheiro Jonas, era profissionalmente mais experimentado que os demais, até mesmo mais que ele, Aristides, embora em idade tivesse menos uns cinco anos. Sabia mais, na verdade, das diversas práticas da engenharia civil, e não tinha nenhum constrangimento em dar lições a cada passo aos colegas mais novos, não propriamente com arrogância, até mesmo com certa simplicidade de mineiro que ele era, simplicidade de colega, mas com evidente superioridade de saber, ensinando tudo como era, como não era, porque era, porque não era, sempre bem além do ponto específico da correção que fazia, prolongando a aula com gosto, prazer de ego, fosse no projeto, fosse na prática. E passou a ser uma referência de consulta para os moços, muito mais do que Aristides, que, antes de ele chegar, era procurado.

O engenheiro Jonas era magro e agitado, com perfil de Dom Quixote e o cabelo eriçado, usava um bigode preto e alongado para baixo. Mas era feliz no mister, gostava da sua profissão, do domínio que tinha sobre ela, e mesmo desinquieto, falando aos borbotões, aparentava um homem realizado também nos seus aprazimentos físicos, como se gozasse bastante na cama com sua mulher suave e gorda de carnes, compensando bem sua inapetência normal diante do prato. E apreciava sobretudo aquela condição de mestre na pequena comunidade. Era mesmo alegre, fazia anedotas e ria com facilidade. Gostava especialmente de participar das brincadeiras pelas quais se zombava de um dos moços por qualquer motivo, o que era comum nas noites de folgança no hotel que ainda não tinha televisão. Gozações ingênuas, aquelas, sem qualquer malícia, que se distribuíam entre todos e que todos aceitavam no humor bem-vindo. Todos os moços, porque Jonas não era alvo daquelas brincadeiras, como também não o era Aristides, naturalmente respeitados pela diferença de gerações.

Mas a pilhéria tem sua arte e sua motivação em si mesma. Figura com destaque no cardápio dos divertimentos do brasileiro comum, dos divertimentos criativos, especialmente do brasileiro do Rio, questão de caráter nacional, ou regional, no caso, pensava Aristides, quando recebeu o apelo dos moços para participar da brincadeira voltada agora para o engenheiro Jonas. Pensou devagar, quebrava-se um protocolo não escrito, que preservava ambos, ele e Jonas; mas seria uma como as outras que se faziam correntemente, não havia qualquer intenção malévola, ou havia, quem sabe, sutilmente, por ser o engenheiro Jonas o sabe-tudo, sendo a brincadeira uma armadilha que justamente explorava a sapiência ostentada, presente sempre, como uma galhofa de meninos para com o professor, isso. Podia ser mal recebida, como tentativa de humilhação ou desmascaramento, não havia precedente que permitisse uma avaliação, e Aristides hesitava, se fosse com ele levaria na gozação, claro, mas não conhecia muito bem o caráter do outro, hesitou, podia dar merda, ponderou, e os moços escutaram, mas estavam excitados, era uma bolação brilhante, a gozação era uma instituição brasileira, rejeitar, zangar-se ou rebelar-se seria denunciar-se como excepcional, esquisito no mínimo, sem o chamado jogo de cintura, seria fazer-se com certeza alvo de mais gozação, aí já com malícia, seria burrice e Jonas não era burro, garantidamente, nisso se fiavam, tinha suas idiossincrasias mas era um homem até muito inteligente, e Aristides acabou cedendo à insistência dos jovens excitados, mesmo receando a reação do outro.

O projeto da fábrica era de uma firma francesa que enviou a Cabo Frio alguns engenheiros e mestres no início da construção ainda nos anos quarenta e, já na fase semifinal, mandava as plantas referentes às obras faltantes das diversas unidades, com instruções e especificações precisas para a execução. Dúvidas que surgiam na interpretação daqueles desenhos e instruções eram logo sanadas pela palavra rápida do engenheiro Jonas, que não era forte no francês mas era perito e assertivo na linguagem das plantas de engenharia. Aristides não competia com ele, embora dominasse bem o francês, que era língua de saber obrigatório entre os engenheiros-militares da sua geração. Aristides reconhecia e até admirava a inteligência e a solidez do conhecimento do colega, como, de resto, todos os mais novos.

Mas o demônio existe, e não lhe escapou — a ele, demônio — a idéia de aproveitar aquelas brilhantes e prontas interpretações do engenheiro Jonas, feitas com verve e segurança, para pregar a peça no professor. Pôs na cabeça de um dos alunos a confecção de uma planta, legendada em francês, copiando fielmente a que havia recém-chegado, com todas as suas características, mas com algumas modificações que desafiavam todas as regras do bom senso e da engenharia, com instruções que de tão estranhas pareciam picarescas. Foram inventados e postos no desenho dois exemplares de uma *dalle souple* (laje macia ou flexível), de grandes dimensões, sobre os quais se apoiariam dois grandes tanques para salmoura, desenhados com formas sugestivamente femininas. As lajes eram armadas com ferros de bitola muito fina para as suas dimensões e as instruções diziam que o seu enchimento devia ser feito com *béton doux et tendre*, explicando que, além do cimento, da areia e da brita, deviam ser acrescentados cinco quilos de açúcar e três quilos e meio de flocos de algodão por metro cúbico de argamassa.

A boa pilhéria não prescinde da arte. A planta foi feita com precisão de falsificador profissional nos menores detalhes, a redação das instruções foi o trabalho de Aristides, feito com esmero não só no tocante à língua mas também ao uso de expressões que davam seriedade ao texto bem na forma e no estilo tipicamente francês. Foi um trabalho de minúcia e rigor, levado a sério sem nenhuma precipitação. E a arte cênica tinha de estar presente também, na hora da apresentação, por parte dos cinco autores da peça, na gravidade impecável com que se debruçaram sobre aqueles enigmas técnicos, repetindo palavras, como incrédulos, ante o que à primeira vista parecia até uma piada, piada grosseira, açúcar e algodão na argamassa, mas que piada não poderia ser, nunca, vinda dos franceses, gente séria, aí que estava, franceses, naquela secura eficiente, alguns mais antigos na fábrica tinham conhecido Monsieur Guillón, o engenheiro-chefe, sempre referido, brincadeira não podia ser. Chamaram logo o professor.

E o professor então escorregou. Sem descobrir a falsificação, a brincadeira, podia ter dito, num aceno primeiro de humildade, que não estava entendendo aquilo. Mas não o fez. Escorregou no seu próprio entono. Demorou talvez uns cinco minutos, muito mais que de todas outras feitas — a rapidez na explicação era a sua marca, a centelha —, mas aquela era uma decifração indubitavelmente complexa, e o engenheiro Jonas teve que ler e reler com atenção as instruções, olhar a planta com visão profunda e meditativa, até erguer a face em cintilação e estalar os dedos: "É para manter a ionização da salmoura!"

— Como assim? — Geraldo era um dos químicos, não tinha participado da montagem, ignorava completamente a brincadeira, estava perplexo.

— Essa laje tem que ser flexível, oscilar levemente na medida em que a salmoura vai caindo no tanque, para manter a ionização e conduzir bem a velocidade da reação.

Silêncio.

— Nunca ouvi falar nisso...

A seriedade com que o químico falou, abanando a cabeça incrédulo, foi definitiva, fez a faísca da comicidade irrefreável, e a um só tempo espocaram as gargalhadas dos cinco que haviam preparado a peça. A revelação se fez instantânea, para todos os demais que não estavam entendendo nada daquilo. O cômico explosivo, o completamente inesperado da situação que se mostrava instantaneamente. Os jovens engenheiros não conseguiam mais conter a risadaria que saía aos borbotões, e se realimentava com cada nova leitura que faziam, um a um, da carta e da planta, verificando os absurdos colocados ali com a seriedade científica francesa, a sutileza, a pilhéria mais bem feita que já tinham visto, o riso era tanto, tão demorado e tão geral que não perceberam que o engenheiro Jonas não tinha achado graça nenhuma e havia se retirado bruscamente. Ele que tinha humor. Que ria fácil e tinha tanto gosto pelas brincadeiras que se faziam com os outros.

Não foi mais visto durante todo o dia de trabalho. A cena havia se passado pelas dez horas da manhã e ele não foi visto no refeitório na hora do almoço.

E então a preocupação tomou conta de todos, especialmente dos cinco autores, e muito especialmente de Aristides. Uma preocupação que foi crescendo e se tornou alarmante quando à hora do jantar o engenheiro Jonas também não apareceu, nem sua mulher. Findo o jantar, reuniram-se na sala de estar, como habitualmente faziam, e começaram a especular sobre a atitude a tomar, bater no apartamento dele, uma das senhoras chamar a esposa dele, ou ignorar, esperar o dia seguinte, deixar esfriar a cabeça dele que com certeza estava fervendo, pedir desculpas formalmente, não tinha havido tenção de ferir, nenhuma. Discutiam em baixo tom de voz, as mulheres participando e opinando.

E então Jonas apareceu no limiar da sala. Olhou todos em silêncio, fisionomia carregada, por alguns segundos, e voltou ao quarto. Os que falavam se calaram; não havia o que dizer, não havia o que fazer, algo que tivesse consenso entre eles. Estupefatos.

Dois ou três minutos depois, quando se esboçava uma retomada das sugestões, novamente Jonas apareceu, deu alguns passos mais à frente e estancou poucos segundos, sem dizer palavra, rosto pálido e olhos chamejantes, e retornou ao quarto como na vez anterior.

Na terceira aparição, mais uns cinco minutos, trazia na mão um revólver. Atrás dele, alguns passos, a esposa, em vestido vermelho sem cinto e sem mangas, volumosa, como era, sua pele branca aparecendo mais branca, especialmente nos braços bem à mostra, os pés gordos, brancos, num chinelo simples, o rosto contraído e o cabelo liso desfeito, as mãos tensas trançadas, brancas, à frente do colo.

O revólver logo apontou para Aristides e da palidez de Jonas irrompeu o ódio represado, as palavras foram arremetendo numa cascata de insultos de grande sonoridade, comunista, covarde, conheço a sua história, assassino de colegas, vou te fuzilar agora mas frente a frente, um tiro nessa boca aberta de medo, seu cagão, não vou te matar dormindo não, seu covarde, mas antes de morrer você vai tirar as calças na frente de todo mundo pra mostrar que se borrou todo, Jonas crescia nas palavras de afronta mas sem mover o corpo de onde estava, enquanto Aristides levantava-se do sofá ao fundo da sala e, de pé, após segundos de conscientização, movia-se em passos lentos e firmes em direção à arma apontada, um revólver trinta e oito voltado de frente para ele.

Segundos. O esvaziamento do tempo. Naquele átimo a história se desenrolou toda do fundo à tona da consciência, e Aristides recobrou por inteiro, naqueles poucos segundos, talvez em menos de um segundo de relógio, recobrou toda a sua condição de militar tão sepultada, o tenente outra vez ali, o brio, a coragem, a bravura treinada diante da morte, nem ciência nem pensamento racional, mas o mandamento do instinto sedimentado no imo e aflorado num repente, forte, dominante. E não só a condição de espírito mas a juventude física, a agilidade do soldado retornou viva, Aristides, lesto, apertou o passo decidido e jogou-se sobre o corpo do engenheiro Jonas, a mão direita adiantando-se rapidamente para afastar, num repelão, o revólver da sua direção.

Conseguiu. Venceu. O tenente. Caíram ambos no chão da sala, Aristides por cima de Jonas já o dominando. Mas ao caírem o revólver disparou, num espasmo certamente Jonas puxou o gatilho e a bala saiu. Saiu sem direção, sem nenhum intento de direção, como bala perdida. Ó mágoa, clamorosa injustiça do destino: a trajetória da bala encontrou o centro do corpo da esposa de Jonas, o destino do tiro foi a carne do corpo grande e adiposo que acalmava, que amainava, na sua brancura aplacava as turbulências do espírito desassossegado do marido, o ventre redondo e largo que havia gerado os dois filhos homens do casal, aquele corpo querido que abonançava a existência nervosa do engenheiro Jonas.

Em dois segundos de relógio houve o gemido curto, bem feminino, a curvatura para a frente e a queda pesada e mole do terceiro corpo perto dos dois outros, a queda inanimada.

O Médico

Era o Rio já salubrificado, modernizado por largas avenidas e jardins, cuja abertura havia arrasado a parte malsã da cidade, o núcleo pestilento das moradias desarejadas, amontoadas; era o Rio dos dispensários, dos preventórios, dos sanatórios na serra, o Rio que já tinha a consciência do que eram as condições da sanidade; cuja sociedade, havia mais de duas décadas, mantinha, com a Igreja e com o Estado, a Liga Brasileira contra a Tuberculose, presidida para sempre pela figura incontroversa de Ataulpho de Paiva. E, entretanto, era o Rio em que a tuberculose grassava.

Doutor Lauro, com vinte e seis anos, tinha sua vida marcada pela luta contra a tuberculose. Sua mãe tinha três irmãs, das quais duas haviam sido atingidas pelo mal; uma estava ainda no sanatório de Itaipava, era a tia mais moça, com pouco mais de quarenta anos, solteirona, a doença lhe havia tirado o viço desde a juventude e ela não tinha tido a felicidade de ser bela, pouco que fosse, e padecia aquele destino das mulheres sem amor, sua tosse era mais que seca e doentia, era amarga, inconsolável. Doutor Lauro a visitava, ele e a mãe eram as duas únicas visitas que ela tinha, ele não com tanta freqüência, às vezes passava dois meses sem ir, mas ia, num esforço de solidariedade consangüínea, sem prazer nenhum, nem mesmo o de subir a serra naquela bela estrada aromada e cheia de curvas, aberta no meio da Mata Atlântica.

A outra tia doente havia falecido muito moça, com vinte e dois anos, doutor Lauro não conseguia ter uma lembrança direta dela, tinha menos de quatro anos quando ela adoeceu, foi recolhida ao sanatório e lá morreu da doença galopante menos de um ano depois. Entretanto tinha no espírito uma imagem nítida dela, como se fosse na memória. Uma imagem sublimada pela delicada beleza das fotografias e pelo romantismo dos contos repetidos sobre ela, pelo rastro de encantamentos e de pretendentes que ela havia deixado na família e na cidade.

A terceira das tias do doutor Lauro, como a mãe, não tinha adoecido, mas tinham sido ambas mandadas passar um ano em Belo Horizonte, que possuía um clima bom para os pulmões, na casa de um irmão do pai, e lá ela, a terceira irmã, havia conhecido um rapaz com quem veio a se casar mais tarde, passando a residir para sempre na capital mineira.

No Rio, morando no Catete, ficara então dona Rosa, agora viúva, e o filho solteiro, doutor Lauro, já que a filha, irmã de Lauro, era casada com um fazendeiro em Valença, no interior do Estado.

Na vizinhança, numa casa ampla e ajardinada, na rua Dois de Dezembro, morava uma família distinta, um casal e quatro filhos, três homens e uma mulher. E as duas famílias havia anos se freqüentavam: doutor Orlando era juiz de direito, doutor Cláudio, pai de Lauro, marido de dona Rosa, era advogado conceituado, davam-se bem, visitavam-se, conversavam suas analogias jurídicas e as coisas da política, as esposas se apreciando. A do doutor Orlando era de uma família muito distinta porém a mãe definitivamente malfadada, marcada por desígnios de Deus que os homens não podem compreender: os três filhos rapazes, um por um, pouco antes ou depois de fazerem vinte anos, adoeceram e morreram daquela tuberculose galopante em três ou quatro meses, com tratamento, sanatório e tudo o mais. O desgosto desinquieto da mãe, dona Catarina, era para sempre, a inconformidade absoluta e até a perda da fé religiosa e do sentido da própria vida depois da morte do terceiro filho, havia um ano, talvez o predileto, moço belo de traços finos, estudante primoroso, a incompreensão daquela revoltante sina de tragédia, oh, dona Rosa não sabia que palavras dizer, senão abraçá-la em compaixão, visitando-a todos os dias, numa disposição de dividir a mágoa, aliviando, pouquinho que fosse, o quinhão de desgraça da outra.

Voltava para casa desolada, já no fim da tarde, só depois que o doutor Orlando chegava para ficar com a esposa em depressão funda; foram meses e meses de solidariedade humana, amizade verdadeira e solidária com aquela mulher tão infeliz, voltava realmente entristecida mas ao mesmo tempo angustiada no pensar que podia estar levando para casa o micróbio fatal daquela doença demoníaca, depositando-o onde Lauro respirava, sobre a mesa ou uma cadeira, jogando-o no ar comum da casa, aquele horror, antes de entrar, chamava a empregada e mandava que trouxesse ali fora mesmo, no portão, o litro de álcool, e, enchendo as mãos em concha, desinfetava mãos e braços, olhando para os lados com medo de ser vista, passava também no pescoço e até um pouco no rosto, só então entrava, tirava logo o vestido que expunha na janela, e fazia um bochecho com uma solução forte de álcool. Tudo nela era precaução, prevenção, preocupação com a possibilidade de vir o seu filho a ser também atingido por aquele mal que mais parecia uma peste lançada do inferno era chamada a peste branca, dizia-se que era uma doença dos pobres, mal-alimentados, submetidos ao esforço grande no trabalho, dormindo pouco, mas era só no dizer porque na verdade ela via que a tuberculose atacava e matava gente como ela, muito próxima a ela, da família dela, da amizade dela mais chegada, acordada e dormindo dona Rosa pensava na doença, via o filho magro e sem cor, sem apetite, se pegava um resfriado e tossia, obrigava-o a ir para a cama com chás e mingaus reforçados.

Durante anos suportou o menino e o jovem Lauro compreensivamente essa horrorizada superproteção da mãe. Era obrigado, já rapaz, era obrigado a tomar diariamente, realmente todos os dias, às vezes duas vezes ao dia, de manhã e de noite, gemadas feitas pela mãe, duas gemas de ovo bem amarelas batidas com açúcar e uma colherzinha de vinho do Porto. Foi obrigado também a tomar aulas de natação no Fluminense, nadar e desenvolver os pulmões. O fato é que o resultado foi bom, e quando ele se rebelou e declarou que vomitaria se comesse mais gema de ovo, tinha já ganho quatro ou cinco quilos de peso, de bom peso, de músculos e sangue que lhe coloria levemente a face. Tinha aparência saudável, parecia livre do mal.

Com efeito, libertara-se do mal e também do fantasma do mal, e agradecia à mãe, aos imoderados cuidados dela, mesmo intoleráveis. Continuava, porém, ligado à moléstia, só que pelo lado do bem, ironia ou não, oportunidade que surgiu, médico formado dedicava-se agora à prevenção e à cura da tuberculose.

Dona Rosa foi ambígua na reação: a ressurgência do medo, de que o contato permanente pudesse contaminar os pulmões do filho, mas também o orgulho de pensar e divulgar que Lauro era agora um doutor dedicado aos tuberculosos, um saber e uma dedicação que fariam a cura de outros jovens que teriam melhor sorte que os filhos de dona Catarina.

Trabalhava no Dispensário Azevedo Lima toda manhã desde as sete até o meio-dia e vinha almoçar em casa, onde a mãe o esperava com um cardápio sempre renovado e composto segundo as recomendações do próprio filho médico. No almoço relatava os casos principais do dia, dava conta de seus êxitos e melhoramentos, falava da vacina que produziam, a BCG, dos resultados animadores, nutria os sentimentos da mãe, e depois tirava um cochilo de cinqüenta minutos, reparação de forças, antes de se aprontar e sair outra vez, então a passear pelos jardins da Glória.

Foi num desses passeios que se encontrou com Nelson Bravo, seu colega de turma na Faculdade, querido pela cordialidade, pela expressão franca e amistosa, pelo apuro no alinho dos ternos brancos, pela jovialidade da palheta que passava da cabeça às mãos e vice-versa, gesticulando junto com as mãos. Em pouco mais de cinco minutos de conversa, tendo falado de suas tardes livres, Lauro recebeu a proposta direta de Nelson: dar assistência às prostitutas da Conde de Laje.

Aquela graça do inesperado e logo a explicação daquela atividade que nada tinha de licencioso ou demeritório: as putas, na verdade, prestavam um serviço público, atendiam a uma necessidade fisiológica da população masculina, e era importante, fundamental mesmo, que estivessem submetidas a uma fiscalização sanitária do poder público. Essa fiscalização não havia, por irresponsabilidade das autoridades, hipocrisia idiota, mas as cafetinas eram responsáveis, queriam suas pupilas livres de doenças, queriam a tranqüilidade dos clientes, e cotizavam-se para manter um serviço de atendimento médico para as mulheres. Pagavam até bem, já que a hipocrisia e o atraso levavam a maioria dos médicos a recusar aquele ofício. Que tinha a sua dignidade, Nelson insistia, conhecia por experiência própria. Pois ele, havia alguns anos, fazia esse atendimento dividindo a clientela com o doutor Felício, um velho colega que sabia de tudo sobre doenças sexuais. Tinham um consultório de duas salas na rua da Lapa, perto da Conde de Laje e da rua Taylor, onde se concentravam as casas daquele comércio, que era o comércio de nível médio, ficando o baixo, sem assistência nenhuma, na zona do canal do Mangue. E o velho Felício tinha falecido, um mês atrás, de um ataque de angina repentino. Aí estava a oportunidade. O ganho era bom, Nelson assegurava, ia ocupar suas tardes livres, como as dele, Nelson, que de manhã trabalhava no São Sebastião. As mulheres só podiam ser examinadas à tarde; de manhã elas dormiam cansadas após a noite de trabalho. Todas deviam ser examinadas pelo menos uma vez por mês, eles mantinham um fichário de controle. Agora, uma coisa, e Nelson falava sério, não se podia confundir aquele ofício grave com qualquer tipo de sacanagem, e então dava uma risada aberta. O pagamento delas era em dinheiro, feito pelas cafetinas, e o médico não podia se aproveitar do exame para ensaiar qualquer patifaria. Se quisesse, não era proibido, mas tinha de procurar a mulher que lhe agradasse à noite como qualquer cliente.

Eram vários os motivos de convencimento, a começar pela figura de Nelson Bravo, simpático, convincente, franco, limpo; e mais o ganho bom, e o aproveitamento das tardes livres, e, sim, também inegável, a curiosidade de tratar com aquelas mulheres, seres humanos apartados, cada uma talvez com seu mistério particular, mulheres que vendiam seu corpo sem pudor, seres diferentes.

— Gonorréia e cancro mole são de todo dia, e o tratamento é simples, o cuidado que se tem é de tirar a mulher de atividade até ficar boa; a cafetina sustenta. Tuberculose é mais grave mas é contigo mesmo. Não sendo um caso muito avançado, tu sabes bem, a mulher pode continuar trabalhando, menos que as outras, naturalmente, nunca dormindo depois de meia-noite, janela aberta, boa alimentação, essa coisa toda, e proibida de beijar o cliente, isso sim, expressamente proibida, severamente proibida, se for apanhada dando beijo é mandada embora, as cafetinas são muito rigorosas.

Lauro escutando, era um mundo realmente diferente, exigia critérios próprios; científicos, rigorosos, mas próprios daquele mundo particular, sim, interessante, pensava enquanto escutava o outro falar.

— Grave é a sífilis, isso sim. E tem; tem muito até, infelizmente. Sífilis, tu vais ter que estudar, há tratamentos novos mas ainda pouco experimentados, o velho Felício, por exemplo, evitava o arsênico o quanto podia, achava muito perigoso, muito venenoso, e bismuto ele também tinha medo, não sabia dosar, dizia que era coisa muito nova ainda, sem tempo de experiência suficiente. Isso tu vais ter que estudar, mas tu sempre foste um belo estudante e vais acabar doutor no assunto, vais até botar tese, quem sabe, defender na Academia — e vinha a risada aberta.

Estavam sentados num banco do jardim no frescor de uma tarde do final de abril, sentindo o ar marinho com cheiro limpo que entrava pela barra e levemente chegava à Glória, àquela esplanada aterrada havia poucos anos, ajardinada como as praças européias, canteiros verdes dispostos geometricamente, esculturas clássicas em granito e mármore, árvores em crescimento, arbustos cortados em formas de bichos, tudo dando paisagem ao clima ameno. Automóveis passavam pela pista à margem do jardim que ia ao Flamengo e a Botafogo. A água que jorrava do repuxo próximo era mais uma amenidade que aumentava a sensação de frescor, e a própria figura de Nelson não deixava de ser um refrigério. Lauro mais escutava, ou só escutava, mas já quase decidindo aceitar. Com um ganho a mais permanente, e com as apólices que tinha herdado do pai, poderia comprar um automóvel. Um sonho, um enorme destaque. O único problema, considerava para si, era a oposição certa da mãe, não só oposição, o desgosto certo da mãe, aquele trato com prostitutas, o pensamento antigo dela, natural. Não devia contar, se aceitasse não devia dizer nada para a mãe, pelo menos no início, até ter certeza de que ia ficar mesmo naquele consultório.

— É aqui bem perto; queres ir até lá conhecer? São quase três e meia, com certeza já tem cliente me esperando.

Doutor Lauro foi.

O ano era de 1925, marcava já a primeira quarta parte do novo século, e o Brasil era um país agitado por uma forte vontade de mudança, o tenentismo nascente, desafiando as velhas oligarquias, a coluna Prestes bem viva no interior, o Partido Comunista recém-fundado e já atuante, a arte brasileira se afirmando pelo movimento modernista, a nova ciência chegando ao Rio com uma revolução de conceitos pela relatividade, Einstein tinha vindo ao Rio aquele ano, visitado a Escola Politécnica, tinha elogiado a cidade modernizada para orgulho dos brasileiros, a cidade que já tinha uma estação de rádio transmitindo música clássica e conferências, os padrões americanos substituindo os europeus, no dia-a-dia, automóveis, cada vez mais, transitando pelas avenidas novas que ligavam o Centro a Botafogo e a Copacabana pelo túnel, havia um clima que espanejava idéias velhas, preconceitos e hipocrisias de antanho.

E então o doutor Lauro aceitou a nova incumbência. Não apenas aceitou, por motivos materiais de dinheiro e de ocupação de vazio, mais que aceitar, ele assumiu a missão, assumiu enobrecendo-a, para si e para os outros, faria aquela assistência com fins sociais e científicos ao mesmo tempo, estudaria aqueles organismos humanos marginalizados da sociedade, analisaria os efeitos que aquela atividade desenvolvia sobre a saúde daquelas mulheres, saúde no sentido amplo, física e mental. Aceitava como uma forma de engajamento no esforço do Brasil moderno para mudar a mentalidade atrasada. Tinha um mundo ainda não estudado pela frente, um mundo encoberto pelo preconceito e pela hipocrisia. Ia desvendá-lo.

Mas não diria nada a dona Rosa. Não. A mãe, coitada, não estava preparada para a nova fase que o País estava vivendo, seguindo o mundo moderno. Diria só que havia decidido abrir um consultório particular com um amigo seu na Lapa, quase no Centro da Cidade, para ocupar suas tardes. Pronto. Nem na Liga diria nada; também nada diria no Dispensário; imagine o doutor Ataulpho sabendo que ele, filho do doutor Cláudio Antunes, ele, tão respeitado no Dispensário, jovem bem-formado e de carreira tão promissora, tinha virado médico de putas na Conde de Laje. Era certo que isso acabaria sendo sabido e comentado, mas resolvera ganhar um tempo de encobrimento enquanto acumulava saber e razões para fazer aquilo sem ocultamento, corria o risco do futuro, convencido de que estava certo, estava embarcando na corrente das novas idéias, reformadoras, que acabariam vitoriosas.

Era a renovação do ofício também que experimentava, ao lado da renovação das idéias. Isso era também muito positivo, teve que estudar, com a ajuda do Nelson, sim, mas com uma dedicação própria da personalidade dele, o gosto viçoso da perfeição, teve de enfronhar-se nos livros de ginecologia, estudar a fundo as doenças venéreas para estar apto ao exercício do novo mister, pouco exercido, coisa nova, pediu um mês de prazo ao

Nelson antes de começar e, por sugestão do colega, começou desde logo acompanhando suas consultas, aprendendo a conhecer no detalhe a aparência, na saúde e na doença, daquelas partes femininas que ele não conhecia, e só em fotografias muito restritas se mostravam.

A nova ocupação revelou ao doutor Lauro aspectos completamente desconhecidos em termos de relacionamento humano, sutis, é verdade, mas sequer imaginados, isso o mais interessante. O caráter benigno das putas, por exemplo, na aceitação do seu destino à marginalização, à desconsideração definitiva, e, de outro lado, alguma coisa de humano que levava a eles, médicos, a tratarem-nas com muito respeito, usando procedimentos e expressões exatamente iguais aos que empregavam no atendimento a clientes de posição social elevada. Era uma surpresa para ele, o jeito quase sempre suave com que elas se apresentavam e se submetiam aos seus cuidados. Surpresa ainda maior foi descobrir que ele, doutor Lauro, correspondia àquela atitude delas com uma certa blandícia naquele atendimento, quase um carinho, que só não ficava explícito para não correr o risco de ultrapassagem da barreira profissional de atenção e dignidade que era devida a ambos os lados. Havia uma ternura, sutil, escondida mesmo, mas havia, uma ternura no examinar, tocar, sentir aquelas mulheres que ali, naquele consultório, se entregavam mais, mais verdadeiramente do que nas camas com seus clientes. E ouviam atentas, com expressões de completo acatamento, escutavam e obedeciam a tudo que ele lhes dizia.

Surpresa: havia um encantamento naquela relação. Que não era sexual; era carinhoso, afetuoso ou mesmo amoroso no sentido mais amplo, sem ser sexual.

Antes de exercer o consultório, Lauro jamais havia tido um encontro de cama com uma daquelas mulheres. Conhecia a

Conde de Laje, sim, tinha transitado por lá uma meia dúzia de vezes, com amigos, e uma vez até sozinho, impulsionado pela curiosidade, mais que isso, excitado pela atração que aquelas mulheres produziam sobre ele. Fugia do contato final por uma inibição que lhe dava a certeza de não funcionar sexualmente na hora, pela vergonha da impotência quase certa. E entretanto quantas vezes, ali no consultório, não sentiu o ímpeto forte do sexo aliado àquele sentimento de carinho que sobretudo as brasileiras, modestas, morenas, pobres, escuras, submissas, suscitavam nele. E entretanto controlava aquele impulso, nem de longe admitia abusar delas no consultório e nem as procurava de noite em seus locais de profissão, por uma razão que não sabia bem explicar, por achar que não seria a mesma coisa, que não sentiria lá a mesma ternura da tarde refletida no sexo.

Não sentia a mesma ligação carinhosa com as francesas. Tratava-as com a mesma delicadeza, total respeito, mas não crescia entre ele e elas uma vibração calma de ternura. Sentia nelas uma personalidade mais forte, não era arrogância mas uma ligeira altivez, um certo assenhoreamento da própria vida que as brasileiras no geral não tinham. Certamente porque vinham, as francesas, de um mundo mais rico e mais civilizado, ciosas da condição, imaginando ganhar com menos dificuldades uma situação melhor num país inculto. Pensando bem, não era de surpreender aquele aprumo, já que uma pessoa que deixa o seu país para tentar a vida em outro completamente estranho necessariamente vem movida por uma personalidade forte, decidida.

Já as polacas eram de todo diferentes. Não possuíam nem um milímetro da altivez das francesas. Mas também pareciam seguras de si. Eram particularmente sadias, de corpo e de alma, eram pessoas simples e diretas, não pareciam ter as dissimulações e sutilezas das brasileiras e das francesas, as sutilezas simples das brasileiras e as sutilezas afetadas das francesas. Doutor Lauro gostava das polacas. E tinha por elas uma atração que não vinha tanto da ternura mas de um magnetismo mais diretamente ligado à natureza, à força da natureza. As polacas lhe pareciam, mais que todas, uma força bruta e bela da natureza. Possuíam uma tez clara, levemente rosada, sedosa, que só de olhar já produzia um incitamento irresistível ao toque. E além da tez, a consistência macia e redonda das carnes. Doutor Lauro as tocava muito mais do que às outras, com total respeito, sem dúvida, mas tocava e elas pareciam também deixar com prazer que ele as tocasse, com mãos de médico, nas pernas, nas coxas, nos braços, no ventre, tocava e sentia forte o pulso do sexo.

Um dia, pensava, ia procurar uma polaca daquelas, bem loura, bem cheia e bem bonita. Seria uma grande estréia, um mundo novo. Auspicioso.

E as polacas, com o tempo acumulado naquela atividade, tornaram-se o interesse maior, profissional, do doutor Lauro. Compreendidas nesta denominação estavam todas as que vinham da Europa Central, alemãs, tchecas, austríacas, mas a maior parte era realmente de polonesas, vinham de um país pobre daquele continente rico, um país de história sofrida, que só depois da grande guerra havia ganho a independência. Vinham do interior, do campo, na maioria, e encarnavam a efígie da saúde e da alegria campesina. A jovialidade delas impressionava, pareciam satisfeitas com a vida, sorrindo com dentes brancos e sãos. A saúde delas era nitidamente melhor que a das demais, não tinha encontrado nenhum caso de tuberculose entre as polacas. Muita tuberculose entre as francesas, e obviamente também entre as brasileiras. A tuberculose, afinal, continuava sendo a preocupação principal do doutor Lauro, doença terrível, devastadora. Pois nenhuma tuberculose entre as polonesas. Tinham todas uma beleza diferente, forte, uma beleza louçã, ficava embevecido com a louçania das polacas, e gostava de usar essa expressão, louçania, referindo-se a elas, achava bem adequada, aquela beleza diferente, de pele clara, lisa e rosada, de carnes nunca magras e escassas, muitas vezes eram mesmo robustas, de músculos femininos mas cheios, escandalosamente sadias.

As consultas ali na Lapa eram bem diferentes das do Dispensário. Eram consultas mais demoradas, com muita conversa sobre a vida das clientes, hábitos, conversa franca, sem subterfúgios, procurando termos e expressões mas contando a verdade, fazia parte do atendimento médico saber como elas se comportavam no seu ofício, por exemplo, e aquela abertura propiciava um calor humano que confinava com o carinho e a ternura. E foi nessa conversação da verdade afetuosa, tempo sobre tempo, que o doutor Lauro descobriu uma particularidade das polacas, que possivelmente constituía uma razão forte de sua saúde admirável. Só as polacas tinham o costume, só elas, o costume de engolir o sêmen dos seus clientes quando faziam com eles o sexo oral até o fim, em média duas vezes, ou mais, a cada dia.

Extraordinário: doutor Lauro lembrou-se da obrigação que a mãe lhe impusera de comer pelo menos duas gemas de ovo por dia, poderosa ração de proteína animal, que lhe garantira a força para sobrepujar a ameaça de tuberculose que pairava sobre a família. Extraordinária ração protéica que aquelas polacas ingeriam diariamente, proteína concentrada, pura, energizada, viva, vivificante, que só elas ingeriam, naturalmente, com gosto, sem o fricote das francesas nem o nojo das brasileiras, que cuspiam num urinol todo o conteúdo, caso o cliente exigisse o sexo oral até o fim. Bastava olhar para umas e outras para se constatar o benefício que aquela prática trazia para as polacas. A saúde exigia o respeito às regras da natureza, e a natureza queria o sêmen do homem depositado no interior do corpo da mulher. Se não pela vagina ou pelo ânus, que o fosse pela boca, e o corpo da mulher agradecia em saúde. Agradecia mais se fosse pela boca, porque o aproveitamento nutricional era completo, através do tubo digestivo, e com riscos de infecção muito menores, quase nulos, já que os ácidos do estômago matavam rapidamente os germes que viessem no sêmen, gonococos ou treponemas. Algum risco, mas bem menor, havia de infecção na boca ou na laringe, por isso ele recomendava, e as polacas passaram a fazê-lo, um gargarejo com água oxigenada após cada ingestão.

Doutor Lauro fez um trabalho científico; coletou e organizou dados estatísticos de um ano de atendimento: eram 2.388 consultas abrangendo 208 clientes. A clara revelação era a do estado de saúde absolutamente melhor das polonesas; em tudo, com exceção da gonorréia que pegava igualmente nelas. Mas até em gripes e resfriados elas ganhavam nitidamente das outras; em tuberculose era um escândalo; mas em sífilis também, e isso era particularmente importante na medida em que a sífilis era o flagelo pesado que havia tempos ameaçava a humanidade pela via do sexo. Ele havia estudado bem a sífilis, livros e livros, teses de doutores brasileiros e franceses sobre aquele mal terrível, terrificante. Pessoalmente tinha observado, na sua clientela, entre as prostitutas mais velhas e em duas cafetinas, casos neurológicos graves de sífilis quaternária, e um caso de insuficiência cardíaca que levara à morte uma das cafetinas. Pois até na sífilis as polacas eram sensivelmente mais resistentes. Em percentagem, tinham 34% menos de incidência que as francesas e brasileiras que mais ou menos se igualavam; as polacas resistiam melhor também ao espiroqueta.

Era notável aquela constatação, e a explicação que havia encontrado parecia cientificamente inequívoca.

Doutor Lauro escreveu uma tese apresentando suas observações e conclusões, e pensava em fazer uma comunicação à Academia. Hesitava, porém, pensando em sua mãe, na incompreensão dela, e também no doutor Ataulpho, que era muito conservador, antigo nas idéias, e não era médico, apesar da dedicação total à Liga Brasileira contra a Tuberculose. Na hesitação, resolveu consultar o Nelson, colega de atividade, a quem já tinha referido, por vezes, aquela superioridade das polacas e a explicação que encontrara, observando nele uma certa reação de hilaridade, como se fosse brincadeira. Essa, aliás, era uma das razões da sua hesitação, o medo do abagunçamento brasileiro das coisas sérias.

Pediu uma entrevista e expôs sua tese ao amigo; mostrou o trabalho e disse da sua cogitação em levá-lo à Academia.

E foi então que teve o choque arrasador. Não totalmente inesperado, conhecia o jeito do amigo, mas incalculado na força demolidora. Nelson, ainda no meio da sua exposição, bem antes do fim, começou a rir. Um riso fraco no início mas que obrigou doutor Lauro a interromper sua apresentação para olhar o outro apreensivo. E de apreensivo passou a algo ofendido, na medida em que o amigo não parava de rir e acentuava o riso cada vez mais, até se tornar algo completamente incontrolável. Em poucos minutos, Nelson literalmente dobrava-se de rir na cadeira, criando um impasse constrangedor. Lauro fechou as páginas abertas e ficou em silêncio, com uma feição de protesto no rosto abaixado.

— Você descobriu o tônico dos tônicos, duas doses de porra por dia pela boca... a Academia... — Era o riso de Nelson, inteiramente descomedido, desgovernado, que não parava, deixou Lauro estupefato e injuriado, perdido de si mesmo, meses de trabalho sério. Saiu porta afora quase desequilibrado, com o relatório debaixo do braço, enquanto o outro continuava a rir irresistivelmente. Não conseguia atinar com nada, meses de trabalho dedicado, foi andando pela calçada da rua da Lapa sem perceber o que via e o que fazia. Era um país sem seriedade, sem nenhuma seriedade. Um verdadeiro choque, pensava-se que estava mudando e continuava o mesmo, atrasado e bagunçado, choque a mudar seu esforço de vida dali para a frente. Desistir. A ciência... Não sabia. Não sabia nada.

O Deputado

Ainda há, vivos, os que votaram naquele tempo, anos cinqüenta, cinqüenta e quatro, os tempos que seguiram a abertura democrática depois da guerra, e acham, muitos deles, que o sistema era melhor. Refutam com veemência que seja manifestação de saudosismo, exaltação dos dias da mocidade. Refutam com razões: não havia a decisão emocional e estouvada das massas ignorantes; a política era comandada por gente de responsabilidade. A maioria não estava no eleitorado descomprometido e insensato das grandes cidades, mas era a grande soma das gentes do interior, comandadas politicamente por líderes ponderados, que decidia as eleições. O sistema tinha então sabedoria. Não chegava a realizar o ideal do governo dos melhores, educados para tal, como queria Platão quando essa mesma discussão rolava faz dois mil e quinhentos anos; mas também não era a contrafação denominada depreciativamente de oligarquia, poder de poucos, de famílias poderosas, exercido em benefício próprio, como hoje se quer dizer. Não era o ótimo mas também não era o péssimo; era o razoável. Era o sistema dos chefes respeitados, ajuizados, era o poder do bom senso e da responsabilidade. Era democracia, não de massas mas de quadros, de líderes que ascendiam gradativamente dentro dos partidos e se afirmavam na prática, prestando contas dos seus atos aos chefes maiores, e substituindo-os no tempo sedimentado, sem aparições meteóricas, espumantes, sem manipulações da massa, que respeitava os líderes e acreditava neles. Claro que nessa respeitabilidade entrava também o dinheiro, o patrimônio, necessário para mover a máquina eleitoral, mas não era o principal atributo. Não era — garantem —, o principal era a dignidade, o respeito. E a democracia é o melhor regime mas não pode confiar o poder de modo irrestrito à massa ignorante, irresponsável, imediatista, volúvel, sentimentalista; não pode ser senão um regime intermediado por quadros políticos experimentados: povo votando orientado por quadros políticos dotados de sabedoria, capazes de encarnar os interesses permanentes da sociedade. É o que era o sistema naqueles idos, no ver desses sobreviventes nostálgicos.

O Deputado podia contar os votos com antecipação, sabia a votação que ia ter, Fulano em Cachoeiras dava tanto, Sicrano em Mangaratiba tanto, e assim ia somando até o resultado certo. Evidentemente havia os idiotas, que não tinham nada na cabeça, candidatavam-se por vaidade, pensando que teriam uma grande votação independente, e eram aceitos pelo comando partidário para encherem a chapa e aumentarem a chance de eleição dos que realmente tinham possibilidades porque estavam ligados no sistema do respeito. Assim era o velho PSD; assim era a UDN.

O Deputado contava os votos no dia 1º de outubro de cinqüenta e oito: ia se eleger com vinte e oito mil votos, seis mil a mais do que havia tido em cinqüenta e quatro. Era um avanço importante, uma credencial para galgar um patamar, membro da Comissão de Orçamento, ou presidência de outra comissão na Câmara, ou então uma boa secretaria de Estado. Era assim.

Dois dias depois, votou cedo em Niterói, tinha preferência como candidato, e estendeu a preferência à mulher para votarem juntos por volta das oito e meia, furando a fila sem protesto de ninguém, porque tinham pressa justificada, precisavam passar rapidamente em São Gonçalo, num pequeno reduto do Luiz César na zona rural, distrito de Santa Isabel, uns cento e cinqüenta votos; depois dar uma presença de uns quarenta minutos em Itaboraí, onde devia ter uns seiscentos votos, porque contava com dois bons candidatos a vereador e a simpatia do chefe local, Zé de Lima; e de lá iam andar um pouco pelas ruas e almoçar em Rio Bonito, aí sim, município para dois mil e oitocentos votos, diretório fechado com ele sob o comando do Victor Goulart.

Era festa de simpatia; andar pelas ruas em dia de eleição, passear pelo centro em companhia do Victor que ia apresentando o deputado, o candidato, a uns e a outros, importantes e humildes, os importantes com uma troca mais demorada e sorridente de lugares-comuns sobre a figura e a atividade do apresentado, vários já conhecidos da outra campanha. Era tomar um café prolongado em pé no balcão bem visível, central, do bar do Chico Verde, correligionário discreto, como eram os comerciantes, e depois dar um pulo na redação do jornal da cidade, tirar uma fotografia em conversa com o dono, João Elias, registro da visita para notícia no próximo número. Depois, era o almoço na fazenda, onde já estava Nilda, recebida por dona Jacinta.

Victor Goulart era fazendeiro e mandava matar três garrotes para o churrasco em domingo de eleição. E muito frango, muita lingüiça e muita farofa. Vinham os fazendeiros menores com suas esposas e traziam de caminhão seus peões para votarem na chapa do Victor. Ficava a peãozada dentro de um cercado comendo e bebendo limonada desde a manhã; depois que votavam ganhavam um copo de pinga. Daquele cercado saíam de meia em meia hora quatro caminhonetes, levando vinte eleitores cada uma, para quatro locais de votação onde estavam inscritos. Recebiam, do lado de fora, antes de entrar no recinto de votação, seu título de eleitor, que tinha sido tirado pela Eugênia e ficava sob a guarda dela, só naquele momento era passado às mãos do votante e devolvido logo depois. Recebiam o título juntamente com o envelope contendo as cédulas dos candidatos do Victor, de vereador a governador. Tudo era organizado pela Eugênia, cunhada, irmã solteira de dona Jacinta, mulher inteligente, educada, e muito despachada, só andava de calças, era dona do Cartório, Eugênia, que em dia de eleição era incansável, trabalhava mais que em qualquer outro, e garantia, só ali naquele churrasco, uns mil e trezentos votos, mais um pouco, e ainda percorria os outros redutos do município, onde também se juntava outro tanto de eleitores do esquema imbatível do cunhado, a ver se estava tudo em ordem.

Victor Goulart não pedia dinheiro para os votos que eram dele; não, que é isso: tinha patrimônio e dignidade, era homem de bem e montava seu esquema por conta própria, cobrava depois em atenção e favores que ele articulava. Mas o apoio dos demais cabeças do Diretório, que era gente de alguma posse mas nenhuma grandeza, o apoio que daria para chegar aos três mil votos (o Deputado computava dois mil e oitocentos por segurança), esse apoio custava certa quantia, certa quantia mais ou menos vultosa, e não convinha regatear, o próprio Victor negociava e procurava aliviar o candidato, mas dizia, com a voz da experiência, que esquema político barato saía caro na hora da apuração dos votos.

Os fazendeiros tomavam uísque antes do almoço, alguns deles haviam trazido as esposas que se sentavam numa sala ao lado com dona Nilda e dona Jacinta. A presença do Deputado naturalmente obrigava a que a conversa dos fazendeiros não fosse sobre bois mas sobre política. E a conversa ressaltava a importância maior que tinha para eles a eleição de prefeito e principalmente a de governador. Havia um fato novo naquela eleição: Roberto Silveira, vice-governador, saído do esquema do PSD para lançar-se candidato contra eles pelo PTB do falecido Getúlio Vargas. E cada fazendeiro tinha uma história a contar sobre a campanha daquele candidato diferente, que havia passado quatro anos sem fazer outra coisa senão falar diretamente com o povo, apertando mãos nas ruas, pedindo licença e entrando nas casas para falar diretamente, ele mesmo, com os eleitores. Comentavam com preocupação, admitindo, no íntimo, que ele poderia derrotar o velho poder do PSD e do comandante Amaral Peixoto. Admitiam no íntimo porque escutavam opiniões de muitos, espécie de pesquisa qualitativa daquele tempo, e trocavam informações, mas não deixavam de garantir, todos, ali em público, especialmente na frente do Deputado, mais uma vitória do esquema deles. Que aliás havia tido a sabedoria de lançar candidato a governador o representante da região mais urbanizada e populosa do Estado, que era a Baixada Fluminense, de onde Getulio Moura deveria sair eleito.

Falavam com preocupação não só pelo risco de derrota que estavam correndo, mas a apreensão era também com a subversão do velho sistema que aquela nova onda popular representava: um chamamento direto do povo, por cima da intermediação dos velhos chefes eleitorais que eles eram, e por serem, tinham, cada um, uma importante parcela de poder na hora de nomear autoridades, delegados, professoras, fiscais, funcionários, até titulares de cartórios, além de conseguir a todo momento pequenos favores. Mas falavam também, aí entrava o profissionalismo, falavam com uma indisfarçável ponta de admiração pela ousadia daquele jovem político que inovava e subvertia, e que até tinha coragem de enfrentar o chefe incontestável, o velho Comandante, como chamavam Amaral Peixoto.

O Deputado era carioca, não era fluminense de nascimento. Era advogado mas não vinha de família ilustre, era filho de comerciante de origem libanesa estabelecido na Tijuca. Era, sim, de uma jovialidade e uma simpatia física irradiantes, um sorriso magnético sentido a distância, um alinho simples mas impecável no trajar, um jeito doce e afável no falar, e sua mãe havia sido amiga desde a adolescência, amiga favorita e cultivada, da esposa do presidente Dutra. Assim, sob a influência deste campo magnético, fora nomeado em 1946 diretor da Caixa Econômica. E em pouco mais de três anos sua vida se havia transformado: procurado todo dia por empresários, especialmente os da construção civil, passou a ser constantemente chamado para os acontecimentos sociais da elite da Cidade e a ver sua figura jovem e insinuante fotografada nos jornais. E rapidamente aprendeu a ler com desembaraço os interesses empresariais, a falar e pilheriar como eles, os da elite, a vestir-se e comer como eles, a morar amplamente como eles, na Zona Sul, a ter um automóvel como o deles. E, atendendo às demandas dos deputados, percebeu o quanto era importante ser um deles.

Pensou em candidatar-se logo na eleição seguinte, em 1950, mas foi convencido pelo Cantídio a ficar mais quatro anos na Caixa, quem sabe até ser o presidente, consolidar sua expressão política e ampliar seu patrimônio, antes de partir para a disputa eleitoral. Fazia sentido, Cantídio era um empresário experiente e inteligente, e ademais muito influente, espécie de líder dos grandes construtores do Rio com uma ligação forte entre os principais empreiteiros de São Paulo e de Minas. Era certa a vitória nacional do PSD e ele teria a força dos grandes empresários desse setor, decisiva na política, para continuar na Caixa. Não chegou a levar um susto com a vitória de Getúlio Vargas porque nos meios bem-informados que freqüentava já se sabia que só o PSD de Minas estava com Cristiano Machado; no resto do País, quase totalmente estava com Getúlio sob o comando discreto do genro Amaral Peixoto, presidente do partido. Com isso, estava decidida a eleição, considerando o apoio do eleitorado independente das grandes cidades, com suas massas trabalhistas, que se ia tornando realmente importante.

Seu projeto eleitoral já então estava voltado para o Estado do Rio, onde era mais fácil para uma pessoa como ele eleger-se, pelo que havia apreendido em muitas conversas versadas no assunto. Porque lá havia, no interior, controle eleitoral e os votos eram garantidos em acertos com os chefes municipais. No Rio, Distrito Federal, havia algum controle nos subúrbios mas a máquina não funcionava com a mesma precisão do interior fluminense. E, claro, o caminho para a eleição do outro lado da Baía era a ligação boa com o chefe dos chefes interioranos, Amaral Peixoto. A conexão foi feita com facilidade pelo Cantídio, foi reforçada pelo empenho com que ele demonstrou no atendimento a qualquer demanda do Comandante, e valeu, foi decisiva para a permanência dele na Caixa, pedida pelos empresários, no novo governo.

Quando veio a crise de agosto e o suicídio de Getúlio, ele tinha deixado a Caixa e já estava em campanha, articulando diretórios e cabos eleitorais pelo interior. Foi do choque ao grande susto, sem saber se o processo teria continuidade, com aquela gente da UDN assumindo o poder, louca para dar um golpe porque pelo voto não ganharia nunca. Cantídio garantiu que haveria eleição, sabia das coisas, e continuou comparecendo com o financiamento prometido. Veio a eleição e ele se elegeu deputado federal pelo PSD do Estado do Rio dentro das previsões. Tomou posse no Palácio Tiradentes, brilhando em simpatia, estuante de promessas para si mesmo. Era o começo.

Continuou sendo chamado às recepções e aos jantares da gente da sociedade mas os convites aos negócios caíram bastante, e o Deputado começou a se preocupar com a reeleição já no início do segundo ano. Não tinha disposição de ficar viajando pelo interior nos fins de semana para atender às demandas dos chefes políticos, e nem tinha tempo, porque muito mais importantes eram os encontros no Rio, com gente que decidia as coisas. O PSD havia ganho novamente as eleições presidenciais, com aquele mineiro sabido e simpático que tinha dado a volta por cima do golpe udenista, e o Rio fervilhava de conversas, almoços, jantares, onde apareciam aqui e ali oportunidades de negócios que ele podia intermediar. Assim é que, sem dar atenção aos cabos eleitorais, e muito menos aos eleitores — a chamada assistência aos municípios —, sabia que sua possibilidade de reeleição dependeria da quantia que tivesse para gastar na época da campanha.

Nos jornais, seu nome aparecia nas colunas sociais, não nas matérias políticas como desejava. Sentia-se pequeno no Palácio Tiradentes. E era pequeno, na verdade, não só por ser novato, de primeiro mandato, como por não apresentar bagagem de realizações ou de saberes capaz de abrir espaço naquela arena dominada pelos velhos líderes, pelos grandes executivos, ex-ministros, e pelos oradores brilhantes que pontificavam nas folhas. Sentia-se um tanto menosprezado, apesar das excelências formais do tratamento. Tentou fazer um discurso importante, bem-preparado, por gente capaz, abordando a questão da construção civil vista pelo lado social, e não encontrou repercussão. Fez uma segunda tentativa e o resultado foi o mesmo. Manteve-se entretanto obediente e respeitoso com o Comandante, obsequioso mesmo, dava jantares vistosos e o convidava juntamente com gente de destaque na noite do Rio; Nilda telefonava a dona Alzira. E o Comandante mantinha intacto o seu prestígio no novo governo; tinha-o levado ao Catete numa audiência especial com o Juscelino.

A preocupação crescia no entanto com o passar dos meses; já estavam no fim de cinqüenta e seis. Então falou com Cantídio: ia precisar de dinheiro para a próxima eleição.

Cantídio foi muito prático: "Você precisa se reeleger bem para pleitear um lugar na Comissão de Orçamento; por lá é que transitam as verbas." Mas acrescentou que podia ainda levantar recursos para garantir a próxima campanha dele.

Reelegeu-se bem o Deputado: teve mais de vinte e nove mil votos, quase trinta mil, foi o segundo mais votado do partido no Estado, puxa, era voto, recebeu um telefonema de congratulações do Juscelino e sentiu que o Comandante passou a olhar para ele com mais atenção. Então pleiteou logo uma vaga na Comissão de Orçamento; tinha de pensar imediatamente na eleição seguinte. O Comandante não se comprometeu de pronto mas disse que era possível: ia pedir ao presidente um ministério para o PSD do Estado do Rio, que precisava de reforço para não ser engolido pelo PTB que crescia muito e havia ganho a eleição de governador; e indicaria o Alcides, que era membro da Comissão de Orçamento, para esse ministério, abrindo assim uma vaga, que passaria para ele.

No fim da primeira semana de dezembro recebeu a resposta: estava tudo acertado. Foi então comemorar no Night and Day;

era um lugar onde os políticos gostavam de se reunir após as sessões da Câmara e do Senado para tomar um uísque e comentar o dia, antes de irem para casa jantar. Muitos almoçavam ali também; era conveniente, um ponto central e bem freqüentado. Jornalistas, igualmente: ali se faziam colunas políticas. E naquele início de noite teve por inteiro a sensação de sua importância acrescida. Natural: política era voto; quem tinha voto tinha importância. Foi o centro de atenções da mesa. Até o Durães do *Correio da Manhã* e o Aloysio do *Diário de Notícias* sentaram-se para conversar com ele. Era a primeira vez que tinha atenção daquela qualidade, e o sentimento foi descambando aos poucos, sem que percebesse, para a inchação interna e o entono de alma: finalmente era um deputado importante.

O jornalista é o profissional que filtra o gosto e trabalha os juízos daquela classe de pessoas que o lê no dia-a-dia, pessoas que têm o hábito da conversa esclarecida e formam a chamada opinião pública. O jornalista tem a sensibilidade especial para o estupendo e o alvoroçante; e sua matéria-prima fundamental é o ser humano: o indignado, o ingênuo, o desatinado, o deslumbrado.

O Deputado, inflado no ego, bebeu uísque em demasia àquela noite; saiu da mesa bem depois das dez horas, após uma conversa estimulante com os dois jornalistas. Sobre política, evidentemente, o que mais poderia ser tão interessante? Sobre política nacional e muito sobre a política regional, do Estado do Rio. O quadro nacional mostrava que o eleitorado urbano teria fatalmente uma importância cada vez maior no país. E isso apontava para um crescimento inevitável e flagrante dos partidos de base urbana, o PTB, dos trabalhadores, e a UDN, da classe média. O PSD, que era o partido eminentemente rural, interiorano, conservador, perderia substância inexoravelmente. O Deputado fazia uma análise política inteligente e os jornalistas concordavam e o encorajavam, reforçavam suas teses, exemplificavam-nas, estava ali diante deles uma matéria interessante: um deputado do PSD, interiorano, consciente do processo político, confessando o atraso do seu esquema, a condenação do seu partido.

A matéria tornou-se ainda mais interessante quando o Deputado começou a referir-se ao seu Estado, e ao seu comandante, Amaral Peixoto, para revelar sua enorme admiração pelo novo líder dos fluminenses, o recém-eleito governador Roberto Silveira, que havia derrotado os currais eleitorais do interior, comandados pelo decadente chefe do decadente PSD, com cujos votos ele próprio havia sido eleito. Aquilo era estupendo, jornalisticamente: sinceras confissões de um deputado vitorioso sobre o seu partido e o seu chefe, e o sistema decadente em que se apoiava.

Chegou em casa e ainda tomou um uísque mais, para rematar aquela noite tão significativa. Nilda, a esposa, compartilhava. Não reclamava mais da hora de chegada, estava acostumada à vida de político, e não ficava, como antes, indagando onde tinha estado, com quem tinha estado, deixava que ele contasse o que quisesse, evitava possíveis desgostos, queria tão-somente usufruir em comunhão os ganhos e as vitórias, que eram dela também, esposa reconhecida pela sociedade. Ficou com ele enquanto tomava sua bebida e depois enquanto comia o jantar que ela já havia degustado horas atrás não requentado. Reaquecendo juntos os êxitos recentes, especialmente a conversa importante da noite, com jornalistas do primeiro time.

No dia seguinte levantou tarde com a cabeça doída, tomou um alka-seltzer em jejum, um bom banho, um café ligeiro e passou a ler os jornais. Claro que não podia ter saído nada, não teria dado tempo, comentarista político escrevia no final da manhã para a edição do dia seguinte. Almoçou e foi para a Câmara. Passou pela sala do partido e soube que havia um recado deixado para ele, do doutor Cantídio, pedindo que o chamasse por telefone.

Ligou: como vai, isso e aquilo, e Cantídio perguntou se ele tinha dado declarações a jornalistas.

— Como assim? — estranhou.

— Você conversou ontem com algum jornalista?

O Deputado sabia ler na entonação das pessoas, especialmente daquelas pessoas que eram importantes para ele. Percebeu logo a gravidade, e perguntou o que havia.

— Jogam você contra o Comandante. E de uma forma perversa.

Sentiu o desabamento interior: a voz e as palavras, e o peso de quem as dizia, traziam uma sensação desassossegante. Procurou conferir, é mesmo? Você já leu algum trecho, ouviu falar? Não; Cantídio só sabia que a coisa que ia sair não era boa. Com certeza.

Desligou e saiu inquieto à procura dos jornalistas. Na sala de imprensa soube que só chegavam depois das quatro, quatro e meia; não faziam a cobertura de plenário, vinham só para assuntar as variações políticas, buscar o tema do dia, colher material para suas colunas.

Cresceu a apreensão; quanto mais tarde mais consolidadas estariam as matérias, mais difícil refazer qualquer coisa. E, depois, não tinha nenhuma intimidade com nenhum dos dois, nem sabia como abordar o assunto com eles, pedir para mudar as coisas, não ficava bem, meio que vergonhoso, afinal ele tinha falado, não lembrava muito bem, com precisão, o que tinha dito, mas sabia agora que havia falado demais, impensadamente, e era preciso agir rápido. Tornou a ligar para Cantídio, só ele podia ajudar àquela hora, tinha influência, podia falar com a direção dos jornais, era homem forte. Cantídio disse que ia fazer o que pudesse. Seco e grave. E fez. Uma das colunas saiu bastante amaciada, sem referência explícita à questão do Estado do Rio, à liderança de Amaral Peixoto. A outra, do *Correio da Manhã*, não saiu. O Deputado passou entretanto o dia estressado, sem conseguir conversar, na expectativa de uma notícia do Cantídio, sobre suas gestões, que não vinha. Viu de longe um dos jornalistas e desviou sua rota, foi para casa mais cedo, bebeu uma dose de uísque e a tensão não diminuiu, não quis jantar, contou tudo a Nilda, desabafou, quis dividir com ela a preocupação e o resultado foi pior, a tensão dela multiplicou a dele. Pouco depois das dez horas Cantídio telefonou: ficasse em paz, não ia sair nada de ruim. Só. Novamente seco.

Então o Deputado tomou mais cinco doses de uísque. Fez que a mulher tomasse também umas duas, ela que não gostava muito. E, no que tomava, ia compreendendo cada vez mais, ia percebendo as coisas com clareza, de então e para a frente. Reconstituindo para ele mesmo diálogos que com certeza haviam sido conversados, entre os que tinham poder, entre os que podiam e mandavam, e que para poderem e mandarem nem sempre podiam aceitar a verdade. Ele tinha falado verdades e os tinha ofendido embora sem querer. Infantilmente. Não tinha saído nas folhas mas eles, os chefes, sabiam o que ele havia dito, o que iria sair. Tudo. Sabiam de tudo. Tinha caído em desgraça, sentia pela voz do Cantídio, ia falando com a mulher, não ia mais para a Comissão de Orçamento, pensando bem não podia mais ficar no PSD, lá ia ser boicotado, não teria a menor chance de seguir na sua carreira política, conhecia muitos casos de queda em desgraça, tinha de ir para o PTB, procurar o Roberto Silveira, oferecer-se, mas sabia bem que quem se oferece se desmerece, e na verdade não tinha afinidades com aquela gente do PTB, gostava do Bocaiuva, do Paiva Muniz, mas sentia que não era visto por eles como um deputado bem-vindo, era um amaralista, não era um deles, enfim, mas tinha que tentar, seria sua única alternativa, UDN nem pensar, aquela gente esnobe, arrogante.

Foi fundo o pensamento do Deputado àquela noite. Sobre o seu futuro político; sobre a política em geral e suas regras. Periclitante, estreito o seu futuro. No PSD não dava mais. Não conseguiria reconstituir os diálogos na inteireza mas sabia que palavras como irresponsável, leviano, inconfiável tinham sido ditas pelos chefes. Talvez bobo, ingênuo, deslumbrado. Deprimente.

O Arquiteto

No sábado, ao fim da manhã, saindo da Secretaria, antes de ir para casa, passou na papelaria e comprou um bloco de papel milimetrado, folhas grandes, cor de laranja, para fazer a planta em casa, não queria que os colegas o vissem desenhando seu projeto no lugar de trabalho. Não só porque era coisa particular, isso era o de menos, muitos faziam, mas era a vergonha de mostrar sua dificuldade no projetar — e era a sua própria casa —, sua falta de prática, visível a quem a possuísse, ele nunca tinha feito um projeto, só na escola, no último ano, como trabalho obrigatório, lembrava-se bem, havia escolhido projetar uma estação ferroviária, ria-se da lembrança, uma trabalheira insana. Mas em casa, sozinho, mostraria que era arquiteto, que sabia projetar uma casa, isto é, fazer uma casa, não só examinar plantas e verificar se estavam de acordo com a lei; desenharia a planta da reforma completa que tinham decidido fazer na casa. No domingo, não àquela tarde, todo sábado iam ao cinema, sessão das seis, depois tomavam um bom lanche na Americana, não precisava nem combinar com Célia, era só escolher um filme, estava pensando em ir ao Metro ver Nelson Eddy e Jeanette MacDonald, um dos seus encantos.

E depois da missa, na manhã seguinte, tirou o paletó, as abotoaduras e arregaçou as mangas da camisa, questão de comodidade, não de calor, que o dia estava fresco, era fim de maio. Desabotoou e tirou também o colarinho engomado com a gravata, descalçou os sapatos e retirou as ligas da perna, deixando as meias caírem soltas, colocou os chinelos, era um homem gordo e tinha sempre muito vivas as necessidades do conforto, desceu a escada devagar e sentou-se à mesa de jantar, não tinha escrivaninha nem prancheta em casa, essa, aliás, era uma das razões da reforma: construir um terceiro andar e lá colocar um escritório seu, amplo, com estantes para livros, e um salão com vitrola para as meninas darem festas. No mais, eram só dois banheiros pequenos, com lavatório e vaso apenas, um no andar térreo, fácil, ao lado da copa, ocupando um vão debaixo da escada, e outro no segundo andar, ao lado do quarto do casal, tirando um pedaço do quarto de costura da Célia, ela mesma preferia, sentia falta do banheiro particular, com um bom espelho acima da pia, com uma luz bem clara, e uma bancada larga ao lado, com as coisas de toucador. A banheira e o chuveiro continuariam no banheiro maior, comum com as meninas.

Não tinha a planta da casa, ora, então a primeira coisa a fazer era desenhar a casa como ela era, para depois projetar as modificações. Maçada. Célia tinha um metro, e ele teve que começar medindo peça por peça, sabia que o terreno tinha quinze por vinte e cinco, guardara isso na cabeça desde quando havia comprado a casa, então com poucos anos de construída, estrutura de concreto, nem pensou em perguntar pela planta, a casa era nova, amarela, com janelas azuis, bonita, na Hilário de Gouveia quase esquina da Barata Ribeiro, fazia pouco mais de oito anos, em fevereiro de trinta e um, era de um engenheiro mineiro que morava no Rio mas tinha sido nomeado secretário de Obras em Belo Horizonte. A tarefa estafante da medição tomou-lhe toda a manhã, não tinha mais a agilidade da juventude, aliás nunca fora muito ágil, nem mesmo na juventude, havia sempre tido aquela tendência para o peso excessivo, e os exames físicos, no colégio e no tiro de guerra, eram sempre motivo de desassossego para ele, com pilhérias dos colegas. Mas depois do casamento havia engordado muito mais, estava passando dos noventa quilos, chegando aos quarenta anos, e já tinha dificuldade para abaixar-se numa verificação de medição, como para subir e descer escadas, e a manhã inteira naquela faina havia-lhe consumido muita força. Então, com as medidas tomadas, era melhor que deixasse o desenho da planta para a tarde. Tirava um cochilo depois do almoço, como fazia habitualmente aos sábados e domingos, e depois dedicaria todo o tempo e a atenção à feitura da planta e do projeto de mudança.

Célia, juntamente com a irmã, desde alguns meses atrás, ocupava-se ela também de fazer plantas e arranjos de casas em cadernos de folhas quadriculadas. A irmã possuía um terreno em Pedro do Rio e estava decidida a construir lá uma casa. Tomara a si então a missão de fazer a planta, já que o marido era advogado e não podia ser de nenhuma valia no caso. E foi um passatempo das duas, que passou a compreender, também, idéias e desenhos nos quadrinhos referentes à reforma da casa de Célia, para os novos banheiros e para o arranjo do terceiro andar.

No caso de Célia, porém, o marido era arquiteto. Pouco afeito à ocupação de projetar, sim, mas não importava, tinha o conhecimento técnico da profissão. Na Prefeitura, sua ocupação era examinar e aprovar projetos de construção na cidade, e principalmente projetos de casas, já que os edifícios de apartamentos ou salas, que cada vez apareciam mais, eram encaminhados para os arquitetos mais novos. Ele, um arquiteto de formas e espaços, não era um engenheiro de cálculos, e nem tinha de conferir as ferragens das lajes nem as dimensões dos pilares, que não variavam muito em casa de dois ou três andares, ele conhecia os padrões, sabia que um bom mestre-de-obras tinha aquelas coisas na cabeça, verificava apenas, nos projetos, a obediência à legislação municipal.

E, depois do cochilo, o Arquiteto desceu e abriu o bloco milimetrado sobre a mesa, apontou bem dois lápis e começou a fazer esboços. Era fácil o desenho dos banheiros, sabia bem o que Célia queria e o que ficava adequado na adaptação; não precisava pensar em instalação, que qualquer bombeiro faria. O terceiro andar, sim, era problema. Não pela disposição dos espaços, muito simples, a escada, sabia onde colocá-la e tinha as dimensões dos degraus e dos lances, e ela desembocaria num pequeno corredor aberto que dava acesso ao escritório de um lado e ao salão de dança, mais amplo, do outro, e ainda sobraria espaço para fazer uma varanda na frente, sugestão de Célia, um lugar para apanharem sol. Nos fundos, uma outra pequena varandinha que só servia de acesso à caixa-dágua. O problema estava nos cálculos, no reforço que tinha de dar aos pilares e na armação das lajes de piso do terceiro andar, principalmente a do salão de dança, com um vão muito grande; e a do escritório também, por causa do peso das estantes cheias de livros, e do cofre de ferro que ia colocar lá, ficava inseguro de simplesmente copiar espessuras e ferragens de outros projetos. Depois, havia o seguinte: o orçamento; não sabia fazer: quantidades, preços, não sabia. Ia empreitar a reforma com um mestre-de-obras, muito bem, mas tinha de ter noção do preço para discutir com ele.

Então, por isso, por aquilo, ia recorrer a um colega que projetava, nenhum desdouro, ele não tinha prática, reconhecia, e pensou logo no Santana, colega de todo dia, num instante faria aquilo para ele, no favor, com certeza não ia cobrar, mas tinha de pensar como ia retribuir. Levaria os esboços que havia feito, no dia seguinte mesmo, segunda-feira. Falou com Célia, disse que sendo uma laje grande de salão de dança era melhor dar a um engenheiro para fazer o cálculo, que era um pouco mais complicado, não disse que ia pedir ao Santana. Célia compreendeu; olhou os esboços, mais ou menos já tinham discutido entre eles, achou que a varanda podia ser um pouco maior e o salão menor, o banheirinho dela estava bom, só queria que fosse todo em azulejos amarelinhos, enfim, estava bem.

Na quinta-feira Santana entregou-lhe o projeto pronto. Naturalmente, ia querer pintar a casa, claro, e, mais um detalhe, tinha pedido para mudar os portões, que eram baixinhos e os meninos da rua viviam sentando neles, fazendo-os de bancadas, os meninos que viviam ali em torno das meninas, meio namoro, Célia não gostava nada porque sujavam a calçada, ficavam cuspindo, mania aquela de menino de cuspir, e as meninas ficavam um tempão ali naquela roda escutando bobagens e não estudavam, ah, não tinha jeito, era da idade. Enfim ia sair tudo em torno de vinte e oito contos. Podia arredondar e empreitar por trinta que não ia pagar caro.

Santana porém disse mais: que se fosse ele jogava a casa abaixo e fazia outra. Não era que a casa fosse ruim mas a divisão era antiga, embora a construção não fosse velha, ao contrário, mas aquele andar de baixo podia ficar bem melhor com a mesma área, aumentando a sala de visitas que ficava na frente e diminuindo a varanda que não tinha serventia nenhuma, podia até acabar com ela, era só um enfeite, desnecessário. De fato, nunca usavam aquela varanda, que ainda tinha um puxado para o lado que estreitava muito, sem razão nenhuma, a entrada do carro na garagem. Realmente, o Arquiteto reconhecia e concordava com o Santana. No segundo andar também tinha uma varanda de frente, saindo do quarto do casal, que era inteiramente supérflua, com certeza não a usavam nunca, para tomar sol era muito devassada, ficava completamente à vista dos vizinhos. A varanda de cima, sim, do terceiro andar que ia fazer, essa, sim, era uma idéia muito boa e ia poder ser usada, dava para os telhados dos dois vizinhos; enfim, Santana realmente convencia, as esquadrias, também, eram antigas, estava se usando agora o basculante, muito prático; por exemplo as salas de visitas e de jantar, uma ao lado da outra, podiam levar um basculante de lado a lado, na parte superior, refrescava bem, porque o ar fresco entrava e descia, e não deixava vista para as janelas do vizinho; ademais, abria espaço, embaixo, para a colocação de quadros bonitos ou objetos de ornamentação, valorizando muito as duas salas. De fato, Santana convencia, tinha experiência e conhecimento prático, e garantia que por sessenta contos, no máximo, ou cinqüenta e cinco, vinte e cinco a mais do que ele ia gastar, faria uma casa nova, com outra condição. Claro que não precisava derrubar tudo, podia aproveitar muita coisa, toda a parte da cozinha e do quarto de empregadas, as fundações e os pilares, que só precisavam ser reforçados, toda a parede do lado esquerdo, enfim, aproveitava bastante, gastava só um pouco a mais, e tinha realmente outra casa, moderna, bonita, prática.

    Os olhos do Arquiteto prenderam-se nos de Santana enquanto o colega falava. A face redonda, branca, sedosa, ia refletindo o convencimento que o outro lhe incutia; as palavras e as razões entravam pelos olhos, o colega tinha vivência profissional, e tinha bom senso. A planta da reforma ali na mesa diante deles ia parecendo uma droga; a casa nova era outra coisa. E Santana com certeza faria o projeto também de graça, de colega para colega.

Mas não, ele não tinha dinheiro, num repente a realidade se impôs, já ia ser difícil arranjar trinta contos, teria de vender quase todas as apólices que tinha, e ia negociar muito com o empreiteiro, aliás, em segredo sabia que Célia ia entrar naquela negociação, decidida como ela era. De jeito nenhum conseguiria sessenta contos, ou mais, com certeza acabava saindo por mais de sessenta a casa nova. Não, não possuía, não tinha meios, definitivamente.

— Homem, você, com o nome que tem, funcionário da Prefeitura, você arranja isso fácil num banco, qualquer banco vai lhe emprestar vinte ou trinta contos, você vai pagando devagar.

Não. Decididamente. Tinha horror a ficar devendo. Dívida em banco, nunca. Passou a mão duas vezes sobre os cabelos finos e lisos, castanhos claros, quase louros, que começavam a rarear, balançou o corpo volumoso na cadeira e concluiu: não. Nem falaria sobre essa hipótese com Célia, pensou em silêncio, era bem provável que ela pusesse na cabeça a idéia da casa nova e aí, Deus o livrasse, ia ser uma maçada. Estava decidido. Agradeceu muito ao Santana o trabalho. E as novas idéias. Que um dia ele ainda ia aproveitar.

A obra era grande, mesmo só a reforma levaria mais de seis meses, não dava para ficar morando na casa aquele tempo. Célia tinha falado com a mãe e com a irmã, podiam ficar eles dois numa das casas e as duas meninas na outra. Mas não, o Arquiteto não queria ficar devendo favores à família dela. A família dele morava em Campos, em casas muito boas e espaçosas mas em outra cidade, não dava. Com o pessoal dela não queria; não era por nada, dava-se bem, muito bem até, era gente civilizada e ele também, mas não gostava de aceitar; assim como não queria dever a banco, também não queria favores vindos da gente dela, que achava meio arrogantezinha. Sim, um sentimentozinho dele, de fundo, sentia que era olhado um pouquinho de cima para baixo, com um desdenzinho.

Decidiram então morar seis meses numa pensão logo no início da rua Domingos Ferreira, quase junto à praça, bem perto da casa deles que era na Hilário de Gouveia, ele podia ir a pé ver a obra todo dia se quisesse. Uma pensão de um casal de italianos de meia-idade muito simpáticos e educados, a própria mulher supervisionava a cozinha e fazia uma comida saborosa. Eles dois teriam um quarto largo com um banheiro próprio, dando para a frente da rua pacata; as meninas, um quarto ao lado com o banheiro comum a quatro outros, mas claro que elas podiam usar o deles. Os outros hóspedes foram conhecendo logo nos primeiros dias, nas horas das refeições, todos de aparência boa, naturalmente o italiano cuidava de que fossem assim.

Não era o que Célia queria. Por ela, teriam ficado na casa dos pais, esteve a ponto de dizer que ia para lá sozinha, depois pensou melhor e viu que os próprios pais não achariam aquilo adequado. Mas passou dias bastante amuada, demonstrando seu descontentamento com aquela idéia dele. E discutiu muito, podiam então ter ficado num hotel, um lugar mais decente, de acordo com a categoria deles, não precisava ser o Copacabana Palace; no Flamengo havia hotéis decentes, não precisava também ser o Glória... Na pensão, só teve olhares críticos e pouco falou nos primeiros dias, apesar das atenções especiais que recebia dos donos.

Logo na segunda semana, Lourdinha, a menina mais moça, caiu doente, e então o sentimento de Célia começou a mudar.

Era uma gripe, depois uma gripe forte com a garganta muito inflamada, e as atenções da dona Gema redobraram, com chazinhos e sopinhas quentes para a doente, um carinho que parecia verdadeiro. Mas a febre não cedia e os pais de Célia, tendo notícia por telefone, acharam que era prudente chamar o doutor Rodolfo. O Arquiteto achou que ainda não era o caso, vendo que era mesmo só uma gripe. Por coincidência, um dos hóspedes da pensão era um rapaz de Juiz de Fora que estudava medicina, e dona Gema sugeriu que ele desse uma espiada na menina. Célia sabia quem era, ele almoçava e jantava na pensão e ela já o tinha visto, e reparado nele, como um moço de muito boa aparência. Concordou, e dona Gema trouxe o rapaz para ver a Lourdinha.

Amir era terceiranista ainda, mas dispôs-se a ajudar. Entrou cerimonioso, cumprimentou Célia e sentou-se numa cadeira que dona Gema colocou ao lado da cabeceira da menina.

Tinha vinte e dois anos, quase vinte e três, uma figura incerta e submissa envolvida num terno de linho azul-claro, uma gravata azul-marinho com finas listas brancas, movendo-se cautelosamente sem fixar os olhos em ninguém além da menina, praticando com vagar os atos e os gestos de um doutor que ia ser, uma figura de simpatia pela simplicidade que trazia, Célia foi reparando, uma aura de bondade. Tinha cabelos bem pretos e lisos, abundantes, a tez bem clara e os olhos verdes, um nariz um pouco grande e muito afirmativo, retilíneo. Uma figura bonita, estatura média e delgada, Célia foi reparando. Em cerca de vinte minutos, sem falar nada além das perguntas necessárias, quantos dias havia de febre, o que estava tomando, salopheno, tomou o pulso, a temperatura, concluiu seu exame, com uma fixação na garganta de Lourdinha que observou por duas vezes, demoradamente na segunda. Levantou-se, simples como entrara, e com simplicidade disse que achava que devia ser mesmo uma gripe mas era bom chamar um médico. Só então, neste falar, olhou de frente e no fundo dos olhos de Célia, olhou com os seus olhos verdes, belos, de uma luz de mocidade.

— Acha então que é caso de chamar?

— Acho que seria bom chamar hoje mesmo. — Disse assim mas sem enfatizar muito as últimas palavras. Deu a mão e foi saindo do quarto; jogou um té logo amigo para Lourdinha. Mas Célia queria ouvir mais depois daquele hoje mesmo, e foi atrás dele que já descia a escada. Amir então explicou: devia ser uma gripe mas podia ser mais, algo que precisasse de mais cuidado. Mas o quê?

Amir subiu os dois degraus que havia descido e parou na frente de Célia. Era uns dez centímetros mais alto do que ela, e assim tão próximo, sem querer nem pensar ela sentiu que ele tinha um corpo sem gorduras, masculino em dureza, sentiu sem saber como, através da roupa dele, que era simples, de um linho comum que amarrotava, mas bem-ajustado. E sentiu novamente os olhos verdes dele no fundo dos seus. Ele falando, nenhum odor no hálito morno que chegava à face dela, dizendo que não se preocupasse em demasia mas que era bom que um médico mais experiente examinasse a garganta da menina, que tinha umas placas que podiam significar outra coisa que não uma simples laringite da gripe.

— Mas o quê? — Claro que tinha de insistir com certa ansiedade.

— Crupe, talvez.

Aquele nome, já o tinha escutado e a menção provocava ansiedade.

— É grave?

— Tem soro, e hoje se cura bem. Mas pode não ser... pode ser mera gripe comum.

Aquele diálogo curto, de corredor, na beira da escada, continha muitas sensações para ficar bem gravado no coração de Célia: a gravidade, a apreensão, a dúvida dela, a segurança dele, o corpo dele, as mãos, uma sobre o corrimão e a outra posta sobre o peito enquanto falava, a face dele, a voz, a beleza, os olhos verdes, a barba bem preta, cerrada mas bem-escanhoada, dando um tom escurecido ao rosto de pele bem clara, os ângulos da face, a masculinidade.

E a segurança dele, por detrás da modéstia e da cautela, o saber dele. Porque ele havia acertado: era crupe, doutor Rodolfo veio e confirmou o diagnóstico bem-feito, mandou fazer o exame só para atestar e registrar na Saúde Pública, era doença contagiosa, tinha de comunicar e isolar o doente, veio a enfermeira, colheu o material da garganta e o exame confirmou. E não era um diagnóstico fácil, porque Lourdinha já tinha doze anos, estava acima da idade comum da crupe.

Seu Luigi e dona Gema foram extremamente prestativos, compreenderam a situação e ajudaram, não havia crianças na pensão, não havia por que fazer alarde do caso, Lourdinha não iria ao colégio, Maria Regina ia para a casa dos avós, recomendação do médico e da Saúde Pública, embora já tivesse quinze anos e fosse raro o contágio nessa idade.

Lourdinha tomou o soro, uma injeção grande, aplicada pelo próprio doutor Rodolfo com as cautelas exigidas, três aplicações intervaladas para evitar choque. E teve uma reação alérgica forte sob a forma de uma urticária terrível, o corpo inteiro empolado, durante dois dias, ficando a primeira noite sem poder dormir, coitada, de tanto coçar, um desespero, Célia numa aflição a noite toda, passando talco em toda a pele da menina, o Arquiteto, gordo, dormindo no quarto ao lado e roncando de se escutar através da parede, atendendo ao corpo exigente.

Durou três meses a doença da Lourdinha, até colher o material e o exame dar negativo. Nesse tempo, a obra da casa avançava mas muito atrasada, ia demorar muito mais que os seis meses previstos, o Arquiteto ia lá de dois em dois dias, no princípio gostava, depois foi gostando cada vez menos, até detestar, ir só uma vez na semana, não sabia discutir com o empreiteiro, Célia tinha certeza de que era enganado e não sabia cobrar nem se impor, e ela ocupada com a filha, e ainda tendo que ir à casa da mãe ver a outra, não podia cuidar da obra, e o marido não era capaz, ela sabia.

A vida de Célia mudou profundamente nesse tempo. Tinha de mudar, claro, era uma dona-de-casa que estava sem casa, morando numa pensão, toda cuidados com uma filha doente, a outra filha morando em outra casa, o marido um inútil que adorava a comida da italiana e cada vez engordava mais, só comia e dormia, nem no cuidado da filha ajudava. A vida de Célia mudou profundamente. O que quer dizer, mais claramente? Mudou; as vidas das pessoas muitas vezes mudam muito, óbvio, as circunstâncias, as motivações, as obrigações, muita coisa muda, às vezes muito de repente. A vida de Célia mudou muito naqueles poucos meses, principalmente, como dizer, a vida dela mudou realmente em profundidade, no seu modo de ser e de pensar, de ver as coisas, no sentimento especial que tinha a respeito da própria vida, e do mundo, da sua própria vida no mundo, vida de dona-de-casa de boa família, obrigada a cuidar de uma rotina de repente esvaziada, de repente vazia e insossa, e inodora, repetitiva, maçante, sem sentido, sem nenhum prazer que fizesse vibrar a alma de verdade dando gosto de viver.

Mudou profundamente porque o seu mundo havia mudado de repente: tinha conhecido Amir. O jovem belo e atencioso, educado, carinhoso, sempre falando em brandura, mas uma brandura muito masculina, uma coisa que não tinha visto ainda tão de perto, e via agora todo dia, aquele rapaz fazendo a cura de Lourdinha pelo afeto e pela presença benfazeja. Coisa inteiramente nova no seu mundo.

Conheceu o amor. Mudou completamente a importância das coisas da vida e do mundo de Célia. Ó meu Deus, ela via, como tudo ficou tão diferente, tão de repente, aquele estalo, as filhas, sim, claro, continuavam a ter importância, talvez até maior depois da doença da Lourdinha, mas o resto, marido, mãe, irmã, primas, amigas, com as coisas que diziam, que pensavam, as de sempre, tão idiotas, palavras, gestos, jeito de ser delas, que achavam a coisa melhor e mais importante do mundo, impensável ser de outro jeito, impensável na vida delas, na categoria delas, no fundo tão sem graça, e ela, Célia, não podia dizer, ficava fugindo, ouvindo e falando evasiva, comentando o nada.

A aparência dela, sim, era cada vez mais importante. Mas queria uma aparência diferente, que a fizesse mais jovem e livre, não aquele jeito de vestir das outras, de senhora educada, mas também não tinha coragem de ousar, só talvez usar vestidos um pouco mais leves, ela podia, tinha um corpo que não precisava usar cinta e corpete como as outras, apesar das duas filhas que tinha. E fazer ginástica, passou a fazer todo dia, no quarto mesmo, era bom para a aparência como um todo, não só para afinar a cintura, mas para a pele, até para os cabelos, diziam que ginástica era bom, iria tomar banho de mar, com certeza, depois que fosse para casa, ali na pensão tinha vergonha demais de sair para a praia. E passou a ir ao cabeleireiro toda semana, à manicure, devia estar sempre bem-cuidada, era uma coisa decisiva para a mulher, sabia.

Amir era educado e cerimonioso, ela também, mas conversavam um pouco, Amir ia à ópera, ao Teatro Municipal, o marido era um parvo, Amir lia livros, lia livros de medicina em francês, comprava livros de literatura e os tinha no quarto, de escritores modernos que tinham liberdade para dizer coisas mais audaciosas, liberdade e inteligência, emprestou-lhe *Jubiabá* e *Mar morto*, depois *Menino de engenho*, que ela leu com a excitação do novo, o Arquiteto nem se interessava.

Célia era uma mulher honesta, decente, tinha boa formação, não precisava nunca mencionar esses predicados nem para ela mesma, eram qualidades intrínsecas, da natureza dela, mulher de ótima família, reconhecidamente. Para uma mulher como ela, da formação dela, com aquelas regras de vida, ter um amante era negar tudo, era deixar de ser — amante, era a própria palavra-opróbrio; era entrar num redemoinho escuro e desaparecer no seu vórtice, esvaecer como pessoa, como aquela pessoa que ela tinha sido até então, era virar completamente outra, degradada, vil, até o fim. Era absolutamente impensável, incogitável.

E, entretanto, inevitável. Tudo porque a vida é muito estranha e carregada de mistérios, e porque o ser humano é inacabado, é um ser novo no mundo, que recebeu esse dom da razão, que fez a moral, mas não completou o plano mais íntimo da transformação, não fez a compatibilização dessa virtude nova com as forças primordiais da natureza, com os instintos, sentimentos instintivos, não perfez sua adaptação, é um ser imperfeito. Quando Amir a beijou, Célia teve a certeza de que era inevitável, já era outra pessoa.

O mundo agiu, também, inevitavelmente. Dona Gema vinha percebendo, teve a certeza, falou com o marido, e seu Luigi teve uma conversa séria com Amir: ele tinha de sair da pensão, do contrário, ele, Luigi, teria que falar com o marido, era uma questão de honra, de moral, um caso daqueles não podia continuar ali na pensão. Na verdade não falaria nunca com o Arquiteto, tinha um medo enorme de um escândalo que podia arruinar a pensão, mas tinha de ameaçar o rapaz. Sério, implacável, grave, mostrou que casos de ciúme e de honra muitas vezes davam em brigas de morte.

Amir saiu da noite para o dia; saiu na calada da noite, combinado com seu Luigi, sem se despedir de Célia. Pensou em escrever um bilhete, que seria um bilhete de tristeza e de explicação; um bilhete em que falaria também do seu amor; porque a tinha amado realmente, deixava-a porque as circunstâncias exigiam de forma absoluta, ele não tinha nenhuma alternativa, ficar seria o escândalo e quem sabe a agressão e a morte, ou a ruína da própria vida dela. Mas o bilhete acabaria tendo que ser grande, uma carta, que podia ser interceptada e causar o escândalo da mesma forma. Tinha de sair de fugida. Tinha de ser canalha; dever de moral, naquela realidade.

Dona Gema teve o cuidado de dar a notícia discretamente, depois que o Arquiteto havia saído para o trabalho, e amparou Célia quando a vista escureceu e ela desmaiou, a vivida italiana, forte, já esperava.

A crueldade foi completa com Célia porque foi obrigada a receber de novo o Arquiteto como marido, coisa que vinha recusando por absoluta repulsão nos últimos dois meses. E teve que forjar a mentira, caso pensado, teve que dizer que o preservativo que ele havia jogado no vaso como sempre fazia não tinha descido com o fluxo da água, e que ela o havia visto logo depois que ele deixara o banheiro, e tinha visto que a camisinha estava furada, e só de imaginar a coisa mentida, a coisa boiando na água da latrina, sentiu a náusea incontrolável, teve que parar de dizer e dar as costas num repelão, a figura dele, aparvalhada, sem compreender o que ela dizia com dificuldade, a figura repelente redobrava a náusea, correu para o banheiro sentindo que ia vomitar, mas conseguiu conter o espasmo e lavou o rosto na água fria.

Ele bateu à porta preocupado e Célia abriu após alguns segundos, deu com os olhos dele perdidos no além do desentendimento. Repetiu a história com vagar e respiração, até que ele compreendesse e dali a semanas ela pudesse anunciar que estava grávida outra vez, sensação que ela já tinha naquele dia, por instinto, com a semente dourada de Amir posta com muito amor no ventre dela.

E as coisas mudaram outra vez para Célia: Lourdinha ficou boa, Maria Regina voltou para a pensão, ela pôde então se dedicar à obra da casa, apertando com severidade o mestre-de-obras, concluindo a reforma que não terminaria nunca se não fosse a intervenção dela, desprezando o marido, rejeitando-o fisicamente com alegações de indisposição da gravidez, e nunca mais o recebendo depois que o filho de Amir nasceu.

O Arquiteto revoltou-se durante algum tempo, declarou-se inconformado, ameaçou falar com o pai dela, mas aos poucos se foi avezando à nova realidade, inibido de tomar qualquer atitude mais forte de exigência marital. O apetite acresceu-lhe pela via digestiva, e o Arquiteto engordou mais sete quilos. Contudo a vida correu-lhe calma e apaziguada por muito tempo afora.

Célia compensou-se com o encanto do menininho novo, Gabriel, anjo masculino, e sua rotina de casa se foi refazendo, exceto na questão da comunhão, ia à missa mas não comungava mais, nem na Páscoa, evitava o assunto porque não podia explicar, não tinha coragem de enfrentar a confissão, inda mais com padre Coelho que era conhecido da família, nem pensar, mas nem em outra igreja, com outro padre, não tinha coragem, na hora não sairia uma palavra da verdade, o padre certamente mencionaria a palavra-opróbrio, amante, ela tinha tido um amante, deixou então de comungar, quando ficasse velha encontraria forças, tudo seria mais fácil, não ia morrer em pecado.

A Briga

O colégio ensina ao menino as formas e as normas da segunda natureza do seu ser: o conviver com os outros civilizadamente, o tolerar, o compreender e, principalmente, o conversar com os outros; mas no colégio o menino, pelos fios da realidade, acaba sabendo também que deve estar preparado para brigar com os outros, enfrentar o grave e muitas vezes necessário desforço físico.

O colégio faz a forração externa das pessoas, tão importante para as apresentações durante a vida, decisiva mesmo para o sucesso ou para o desprezo dos outros. O estofo mais interno vem de casa, já chega feito no colégio, o menino menos ou mais inseguro, alegre ou melancólico, tenso ou descontraído, falante ou macambúzio; e em grande parte já nasce feito pela própria natureza, pelos genes dos pais, alto ou baixo, belo ou feio, magro ou gordo. Mas o colégio faz um complemento valioso, capaz de alterar o destino da pessoa no mundo, para cima ou para baixo — entende-se o que significa isso — e prepara o menino para preencher seus vazios, minorar ou às vezes agravar as fraquezas que ele traz quando chega. O colégio forma as aparências e as eloqüências, ensina as leis da moral, as regras da civilização que se devem sobrepor aos impulsos da selvageria. A briga física, de soco e pontapé, é coisa de gente inculta e grosseira, o colégio ensina que conflitos se devem resolver com a arbitragem da autoridade, da lei civilizada: ofendido, insultado, chame o inspetor.

Mas na ética dos meninos é muito feio chamar o inspetor, todos sabem disso, que é uma regra de honra, um outro tipo de exigência, que também contraria o impulso natural da fuga ou da agressão, mas o faz em outro sentido; duplicidades: o ser do *homo* é assim mesmo, muito complicado. E o colégio é o sítio dessa convivência complexa e contenciosa, muito mais que a vizinhança da casa, porque ali, o colégio, é o lugar dos encontros diários obrigatórios, de várias horas, encontros acotovelados, lado a lado, na disputa do espaço de afirmação, confrontos nos quais é impossível a fuga, a elisão, o colégio é então, forçosamente, o lugar geométrico das brigas de meninos; a porta do colégio, especialmente, onde um espera o outro na saída. Às vezes, mais raras, há brigas de meninas, nunca de menino com menina, porque existem regras de moral também nas brigas, por exemplo, não vale a covardia, não vale a arma, o soco-inglês ou o objeto perfurante, briga de colégio é de sopapo, gravata, rasteira, joelhada, canelada, já golpe de jiu-jítsu, de quebrar braço ou estrangular, também não vale.

Então o colégio, está visto, na verdade prepara também para a briga, implicitamente: nos entreatos das apresentações curriculares, nas entrefrases do que é dito dentro ou fora das aulas, o menino escuta e aprende que o medo é feio e que a coragem é uma virtude capital, aprende quando deve brigar, e o que pode e o que não pode na briga, conhece os deveres da briga, do início ao fim.

Arthur e Agenor tinham uma briga aprazada. Tudo porque, no *hand-ball* do recreio, Agenor, que era franzino, tinha posto a perna no caminho de Arthur, que era grandalhão e vinha correndo com a bola. O tropeço inevitável deu numa queda ruidosa e esparramada que fez tremer o terreiro, e deu também num brado estentóreo desferido pela boca de Arthur, ainda no chão, em direção a Agenor: Filho da puta! Ouvido por todo o colégio. Coisa séria.

O jogo continuou. Arthur levantou-se e sacudiu a poeira sem mais dizer depois daquilo, e Agenor fez que não escutou, ou que não se importou, também calou. Não houve pedido de desculpa, evitaram-se o olhar na cara. E a manhã se completou com normalidade para ambos, com os dois tempos de aulas comuns depois do recreio. Normalidade aparente.

Eram colegas de classe mas não preferidos um do outro, Arthur e Agenor; não por implicância ou qualquer desavença anterior — aquele havia sido o primeiro choque entre eles. Mais por distância, talvez: o colégio classificava e separava os baixos, na frente, e os altos atrás, nas filas como nas salas. Não eram preferidos mas também não malquistados um do outro; diferentes: Agenor, seco, sempre na frente; Arthur, falante, grandalhão e enxundioso, lá atrás.

No dia seguinte, logo na primeira hora, antes de se formarem as filas das turmas para entrarem nas salas, Agenor chegou perto de Arthur e disse baixo: "Retira aquilo de ontem."

Arthur fingiu que não escutou ou que não compreendeu bem, e não disse nada, desviou o olhar, pretendeu sair de perto para fazer qualquer outra coisa que ainda ia inventar mas foi seguro pela manga da túnica, e ouviu a mesma exigência repetida: "Retira."

— Retira o quê? — afetou o desentendimento.

— Aquilo que você disse ontem no recreio.

— Que é isso, cara? Não estou entendendo nada, deixa isso pra lá...

Tentou novamente escapulir com um repelão do corpo grande mas sentiu a força do agarrão no braço: "Se não retirar vai apanhar porrada."

Arthur sentiu então um esfriamento interior. Tinha o dobro do peso e do volume do outro, mas faltava nele aquela firmeza que lhe apertava o braço. Teve que olhar na cara de Agenor e viu o vinco pronunciado entre os olhos, o carregamento do semblante. O sangue refluiu na face gorda e a resposta atravancou-se-lhe na língua: "Vou pensar..."

— Pois pense, pense bem; dou até sexta-feira; se não retirar vai ter porrada na saída.

Era quarta, prazo de dois dias. Arthur desprendeu-se da pegada no braço que afrouxou depois do recado entendido. Saiu sentindo uma ligeira debilidade nas pernas que conseguiu dominar sem que fosse percebida. Saiu pensando nada, saiu andando, distanciando, do inimigo e do problema posto. Mas lá adiante o pensamento retornou e se instalou definitivo. Impossível debelar o assédio da ameaça.

Arthur nunca tinha brigado: onze anos, quase doze, fazendo o primeiro ginasial naquele ano de quarenta e quatro, tinha sempre conseguido evitar as situações de contenda aberta, saber que foi adquirindo no trato hábil com os colegas. E entretanto, de repente, ali estava um lance de combate iminente, difícil de eludir. Primeiro porque não era mais um menino de primário — no ginásio é outra a dimensão de responsabilidade, de zelo pela dignidade. Depois, ele tinha sido escancaradamente agredido com aquela rasteira, e o impropério que jogara contra o agressor era a reação mínima compatível com o resguardo do brio. E mais, todo o colégio tinha visto e escutado, e aprovado, tanto que nem tinha recebido qualquer chamamento do inspetor, que estava presente. Com certeza até as meninas tinham ficado sabendo, porque no colégio tudo se comentava; Clecy com certeza sabia do fato. Então não tinha como desfazer o que havia feito, recuar do xingamento apropriado, certo; seria uma desmoralização da figura dele, figura que desfrutava até então de um certo respeito, pelo volume do corpo e pela generosidade dos modos.

Mas o medo era um automatismo que disparava com facilidade um alarme na alma de Arthur e trancava-lhe duramente a expansividade, a alacridade que lhe era normal: ele emurchecia, deixava transparente a ocupação obsessiva da mente. E a mente, naquele caso, trabalhava inutilmente: não havia saída senão o enfrentamento, a briga física. Sexta-feira, na saída do colégio, à vista de todos, com certeza.

De fato, o colégio todo sabia, Agenor disseminara a notícia, uma razão a mais, definitiva, para impossibilitar qualquer recuo de Arthur. E fora insidioso, Agenor, no espalhar também suas aptidões comprovadas para a briga, o caso em que tinha nocauteado um mulato gordo metido a brigão da vizinhança, isso havia pouco tempo, coisa de uns três meses, ou pouco mais. Depois daquilo, precavendo-se de uma revanche do mulato, tomava aulas de capoeira três vezes por semana com um verdadeiro mestre que era o Santinho da Praia do Pinto. E as informações fluíam, chegavam aumentadas à mente assediada de Arthur.

Agenor dizia que no ano seguinte iria para o Colégio Militar, estava estudando especialmente para isso, e de lá para a Academia de Agulhas Negras para ser oficial do Exército. Era ele que trazia para o colégio as notícias das vitórias da FEB, que naqueles meses lutava na Itália contra os alemães, e, na rua, antes e depois das aulas, só andava com as mangas da túnica do uniforme arregaçadas, tal qual os pracinhas expedicionários. Tinha um irmão cinco anos mais velho que já estava na Escola Naval, do qual Agenor falava com orgulho indisfarçado. A mãe era viúva e severa na educação dos filhos, tinha que ser, pelo esforço que fizera e ainda fazia para sustentar sozinha os dois meninos, desde que o marido morrera sem deixar nada, depois de um ano e meio doente, sem poder trabalhar, fraco, com uma anemia incurável. Costurava, fazia reformas para freguesas que foram crescendo em número, recomendadas pelo capricho da sua costura. Nos últimos anos tinha uma ajudante e conseguia viver daquele trabalho. Mas logo depois da morte do marido teve que aceitar a proteção de um alto funcionário do Ministério da Justiça que a visitava de manhã, quando os meninos estavam no colégio. Apesar do cuidado da mãe, Agenor algumas vezes tinha encontrado aquele homem saindo da sua casa, que era dito um amigo que recebia a pensão deixada pelo pai e vinha trazê-la. Aceitava aquela explicação, mas no interior do pensamento ficava-lhe uma estranheza, uma rejeição liminar àquela figura masculina que era a única a conhecer o pequeno apartamento onde moravam na rua Constante Ramos, desde que o pai falecera.

Agenor ia fazer ainda doze anos mas tinha já uma curiosidade aguçada pelo corpo feminino da mãe, cujas formas entrevia nos dias mais quentes de verão quando ela se vestia com um panejamento mais fino. Uma vez escutara três meninos mais velhos conversando no recreio sobre as características de uma mulher boa, as curvas das pernas e principalmente das coxas, a saliência dos peitos e da bunda, que faziam uma mulher ser boa no dizer dos homens, e o instinto, e a visão obviamente, que conhecia tão bem, o fizeram pensar na mãe como uma mulher daquelas. Tinha tentado várias vezes ver a mãe no banheiro pelo buraco da fechadura, vinha tentando mais ultimamente, mas sem êxito, não tinha ângulo, e tinha muito medo de que ela desconfiasse, imaginava uma reação muito grave, inclemente da parte dela, e receava também que o irmão o flagrasse.

Nos tempos mais recentes, aquele homem não havia mais aparecido, a mãe dizia que ela mesma agora ia buscar a pensão, mas o fato era que parecia um pouco mais livre da sobrecarga de trabalho dos primeiros anos, ocupando muito a moça que a ajudava, e dera então para sair de noite, não muito freqüente, coisa assim de uma vez por semana, mas saía com uma amiga, Rosélia, que era desquitada, iam ao cinema ou a qualquer outro lugar, jantar, e às vezes voltava tarde, depois de onze horas. Agenor se incomodava. Claro que não ousava dizer palavra nem fazer qualquer gesto de inconformidade, mas algo comprimia-lhe a alma ao ver sair a mãe cheirosa e vestida como mulher bonita e apreciada. Boa.

A mãe era uma presença obsidente no pensamento e no sentimento de Agenor, oscilando muito irregularmente aquele sentimento entre carinho, mágoa, temor, e ainda algo muito interior e indefinível, ou de definição interdita, que o oprimia de forma inquietante, e o deixava agravado. Pois vinha agora aquele bobão do Arthur, que era chamado de bunda-mole, e gritava aquele palavrão ofensivo para todo mundo escutar, machucando logo a figura da mãe, machucando tão pungentemente aquela imagem principal da vida dele. Não dava; ou retirava ou ele ia mostrar que era homem bastante pra limpar a figura da mãe na frente de todo mundo; ia cego de raiva cobrir aquele gordão de porrada. E a resolução martelava na mente todas aquelas horas que corriam sob o ultimato declarado. E

Agenor, ardente, repetia aos colegas a declaração, mostrava sua bravura e sua decisão. Aguardava a hora. O colégio inflamou-se de expectativa, pela insistência agressiva de Agenor e pela tibieza contrastante de Arthur, o mais forte. De quinta para sexta, Arthur não conseguiu dormir, ficou a ver, no devaneio misturado ao meio-sonho, as cenas do enfrentamento, ele jogando o corpo, tirando partido do peso do corpo, atracando-se e derrubando o adversário peso-pluma para depois socar a cara dele já no chão. Não confiava no impulso de dar logo um soco, antes do atracamento; alguma coisa o inibia, não era falta de coragem, era mais falta de sangue-frio, melhor, era falta de um ímpeto inicial de violência, de maldade, para dar um soco de mão fechada que partiria a cara do inimigo, rebentava-lhe o nariz ou o olho, escorreria sangue. Por outro lado, tinha medo, sim, confessava, sabia que o outro era mais ágil, podia ficar pulando rápido de um lado para o outro na frente dele, fugindo do atracamento, e acertando socos na sua cara; ou dando uma rasteira de capoeirista e derrubando todo aquele peso dele de forma desmoralizadora. Medo da dor, do sangue, mas sobretudo do vexame de apanhar, todo mundo gozando, até atiçando o Agenor, e Clecy vendo aquilo. Um horror. Podia ser grave a coisa, diziam os ecos de todo o colégio que Agenor sabia brigar, tinha aprendizado e tinha malícia, sabia até usar navalha, era mestre em capoeira, sabia derrubar o outro sem deixar chegar perto, sabia apertar um pescoço no lugar certo para deixar o outro desmaiado, asfixiado, até matar se quisesse. Arthur estava impregnado pelo medo, completamente tolhido no pensar em outra coisa que não a briga aprazada, cuja hora chegava. Na sexta-feira esteve pálido a manhã toda, sem dizer nada, esperando o patíbulo que tinha de enfrentar ao meio-dia, questão de honra, absoluta.

Arthur era também o filho menor de um pai grande como ele e uma mãe pequena e carinhosa, suave na voz e nos afagos, extremosa mesmo. Alimentado com o cuidado informado pelo conhecimento mais moderno, a mãe diligente, fígado espremido no caldo do feijão, frutas e sucos em quantidade, bife sempre malpassado, e ainda tomava Calcigenol irradiado, para evitar de longe o raquitismo naquele corpo volumoso. Cuidados da mãe, sempre temerosa da tuberculose que assustava tanto a sua geração.

Arthur era grande também de inteligência, era muito bom aluno, a mãe acompanhava as notas e os estudos. E era bem visto na classe, pela sua bonomia natural, simples e benfazeja nas relações do todo-dia. Tinha a pele bem clara como a mãe, e os cabelos levemente ondeados, castanhos quase louros, como a mãe. Usava óculos para corrigir uma hipermetropia leve e tinha medo que o outro acertasse um soco que quebrasse os óculos e ferisse seus olhos. A hora soou: meio-dia.

A classe sabia, e mais, as outras classes também, uma briga combinada para a saída era sempre um acontecimento aguardado com interesse, e apreciado com vibração, mais pelos meninos, claro. Arthur não teve nenhuma pressa na saída, deixou que Agenor fosse à frente, observando-o de longe mas atento, achando os movimentos do outro bastante decididos, desimpedidos. Foi então saindo lentamente, cercado e olhado por todos os lados, incentivado mesmo: "Arrasa logo", "Sempre bem perto dele, ataque logo, cuidado só com a rasteira", "Vai que é sopa", era evidente que tinha a preferência dos torcedores, Agenor era um tipo meio exibido por um lado e meio fechado por outro, não era um cara amigável. Houve até quem dissesse: "A mãe dele é puta mesmo, eu sei, eu conheço."

Transpôs o portão e viu o inimigo parado na calçada a uns cinco metros, esperando, calmo; em volta, a turma excitada observando os detalhes. O detalhe dele, Arthur, era degradante, era a face branca do medo, era a fraqueza das pernas, o cumprimento do dever de honra que ia desonrá-lo, mostrar sua bisonhice diante de um cara muito menor e mais fraco mas sabido de briga, experiente e hábil naqueles confrontos.

Foi então, naquele décimo de segundo decisivo, que viu Clecy, seus olhos verdes postos sobre ele, era quase a única menina que assistia à contenda, estava ali por ele, evidente, não tinha nenhuma proximidade com Agenor, tinha com ele, que sempre procurava estar ao lado dela querendo tocá-la com alguma espécie de carinho, e ela aceitando a corte, com o gesto obrigatório da rejeição diminuído ao mínimo, deixando-se contemplar com meneios femininos. A visão de Clecy tonificou-lhe o coração com uma centelha de alta voltagem. Arthur não viu nem pensou mais nada, inspirou fundo um ar energizante, jogou a pasta no chão e partiu com total arrebatamento para cima de Agenor, ia trombar como um touro.

Deu-se o inesperado, então, e Arthur nem o percebeu no primeiro instante, enquanto disparava mais ou menos cego em direção ao contendor. Inesperadamente, Agenor, ao deparar com aquela fúria volumosa que se arrojava sobre ele, virou as costas sem titubear e desabalou em fuga, atravessando precipitadamente a avenida Copacabana, quase atropelado por um automóvel preto que freou com ruído provocando um suspense de pânico naquela assembléia de meninos que se reunira para ver a briga. Do outro lado da rua, na praça Serzedelo Correa, Agenor parou e se virou, olhou um olhar grande para a frente do colégio. Só então, Arthur atinou com o sucedido e compreendeu que havia ganho a briga. Parou também, ofegante do esforço e da emoção;

abriu um sorriso de alívio, ficou assim alguns segundos, contemplando o derrotado arregalado do outro lado da rua, o Agenor bom de briga, que ainda não tinha tido tempo de sentir a vergonha e tinha os olhos duros de medo em cima dele. Relaxou então, respirou mais alguns segundos, sentiu-se engrandecido e subitamente engolfado de pena, e gritou para o inimigo demolido:

— Ô cara, tá bem, eu retiro aquilo que disse anteontem!

A Divorciada

Henry levantou-se faltando quinze minutos para as sete como fazia todos os dias. Só que tinha a cabeça pesada, atormentada pelos pensamentos da noite, da longa noite inteira, entremeada de cochilos que não se aprofundavam em sono. Antes de sentar-se à mesa para o café, disse à babá que ele mesmo levaria o filho para um passeio de manhã. Ela ficou olhando à espera de um esclarecimento que não veio; nem teria por que vir, não tinha que dar explicações a ela, era o pai, queria aquela manhã sair com o filho, decisão que havia tomado durante a noite, pronto, uma linda manhã de agosto, bem fresca e ensolarada.

Henrique tinha nove anos, era um menino de pele clara e feições arredondadas e bonitas como a mãe; nem alto nem baixo, nem gordo nem magro, todo mediano de corpo, e vivo, falante, muito vivo de espírito, agitado, nervoso, como a mãe. Falava sempre do morro que havia atrás do prédio onde moravam, na avenida Copacabana, perto do Inhangá, era o próprio morro do Inhangá, ou um prolongamento dele separado pela rua Barata Ribeiro, que Henrique e os amigos chamavam de morro do Caracol, onde havia uma terra que brilhava como ouro, eles brincavam de mina de ouro, mas a parecença era tanta que os meninos acreditavam que aquela terra abandonada realmente continha ouro e um dia alguém ia descobrir aquilo. "Hoje eu não vou trabalhar e vou com você." "Onde?" "No morro do Caracol, ver a mina de ouro." "Oba!" Pai e filho olhando alegria um no outro.

O morro tinha acesso por uma rua calçada de paralelepípedos que subia em caracol, ladeada de casas só até os primeiros oitenta ou cem metros. Dali para cima era um capinzal dos dois lados, certamente um loteamento, Henry pensava, que se vendia aos poucos de baixo para cima. O topo era deserto e escalvado, haviam feito ali uma terraplanagem, era evidente, havia dois testemunhos deixados, duas damas, como diziam os engenheiros, cilindros de terra que indicavam o nível original do morro arrasado, e efetivamente a terra que aflorava era recheada de grãos minúsculos que brilhavam ao sol como ouro. Um saibro cuja areia derivava de um quartzo amarelado, como o do granito ouro velho, devia ser, Henry não era um conhecedor de rochas, só havia estudado mineralogia na Escola.

Henry não era na verdade um engenheiro; tinha o curso todo da Politécnica mas havia derivado sua dedicação totalmente à física; era um físico, formado engenheiro como eram os poucos físicos brasileiros das primeiras décadas do século vinte; tinha conceito de saber e seriedade, e até um certo reconhecimento internacional.

Henrique pediu ao pai ajuda para subir numa daquelas damas, a mais alta, que devia ter quase dois metros. Henry ajudou na subida e na descida, e depois sentiu vontade de subir ele também. Estava com uma calça de tropical bege, com certeza ia sujar, assim também o sapato marrom ia encher-se daquela poeira dourada, danasse, não ligava para a aparência no trajar, era reconhecido por aquele relaxamento, e discretamente o cultivava, para horror de Hilda, como algo que ficava bem num cientista. Era aluno da Politécnica quando Einstein visitou o Rio e fez a conferência na Academia Brasileira de Ciências, a que ele assistiu, recolhendo depois o comentário sobre o desalinho das roupas cinzentas e surradas do grande físico, que ele mesmo observara. Era uma impressão que havia ficado, condicionando aquela sua veneta.

Subiu com dificuldade, as paredes da dama eram verticais e havia poucos pontos de apoio para colocar os pés, foi preciso ajudar com as mãos, que acabaram saindo um pouco escalavradas, mas tinha começado, teve vergonha de desistir e foi até o fim. De pé no topo, descortinou Copacabana, e por mais de dois minutos ficou a contemplar o mar bem azul àquela luz intensa, e a areia bem branca, raridade no mundo, realmente, as praias brasileiras eram preciosas, e Copacabana tinha uma curvatura suave e nítida, uma dimensão que parecia projetada com respeito a regras de homotetia em relação ao ponto alto onde ele estava, de uma proporcionalidade que dava a impressão de completa harmonia. O bairro já todo construído até o sopé do morro do Inhangá, casas de dois andares, do morro à avenida Copacabana, a orla da praia já toda de edifícios altos, a imponência do Copacabana Palace ressaltando não pela altura, que era menor, mas pelo volume e pela elegância, mesmo vista dos fundos. Contemplação. Nenhum pensamento. Só a vista e a brisa carinhosa que tinha o gosto e a beleza do mar. Teve capacidade para fruir ali aquele instante, aquele tempo vago de abertura para a beleza que se impunha, larga, iluminada, ampla no fundo, a linha pura do horizonte entre o mar e o céu, a sensação do longe máximo atingido pela vista naquela luz clara de cores, a brisa bem oxigenada. A contemplação era dada ao homem, não o saber dos mistérios, do céu e da terra, da máquina do mundo, da vida e da morte, da intimidade da natureza que a ciência buscava sem parar e sem chegar nunca ao procurado, que sempre mais se afastava, mas o contemplar era dado, como se devesse o homem se contentar com aquilo, que era tão sublime, sem pretender conhecer os mistérios insondáveis, do ser do homem, do amor, por que Hilda havia feito aquilo, se enredado naquela trama de traição? Inexplicado. Inexplicável. Pela educação dela, sua formação, sua família, suas crenças, como? A tentação. O que era? Amor, instinto, sexo, compulsões irrefreáveis, mistérios insondáveis. A beleza pura era simples, plana, clara, estava ali, para a contemplação. Ficou ali. Um tempo sem medida contada. Henrique fazia desenhos sobre a terra com uma pedra pontiaguda que achara e não dizia nada, colaborava com o tempo. O filho, sangue dele, vida dele, mas do ventre dela, compulsão irresistível também, sim, aquele amor de pai para filho. O tempo, viu, fruiu até o fim e desceu quase de um pulo.

Aquele tempo puro tinha feito desvanecer as tensões do pensamento tormentoso, Hilda, Osório, o diabo. Mistério também, o belo, o efeito dominante, a carícia do ar fino, as sensações e as conseqüências sobre o corpo e sobre a alma. Uns minutos mais ficou ainda no topo do morro, andando sem rumo, respirando, procurando evitar o pensamento, olhando Henrique brincar sozinho. Até pegá-lo pela mão para voltarem para casa. Não podia deixá-lo; impossível ir para São Paulo. Impossível também ficar em casa, coabitando com Hilda depois daquilo. Deixava o apartamento com ela e instalava-se em outro, mas tinha de ver o filho, impossível sair do Rio, apesar da conveniência, o convite para integrar o corpo de pesquisadores da USP, naquele momento em que todos os rumores convergiam para uma extinção da UDF, e da primeira escola de ciências criada no Brasil, na qual se engajara tão entusiasticamente a convite do professor Marinho de Azevedo. Pois parecia agora condenada, em razão de sua origem esquerdista, marcada por Pedro Ernesto e Anísio Teixeira. Era hora de ir para São Paulo, razões de casa, de família, e também de profissão, a Universidade do Distrito Federal agonizava por motivos políticos e a de São Paulo era muito pujante e atraente, pela seriedade das pessoas e da instituição. E entretanto era impossível, completamente, misteriosamente impossível, acabara de convencer-se, depois de pensar a noite toda e de passear com o filho na luz da manhã.

Compulsivo havia sido também aquele amor por Hilda, o primeiro encontro doze anos antes, no *réveillon* de vinte e seis para vinte e sete, ele recém-formado, aluno sério e destacado, orgulho dos pais que se via nos olhos, com várias ofertas de trabalho, duas que mais lhe interessavam, o laboratório da Central do Brasil e a vaga de assistente na cadeira de física da Politécnica pela qual faria a opção. A alegria na alma, grandiosa e iluminada como os salões do Fluminense, onde foi apresentado a Hilda e dançou com ela. Aquele par reluzente, ela carioca, filha de desembargador influente, ele pernambucano só de nascimento, vindo com os pais para o Rio com quatro anos, o pai engenheiro inglês respeitadíssimo, mandado para Pernambuco para dirigir a Great Western e depois chamado ao Rio para assumir a Light.

Hilda era cintilantemente bela. E terminantemente feminina, nos gestos e na voz, nas carnes e nos hormônios. E educada mas desenvolta, segura de si, de estatura bem acima da média feminina, seus olhos pretos brilhantes só ligeiramente abaixo dos dele, deixando perceber entre as palavras comuns que dizia que também ela sentira o encanto. Compulsão irresistível aquele namoro aprovado por todos os lados mas que tinha de ter um certo tempo de noivado, como convinha às boas famílias. Assim, só se casaram em maio de vinte e oito. Lua-de-mel em Buenos Aires, aquele casal que impressionava nos hotéis e restaurantes que adentrava, pela beleza e pela elegância, pela sobranceria.

O que se passou desde então? Como denominar aquele desdobramento de vida conjugal, normal, sem conflitos agrestes, até com certa ternura no cotidiano mas obviamente sem mais as vibrações dos primórdios, como classificar senão como normal? Como todo mundo; casamento comum, vida comum, como todos os casais das relações deles. O filho nascido, a alegria vinda com aquela figurinha tenra que aos poucos foi se parecendo com a mãe nos traços redondos do rosto e nas cores, pele e cabelos, no formato da boquinha em coração, uma graça. A segunda gravidez dois anos depois, como todo mundo, só que interrompida ao terceiro mês, inexplicavelmente, o feto havia morrido dentro dela. Certo horror que ela teve, Henry não sabia por que tanta repulsa, ou sabia, afinal devia ser mesmo revoltante a sensação de uma vida morta dentro dela, a conseqüência foi a recusa de outra tentativa, por um tempo pelo menos, por um tempo que se estendeu em anos tantos que Henrique agora seria sempre um filho único, fora assim toda a infância. Não teriam outro, Hilda era mulher muito vaidosa, já tinha satisfeito seu instinto maternal.

Fora isso, casamento absolutamente normal. E talvez aí estivesse a anormalidade para ela, como ela era, sua personalidade que não se satisfazia com as coisas normais mas esperava sempre o extraordinário, o destaque de excelência, e não se conformava com a rotina comum dos casamentos normais.

Ciúmes por parte dela? Nunca havia nem levemente se manifestado. E nem ele havia dado jamais qualquer motivo, era um homem atraente, sabia-o, corpo esbelto e rijo, aquele desenho de linhas másculas do rosto, cabelos rentes, *brosse carré*, mas não atraído por qualquer outra mulher. De fato, não. Ciúme dele tampouco; avaliava bem o quanto Hilda era apreciada e desejada, uma mulher de beleza tão incomum, aquela harmonia de curvas do corpo e das pernas, mas de uma educação terminantemente incompatível com qualquer devaneio eventual em relação a outro amor que não o do marido. Como, então? Ele não havia notado. Nada. Aquilo era o que mais doía: o marido, bobo, é o último a saber. Nenhuma desconfiança — o verdadeiro idiota — enquanto aquilo se desenvolvia entre olhares, frases poéticas, encontros marcados, sussurros, afagos, beijos. Claro que devia ter um bom tempo, pois o apartamento em que eles se encontravam estava alugado pelo menos há três meses, a carta dizia. A carta; era sempre assim, o marido idiota e a denúncia maldosa, odiosa, mas verdadeira, Hilda e Osório se encontrando de tarde naquele apartamento da rua Barão do Flamengo.

Hilda era vaidosa, sim, extremamente, e fascinada pelo luxo, sim, pela riqueza sólida e esplêndida, manifestada no trajar, no falar, freqüentar os lugares brilhantes, e Osório tinha tudo isso, era muito rico de família, advogado de grandes negócios, filho de um dos figurões da colônia portuguesa, comerciante de tecidos e roupas, o maior do Rio. Osório sempre muito bem vestido, andava de chapéu, ternos bem-cortados, elegante, sem dúvida, tinha aquele jeito nobre de falar que as mulheres gostavam, sempre escutava os comentários, português quando é educado é finíssimo, Hilda dizia com as outras. Melífluo. Um tanto efeminado, na opinião dele, aqueles cabelos louros encaracolados, os olhos verdes, português delicado, louro de olhos verdes, estranho, falando educado e macio, melífluo, com certeza foi dizendo palavras melodiosas nos ouvidos de Hilda. Como ela queria, agora via que ansiava por elas, sonhadora incurável, tinha aquela necessiade.

O diálogo de acerto entre ambos — o casal — tinha sido na véspera, de noite, ele muito seco, Henry, ia deixá-la, ela aturdida pela surpresa, nunca passara pela sua cabeça ser descoberta, aviltada por aquela fala direta dele, que foi contando tudo sem interrupção para não dar ensejo a qualquer negativa dela, até mesmo para poupá-la, poupar uma irrupção de choro ou desespero, evitar qualquer bate-boca escandaloso entre eles, foi logo aos fatos, tinha recebido a carta, tinha contratado um detetive e, naquele mesmo dia, disfarçado, dentro do automóvel do detetive, tinha visto ambos saírem, primeiro ela, tão elegante e bela, naquele costume cinza-esverdeado, a pé, em direção à praia, com certeza buscando um táxi, aquele andar tão feminino dela, faceiro, oh, o coração confrangido de dor, isso não disse para ela, evitando expressões de sentimento, apenas a decisão de desligar-se, deixá-la, depois, cinco minutos depois, Osório, de terno cinza-escuro, chapéu na mão, atravessando a rua e entrando no seu automóvel que ele, Henry, já havia visto e identificado, com a ajuda do detetive.

Mas nada de crueldade, não pediria na justiça a guarda do filho alegando vida dissoluta por parte dela, queria um desquite amigável, sem escândalos, foi sério e econômico nas palavras, nobre, Hilda não tinha nenhuma defesa, apanhada em flagrante, só tinha de silenciar e aceitar, triste, sim, muito triste, profundamente, desabada no seu entono natural, o choro fundo pelo vexame irremediável, pela perda da vida de família que era um bem indispensável, a noite toda sem dormir, sozinha na cama chorando baixinho, Henry dormindo no escritório, acordando bem cedo para não dar na vista das empregadas, besteira, iam saber mesmo, aquilo não tinha volta, nenhuma possibilidade de volta, muito triste mesmo, ela não tinha defesa.

Deixou Henrique em casa depois do passeio e saiu para não voltar. A irmã e a mãe moravam numa boa casa feita pelo pai na subida da Tijuca. Havia lugar para ele lá. Contaria tudo e pediria a Anne, irmã, que fosse ao apartamento que agora era de Hilda e trouxesse suas coisas.

Tudo certo e resolvido, tudo feito conforme o resolvido. Só não queria se encontrar com o sogro, figura da soberba, parecia sempre metido numa toga.

Mas o desembargador ficou chocado ao saber das coisas e desaprovou cabalmente o comportamento da filha; deu completa razão a Henry e louvou sua generosidade, a correção no evitar escândalo. O desquite foi concluído com rapidez e discrição sob sua influência.

Doutor Osório, inteirado de tudo, recolheu-se em profundo desassossego. Era casado, aquele desacerto não podia atingir sua família, um verdadeiro azarão o que tinha acontecido, Hilda era uma mulher deliciosa, não podia se arrepender, não havia conhecido outra igual, tinha tido mesmo uma paixão incontrolável, mas estava já, fazia algumas semanas, decidido a terminar o caso, com medo precisamente de ser descoberto. Azarão. Agora, tinha de apagar tudo, sumir de circulação, evitá-la de todas as maneiras, atencioso em casa como nunca.

E Hilda caiu em prostração. Mulher divorciada. Labéu. Não queria ver ninguém nem falar com ninguém, não tinha o que falar, não tinha o que explicar, não tinha o que dizer nem para si mesma, só tinha que chorar e chorar, lamentar, lamuriar, até mesmo Henrique ela evitava, não tinha palavras que passar ao filho, só o choro da separação do pai, ninguém mais, não atendia o telefone, as empregadas arregaladas, só com a mãe podia estar, a mãe ali, dias e dias, preocupada ao extremo, o pai indignado, também não queria ver a filha. Hilda viveu o tempo do infortúnio, mais, o sentido da desgraça. Dias que se escoaram sem que nada fosse capaz de mudar aquela situação depressiva que significava o fim da vida dela. Só com o passar dos meses aqueles dias foram perdendo o peso do irremovível do sentimento de fim da sua vida; e o corpo saudável começou a reclamar suas razões. Pensava, pensava, buscava alternativas, mudar-se de cidade, ir para São Paulo, era impossível, não tinha lá nenhum apoio; Belo Horizonte, uma cidade nova, simpática, tinha Clarisse, boa amiga que ficara tuberculosa, morava lá, escrevia vez por outra, mas morava em sanatório, não ajudaria em nada, nem podia, doente, coitada. Tinha a casa dos pais em Petrópolis, podia, sim, ir para lá, mas teria de levar Henrique, tirá-lo do colégio Andrews de que Henry fazia tanta questão, não ia concordar. E tinha o pai, indignado, que passava o verão lá em cima, morar com ele na mesma casa, a cara fechada, a mãe dizia que não daria. Pensava, pensava, sem sair de casa, e enquanto pensava o corpo saudável reclamava suas razões: a saúde reclamando a sua parte, o sangue circulando e o ar fresco da praia oxigenando, os músculos femininos que não queriam mais ficar parados, o corpo começou a apresentar suas exigências.

E então Hilda começou a sair de casa. Sozinha. Foi a um cinema. Foi ver um filme de Mickey Rooney, o pai, aquela figura austera de juiz, figura austera mas bondosa, compreensiva, não tinha a dureza do pai dela. Tomou um lanche na Americana. Sozinha. Horrível. Olhada e com certeza comentada. Arriscou uma amiga, Zélia, solteirona, funcionária da Caixa Econômica, pouco mais velha que ela, foi tomar um lanche na casa dela, conversaram, não sentiu na outra uma rejeição à situação dela mas uma enorme rejeição à vida em geral, que a tinha posto à parte, a ela, Zélia, em escárnio de amargura que se figurava em ríctus na face quando ela falava e que a tornava muito mais feia do que era antes. Havia tempos não se encontrava com Zélia, não a esperava tão cheia de azedume, não queria lidar com aquilo, queria voltar à alegria que lhe era natural. E não voltou a procurar aquela amiga. Tentou Rina, uma antiga colega de colégio que enviuvara precocemente. Não podia procurar amigas casadas, sabia que não seria bem recebida, os maridos não gostariam; e as mulheres ainda menos. Tentou Rina, mas Rina tinha de sobreviver com certa dificuldade, conseguira montar um salão de cabeleireira e cansava-se muito no trabalho. E na verdade, não tinham muito em comum, notou na outra um rancinho de preconceito.

Um dia telefonou-lhe o tio Rogério, o irmão mais moço da mãe, homem de seus cinqüenta anos, solteiro, já meio encanecido, falado na família com a fama de mulherengo, dizia-se que não se casara porque vivia metido com atrizes do teatro de revista. Pois telefonou, ora, para saber dela, como estava, interessava-se por ela, como quem não queria nada, ora, Hilda desconversou, não se preocupou em disfarçar certa repulsão, havia ali uma ponta de desrespeito a repelir, mas aquele telefonema trouxe à consciência o que a estava incomodando intensamente: se era vista como desfrutável, por que não desfrutar, ela, daquela disposição das coisas? Mulher bonita, tão bonita, sabia, ia ficar anos e anos esperando encontrar um outro homem decente para refazer sua vida? E se ele não aparecesse, como era provável? Ia perder a vida? Aquela sensação de fim da vida ela havia superado, depois de muito choro e desespero.

O que a incomodava agora era a atração por Belisário, que havia seis meses se tinha mudado para um apartamento do mesmo edifício, um de fundos, menor, e vez por outra se encontrava com ela no elevador ou na entrada e cumprimentava-a com gentileza, mas uma gentileza que trazia clara gulodice no olhar, Hilda conhecia o olhar dos homens, estava habituada a eles desde mocinha. O que a incomodava era o desejo que ela tinha por ele, tinha mesmo, não adiantava esconder, e não tinha por que esconder dela mesma, um homão esbelto e ágil, de olhos brilhantes e cabelos crespos, era mulato claro, sim, via-se, mas que passava bem por branco, e era muito bonito e charmoso, tinha recentemente deixado a mulher, era notícia de jornal, Belisário era *keeper* do América, considerado o melhor do Brasil, era do *scratch* brasileiro que quase tinha ganho a Copa do Mundo de trinta e oito na França, era um jogador de futebol mas era um homem educado, e inteligente, fazia agora comentários de futebol na Rádio Clube, ganhava bem para deixar a mulher amparada, com dois filhos, e morar num apartamento em Copacabana, o primeiro jogador a morar em Copacabana, tinha saído notícia no jornal, entrando e saindo sempre bem-vestido, mulato claro mas muito atraente, alinhado, educado, muito bonito. Tinha um automóvel azul-marinho com gasogênio.

 Henry acabou resolvendo ficar definitivamente no Rio, e todo sábado ia buscar Henrique para passar o fim de semana com ele. Era a razão da sua decisão de ter aceito a cadeira no Curso de Física da nova Faculdade de Filosofia da Universidade do Brasil, recusando a oferta da USP. Todo sábado avistava-se com Hilda, civilizadamente, não tinha mais raiva, nenhum rancor. Sabia que Osório tinha desaparecido da vida dela, levianamente, leviano que era, um calhorda. Mas não se sentia atraído pela idéia da volta, da recomposição; perdoar, propriamente, não tinha perdoado; não guardava rancor mas já não tinha mais nenhum amor por ela, nenhum afeto, mas um certo interesse, sim, apreensão pelo destino dela, que era mãe do seu filho, e que lhe parecia tender para o danoso, o pernicioso.

Henry era um homem amadurecido e compreensivo de natureza, um cientista, tolerante, por conseguinte, em relação ao comportamento da ex-mulher. Observava-lhe a transformação, a evidente sensualidade em ascensão, que não o incitava pelo lado do ciúme, mas instilava certa inquietação pelos desdobramentos possíveis da vida dela, que afinal tinha tido uma ligação com a dele, e tinha produzido um fruto dessa ligação, Henrique. Hilda era uma mulher de libido muito forte, ele via agora com mais clareza, confirmando o que havia sentido quando eram casados, ainda que ela então disfarçasse tudo muito bem, fosse ainda capaz de simular a contenção própria do pudor que as mulheres educadas deviam ter. Ultimamente era evidente que ela se havia permitido um processo de liberação daquela força natural. Até no olhar com que o recebia aos sábados, Henry o percebia. E mandou vir dos Estados Unidos algumas obras de Freud, queria entender um pouco mais tudo aquilo, não podia confiar nas traduções brasileiras e não se podia encomendar nada da Inglaterra naqueles anos de guerra.

A quadra da vida naturalmente muda a perspectiva de visão das pessoas. Hilda, no amargor da decepção com Osório, em meses e meses de choro, convenceu-se de que não podia mais esperar uma reconstrução de sua condição de mãe de família. Com Henry, nem pensar, sentia-o magoado para sempre, com a humilhação que lhe infligira, e na verdade não tinha nenhum encanto especial por essa hipótese de recomposição. Henry era frio, um homem sem graça, procurava-a pouco quando eram casados, às vezes se demorava uma semana inteira, e quando se chegava na hora de dormir fazia tudo depressa e mecanicamente, tudo muito rotina, muito sem graça. Quando cedeu e se entregou a Belisário, enfim, conheceu o amor. Era uma segunda queda? Podia ser. Mas tinha de ser, não podia mais continuar aquela vida solitária, não era freira, não tinha aquela vocação. Não era só um homem bonito, esbelto e musculoso, limpo, perfumado e bem-vestido; Belisário dizia as coisas todas, falava tudo o que lhe vinha à cabeça, sem escolher palavras, dizia o que gostava nela, o que gostava de fazer com ela, e ela adorava escutar ele dizer o que queria e fazer com ela o que queria. Não era romântico mas era muito verdadeiro e prazeroso, masculino, simples, sem disfarces. Era um mundo novo, largo de liberdade e de prazer.

O pai de Hilda, o doutor Heleno; o desembargador Heleno Celestino, a figura togada, vestida de preto e de severidade. Aí estava: a respeitabilidade, ao nível em que ele a tinha, era uma condição muito exigente; não podia aceitar, não podia tolerar que a filha tivesse um caso com um jogador de futebol, mulato, mesmo sendo ela desquitada, principalmente sendo desquitada. Mulher divorciada tinha de assumir o sacrifício da reclusão severa, como se devesse recolher-se a uma vida de convento, era o preço da queda.

A respeitabilidade era um conceito da sociedade. Exigia uma vigilância permanente, e todos tinham o dever de velar pela respeitabilidade de quem a tinha perante a sociedade. Todos deviam vigiar todos, no grupo social dos respeitáveis. E um juiz, principalmente, tinha essa obrigação, um desembargador mais ainda, era obrigado a cotidianamente zelar pela sua respeitabilidade; não apenas ser respeitável mas parecer cada vez mais respeitável, ele e toda a sua família. Uma queda, dentro do núcleo mais íntimo da família, podia acontecer excepcionalmente, acontecia, porque o ser humano é falível, mas devia ser corrigida com a reparação rigorosa e definitiva; uma segunda queda não era admissível; impensável; absolutamente intolerável nos padrões dele.

Havia sete anos era desembargador, e entretanto o aprazimento do seu ser ao sentir a toga sobre os ombros era quase igual ao do primeiro dia em que a tinha vestido. Era uma fruição, como era também o trajar o *smoking* para ir ao Municipal assistir a uma ópera. Tinha assinatura, e não perdia uma récita de toda temporada; não perdia o gosto de ser visto por aquelas pessoas respeitáveis, de ser escutado nos seus comentários, que eram os de um *connaisseur*.

Doutor Heleno era um erudito no assunto ópera, antigo freqüentador, rapaz ainda, tinha presenciado algumas vezes Claudia Muzio naquele palco, tinha em casa uma coleção vasta de discos de Caruso, Tita Rufo, Tito Schipa, Chaliapin, até de Gali Curci, nas árias mais apreciadas e belas, discos muito bem limpos e tratados, tocados com agulhas novas, uma a cada vez, renovados quando ficavam gastos, ouvidos numa vitrola constantemente examinada para eliminar qualquer ruído. Era um gosto especial organizar sessões de música em sua casa, sentir o deleite dos apreciadores selecionados, e o regalo da admiração deles pela sua coleção, pelo cuidado que tinha, pelo conhecimento que mostrava.

Inadmissível. Primeiro foi a empregada de uma amiga de Isaura, que era amiga da empregada de Hilda, e que contara, excitada, que via sempre o Belisário no apartamento de Hilda. Depois foi Laura, cunhada, irmã de Isaura, que viu os dois juntos no cinema, como um parzinho de namorados. Belisário era uma figura conhecida, saía nos jornais, nas páginas esportivas, um homem muito alto e destacado, logo, logo toda a cidade estaria sabendo. Absolutamente inadmissível. Tinha de agir com rapidez. Tinha pensado muito. Pensara em procurar o presidente do América: com o seu prestígio, sua autoridade de juiz, pedir que Belisário fosse chamado às falas e intimado a desligar-se daquela aventura, a mudar-se de apartamento e sumir da vida de Hilda. Sim, e o presidente, que ele não conhecia, podia até compreender a situação e querer atendê-lo, tinha sabido que se tratava de um homem de bem, correto, havia de compreender e solidarizar-se, mas o que poderia fazer? O futebol era então uma atividade profissional; Belisário era um profissional, estava no América porque lá aparecera como craque, era muito bem tratado, ganhava o que nenhum outro jogador ganhava no clube, era o ídolo da torcida. Mas podia muito bem sair do América e transferir-se para outro clube, onde provavelmente até ganharia mais, um *keeper* como ele valia muito. O presidente do América não teria nenhum poder de obrigá-lo a desfazer seu caso com Hilda. Era evidente, o caminho não era aquele.

Pensou muito. Pensou uma semana inteira. Consigo mesmo; era um assunto sobre o qual não podia conversar com ninguém, colher sugestões. No máximo, falava com Isaura, mas ela não tinha idéia nenhuma. Incrivelmente, parecia às vezes que não se incomodava tanto. Pensou muito e decidiu: contrataria uma surra no homem. Faria a coisa com gente profissional, gente que fizesse um serviço bem-feito, não era difícil, um serviço de arrasar o homem sem matá-lo, quebrar-lhe os dois braços, de modo a inutilizá-lo para a profissão, e ameaçá-lo também, se não largasse a amante poderia perder as pernas, ou a própria vida. Isso podia conseguir. De maneira absolutamente discreta. Na polícia; falaria com o Sérgio Vale; não seria nada difícil; e ia funcionar. A única solução.

E falou com o Sérgio; era realmente a pessoa certa, conhecia todo mundo na polícia. E realmente não foi nada difícil definir compromissos, prazos e preços. E nem custou muito caro. Ficou tudo combinado. E o combinado foi feito: pegaram Belisário chegando em casa de noite, dois homens fortes, e obrigaram-no, na mira de revólver, a dirigir o carro para a estrada Dona Castorina. No caminho, foram dizendo que não iam matá-lo, não tivesse este medo, mas ele que lhes obedecesse, porque se fizesse qualquer movimento que eles não mandassem, levaria um tiro na cara. Ficasse calmo, iam apenas dar-lhe uma lição, mostrar-lhe o seu lugar, que não era em Copacabana, ele devia logo mudar-se para o subúrbio, senão, aí sim, voltariam para acabar com ele. Belisário não conseguia articular uma palavra, e ia fazendo o que diziam, subiu a rua Pacheco Leão até o fim, tomou a direita e começou a subir a Dona Castorina. Não conhecia aquela rua, era uma estrada no meio da mata, cheia de curvas, ladeira forte, o carro começou a não ter força, nem em primeira subia, Belisário entrou a suar abundantemente, de medo que pensassem que era uma manobra dele para não seguir, mas eles sabiam que o gasogênio não dava conta de rampas fortes, disseram que parasse ali mesmo e que saltasse. E que não gritasse, senão levava um tiro.

E Belisário saiu do carro e apanhou sem gritar. Um dos homens levava uma barra de ferro, e com ela quebrou primeiro um braço depois o outro, viu que estavam bem moles, Belisário soltou só gemidos surdos. Depois o brutamontes bateu forte na perna direita, para quebrá-la também, para fazer o serviço bemfeito, que ele ficasse estendido ali e não pudesse andar em busca de socorro àquela hora da noite. Belisário então urrou de dor e caiu, e eles ali o largaram, vendo que estava desacordado de dor, e desceram depressa a ladeira a pé, estava cumprida a missão.

Só não repararam que, ao cair, Belisário tinha batido com a cabeça no meio-fio. E que aquela batida tinha produzido um traumatismo craniano, do qual Belisário acabou morrendo. Foi encontrado só pela manhã, ainda com vida, levado ao hospital Miguel Couto mas não resistiu mais que umas seis horas. Hilda foi avisada pela empregada e correu a vê-lo já em coma. Ela sabia. Ora, se sabia, sabia porque conhecia bem, aquilo era coisa do pai. Sentiu um ódio multiplicado, parecia sem limites, mataria aquele assassino, se pudesse. Mas não podia. Não podia nem dizer nada, tinha que calar. O caso foi para os jornais, Belisário era conhecido e querido, houve uma onda de indignação mas o nome dela não apareceu. Hilda viveu dias de grande tensão, temendo que descobrissem e noticiassem a ligação dela com Belisário, e ela acabasse envolvida no crime. Doutor Heleno preocupou-se mais ainda, viveu dias de completo desassossego, que naturalmente não revelava, mantinha sua aparência, mas chamou Sérgio ao gabinete e falou grave, tinha recomendado muito que não matassem, ouviu a explicação do sucedido, o acidente, e a tranqüilização, não havia a mínima possibilidade de esclarecimento do caso, dali a um mês estaria esquecido.

E tudo correu como previsto, sob controle. E acabou realmente no esquecimento. Só Hilda não conseguiu esquecer, e até que ele morresse, nunca mais quis ver o pai. Muito tempo passou em tristeza, uma nova e demorada onda de tristeza, diferente daquela primeira mas também muito funda e verdadeira. Outra vez, entretanto, a natureza acabou se afirmando: Hilda não tinha uma vocação depressiva, ao contrário, a vida e seus impulsos reverberavam muito alto dentro dela, do corpo e da alma. E acabou cedendo a outro interessado, um professor de natação que dava aulas na piscina do Copacabana Palace, onde ela resolvera tomar umas aulas por recomendação médica, para aliviar ataques de asma que passou a ter com mais intensidade depois do acontecido com Belisário. Era um homem louro e forte, de tez amorenada pelo sol, que falava com um sotaque europeu e parecia fascinado por ela.

Naquela piscina, na pérgula, conheceu depois um paulista muito educado, que vinha sempre ao Rio a negócios, e que, sabendo onde ela morava, mandava-lhe flores todos os dias em que estava no Rio. O romance com o professor de natação estava já declinando, e Hilda tirou grande prazer no amor do novo apaixonado. Era ainda uma mulher bela, ainda muito. Torneada nas formas. Graciosa nos movimentos. Educada. E tinha uma libido de vigor extraordinário, uma força vital incomum. Henry observava, acompanhava tudo, sabia de tudo. Hilda era irresistível e insaciável. Ele não tinha tido outra, e cada vez mais então foi se comprazendo em acompanhar de longe, mas em detalhe, as aventuras e deleites da mulher. Não sentia ciúme ou frustração; não pretendia voltar a tê-la como mulher. Apreciava o gosto que ela tinha pelo amor. E gozava um pouco, ele também, com os prazeres dela.

A Baiana

Durvalina, se chamava, nome de baiana, negra de porte e de carnes, bela figura, braços lisos, consistentes, bunda bojante, olhos firmes, bem pretos, usava um turbante na cabeça, qual baiana que era, chegada havia pouco menos de um ano, de navio Ita, lá embaixo, misturada com a gente da sua classe. Veio sozinha, deixou a filha de dois anos com a mãe, para mandar buscar logo que tivesse assento e bom sustento.

Assento seria uma casinha onde ficar, um quarto que fosse, de cortiço, de vila, que coubesse a menina e mais a mãe. O sustento viria do seu saber de fazer as coisas de comer lá da Bahia, apreciadas no Rio de Janeiro segundo se dizia, pessoas que visitavam a capital e voltavam contando que muitas baianas tiravam ganho razoável de vender quitutes em tabuleiros na rua. Mas ela não conhecia ninguém na cidade, a não ser amigas de amigas, de Cachoeira e Santo Amaro, que tinham vindo diretamente para trabalhar em casas de família e ela não sabia os endereços. E então ela também veio de encomenda, pelo menos em primeira instância, para ser cozinheira numa casa em Copacabana. Trouxe um pequeno dinheiro, a maleta com três vestidos e roupa de baixo, e as instruções: descesse do navio e procurasse a praça Mauá, era perto, de lá pegasse um ônibus para Copacabana, pedisse ao motorista que avisasse a proximidade da rua, tinha o endereço e o nome da patroa, estava sendo esperada.

Tinha chegado em março e já estava preparando a ceia de Natal da família, dona Bárbara, doutor Cláudio e os dois meninos, e os tios e tias, e primos, eram quatorze pessoas, ia fazer o peru, a farofa e o pernil, e o arroz no leite de coco que eles gostavam. E os doces que eram elogiados. Era bem-tratada, não se queixava, era gente boa que sabia apreciar uma cozinheira de forno e fogão.

Não tinha ainda casa no Rio, mas desde julho saía sábado à noite e voltava na segunda-feira bem cedinho. Passava duas noites e o dia de domingo com Antonio, mulato bem baiano, de nariz chato e olhos amendoados, cabelos bem pretos e crespos sem ser carapinha, lustrosos, uma voz cantada que amolecia o coração de Durvalina, parecia um poeta, um Castro Alves, ela dizia para dentro. Mas a voz enganava porque de verdade Antonio era bom de briga, ia na garganta como ela sabia, porque tinha visto ele numa briga ali mesmo na rua Toneleros, derrubou e esganou, só não matou o outro, mais forte do que ele, porque acorreram vizinhos naquela gritaria e separaram.

Era pintor, Antonio, tinha quinze anos de Rio e sabia das coisas. Estava pintando uns quartos na casa em frente e se desentendeu, ninguém soube direito como, se desentendeu com o peixeiro italiano que era gordo e forte, passava cantando e anunciando peixe fresco, garoupa, robalo, que trazia em dois cestos pesados, cheios, um em cada ponta de uma trave que levava sobre os ombros largos. Era alegre, ou bem fingia ser, sempre cantarolando em italiano e dizendo gracinhas para as empregadas e louvores para as patroas, homem gostado pela sua filosofia bonachona, ninguém podia imaginar aquele homão brigando pra valer, até aquele dia, de repente, a gritaria, não se sabe como começou, a gritaria, filho disso, filho daquilo, o italiano partindo para cima do Antonio como uma faca enorme parecia que ia arrasar, despedaçar na hora, e o baiano pulando daqui pra ali, até dar uma pernada certeira, fazendo a massa humana desabar, pulando rápido em cima depois da rasteira, tirando a faca e estrangulando o outro, já vermelho de esforço e arquejando sufocado. Durvalina viu. Teve pena do peixeiro, e gritou para que o salvassem; e o salvaram. Mas, também, no mesmo imediato, sentiu uma coisa esquisita, tesão por aquele mulato ágil, cheio de nervos e espertezas, parecia um demônio que ia matar o outro ali mesmo. Separada a briga, Antonio num átimo leu nos olhos dela aquela comoção de amor mesmo contida.

A briga repercutiu na rua e Antonio acabou, com aura de demônio, desempreitado das pinturas que estava fazendo. Só que, antes da despedida, deu jeito de falar depressinha com Durvalina, dizer que queria contar pra ela o que tinha acontecido, para mostrar como tinha razão, e pediu o telefone da casa. Ela deu, mas pediu que ele ligasse numa hora assim no meio da tarde, em que ela não estivesse ocupada na cozinha e a patroa tivesse saído, quarta-feira era um dia bom, em geral dona Bárbara ia visitar a mãe.

Assim o caso entre eles começou. E foi para Durvalina uma ventura desde o primeiro encontro, uma graça, mesmo não sendo do céu mas bem da terra, uma graça forte, graça de gozo que aquele homem dava a ela, que sorte a dela, Antonio não era bruto, era muito homem, muito macho mas não era nada bruto, era até delicado nas palavras e carinhoso nos afagos, e gozava e fazia ela gozar, uma, duas, três vezes cada noite de sábado e de domingo, no quarto que ele tinha em São Cristóvão. E conhecia o Rio, e levava ela para passear no dia de domingo, iam de bonde a tudo que era lugar, da Quinta da Boa Vista ao Jardim Botânico, ao Alto da Tijuca, e até a Paquetá de barca, aquela beleza de calma e de sossego. Sentia ao seu lado a solidez do homem que a conduzia e protegia.

Uma noite Durvalina teve um sonho e acordou com a lembrança dele inteira: ia no Ita da Bahia para a África, reviveu a vida de bordo, a cor e o ar do mar, o cheiro de peixe, a bonança, tudo muito nítido, e viu a costa da África, ia chegando, o navio se aproximando da terra, chegando como se fosse encostar na praia, muito perto, e aquela praia enorme e branca, cheia de coqueiros como na Bahia, e a praia cheia de gente esperando por eles, homens e mulheres, pretos vestidos de branco, cantando e dançando, como na Bahia, o mesmo ritmo, muita gente, só que, no meio da gente, havia leões, muitos leões, mansos, sentados ou andando devagar, como tinha visto no jardim zoológico.

Acordou impressionada, parecia um presságio a limpidez daquele sonho. Deu o café para os meninos e logo às oito horas correu até a praça e fez o jogo, cercou o leão, jogou centena e milhar, aquela fé, cinco tostões cada um.

De tarde foi ver o resultado, acertou tudo, grupo, centena e milhar, a cinco tostões dava mais de conto de réis, mais de dois contos, sabia fazer e fez as contas ali mesmo diante do poste, depois de conferir dez vezes o talãozinho, era uma festa, podia comprar um quarto para ela numa vila, mandar vir a mãe e a filha, o coração agitado pulava e fazia o peito arfar, bem que se lembrava agora, umas seis semanas antes, a mãe lhe aparecera em sonho, vestida de mãe-de-santo, sentada debaixo de uma gameleira, anunciando que ela ia tirar uma grande sorte, e ela tinha interpretado a sorte como sendo a chegada de Antonio na vida dela, só que Antonio já tinha chegado há tempos e aquilo ficou um pouco estranho, como um aviso atrasado, talvez para confirmar que era mesmo uma sorte aquele homem, que ela tinha de agarrar. Mas agora estava explicado, a sorte era outra e tinha vindo mesmo por inteiro, sem embuço.

Correu dali no ponto da banca, uma portinha na rua Barroso, onde uma vez tinha recebido um premiozinho simples de grupo. Entrou ofegante e mostrou o talão. O rapaz pegou, estava sozinho, olhou, mudou a cara e tornou a olhar com mais vagar, disse "Um instante" e entrou numa porta que estava fechada, com o bilhete na mão para mostrar ao chefe. Demorou uns cinco minutos, Durvalina ansiosa e mais arfante, esperando que ele voltasse com a bolada de dinheiro, e o moço voltou tranqüilo, dizendo que de fato ela tinha ganho no grupo, eram dezoito mil-réis.

A comoção. Não no primeiro segundo. Custou um pouquinho a compreender, tal era o absurdo. A comoção quando pegou o papelzinho da mão dele e viu que o safado tinha transformado o três da centena em oito. O sangue todo na cabeça, aquela comoção explosiva quando entendeu tudo:

— Filho da mãe!

Ela tinha certeza, tinha a certeza completa, total, nem tanto pelo papelzinho que o safado tinha falsificado, qualquer um podia ver aquela falsificação, até malfeita, porém muito mais pelo sonho que ainda tinha claro na cabeça com certeza, os leões em grupos de seis e de três, seis sentados e três andando, seis sentados e três andando, aquele jogo claro, claríssimo, como gritando para jogar 6363 que era um milhar do leão, claríssimo, mesmo sem se lembrar na hora do aviso da mãe, que ia tirar a sorte, joga, joga que é certo, e ela tinha jogado, com certeza certíssima pela clareza do sonho, e tinha dado, porque era certo que ia dar. Cresceu em tamanho físico ali na frente do homem, cresceu em estatura e largura, cresceu na voz e na energia de negra baiana:

— O senhor vai ter de me pagar! O que é certo, grupo, centena e milhar! Vai pagar sim senhor!

O homem arregalou e chegou a dar um passo para trás. A figura enorme, negra, de olhos injetados, que crescia feito um demônio. O tumulto fez aparecer pela porta fechada dois outros homens, o que foi, o que não foi.

— Ele quer me roubar! Esse safado! Mudou o número, olha aqui! Mas vai ter que pagar!

O primeiro homem, que a tinha atendido, era jovem, fino de compleição, perdeu a voz diante do fogo que emanava da comoção de Durvalina. Mas os dois outros, mais velhos, já tinham vivido situações como aquela, sabiam lidar, ponderaram, a senhora veja bem no bilhete, seis mil oitocentos e sessenta e três...

— Patifaria comigo, não! Vão pagar!

E crescia mais, estufava, saía-lhe um chiado pelas ventas alargadas, a cara intumescida, e repetia vão pagar, vão pagar. Saiu um terceiro homem pela porta e foi dizendo decidido, chega, toma aqui os dezoito mil-réis e vai saindo, vamos, havia pessoas chegando, pasmadas, vamos, ele era grande, foi pegando Durvalina pelo braço e empurrando, vamos, os outros ajudando, ela deu um repelão e quase jogou o homem no chão. Então foi agarrada com força e posta na rua pelos três.

Fecharam a porta na cara dela mas ela continuou batendo e gritando do lado de fora, tinham de pagar, ladrões, patifes, enrouquecendo mas gritando uma voz grossa, juntando gente espantada, ladrões, ela gritava, fui roubada, ninguém dizia palavra nem tentava acalmá-la, cinco minutos, dez, Durvalina não parava, até que chegou uma camionete da polícia, saltaram dois homens que, sem perguntar nada, levaram-na, polícia era polícia.

Então ela compreendeu. A camionete arrancou, o escândalo acabou e ela compreendeu tudo. E chorou. Começou a chorar e chorar mas sem gritar mais. E os homens não foram mais brutos, perguntaram onde ela morava, com calma, ela não respondeu, não conseguia responder, chorava, eles tiveram paciência, esperaram, perguntaram de novo onde morava, não queriam levar ela para a delegacia, e ela então disse, era ali pertinho, na rua Toneleros.

Em casa, passada uma hora de tristeza calada, sentada na cama, Palmira perguntando o que tinha, a copeira, ocupada àquela hora, indo e vindo para vê-la, preocupada, ela nada, sem querer conversa, sentada em tristeza funda, passada hora e um quarto, viu que tinha de começar a tratar do jantar, a realidade que chamava, então contou para Palmira, que suspirou solidária, viu o bilhete, a fraude evidente, mostrou uma indignação amiga, mas não foi capaz de dar qualquer idéia de recuperação do prêmio verdadeiro, polícia nem pensar, era tudo uma coisa só com o bicho, levavam dinheiro e não faziam nada. Solidária, muito, mas só. Durvalina foi para a cozinha e recomeçou a vida. Quando dona Bárbara apareceu ela contou também para a patroa, só por contar, sabia que ela também não podia fazer nada, doutor Claudio era um médico, não tinha nenhuma ligação com autoridades.

— A gente não deve se meter com essa gentalha — foi só o que disse.

Mas ficou impressionada, a patroa, com o vulto da soma que ela tinha ganhado na sorte e perdido na falsificação. Não entendia nada de bicho, não fazia idéia de que com mil e quinhentos réis se podia ganhar quase dois contos e quinhentos. A ela parecia claro que nunca iam pagar aquilo tudo. Pagavam, sim, Durvalina sabia, Palmira também, pagavam sim senhora, aquele bicheiro é que era safado, uma sabia de um caso em Botafogo, outra de outro caso na Tijuca, que tinham pago, até cinco contos, não conheciam nenhum caso de calote, aquele era safado, tinha de levar uma lição, era porque Durvalina era mulher, com homem não faziam isso, ainda ia levar uma lição, tinha de levar, tinha de levar, de justiça.

E Durvalina já trazia na idéia a pessoa que ia dar a lição. Era Antonio.

Foi a primeira coisa que foi falando ao chegar ao quarto dele no sábado. Começou a contar a história antes mesmo de sentar, livrando-se do braço dele que logo queria envolvê-la. Pois ele sentou-se e escutou a história dela, paciente, compreendendo a importância que tinha.

— Não dá, minha nega — foi até carinhoso na resposta, avaliando o sofrimento dela. Não dava porque o bicho era um mundo fechado de gente cangaceira, tudo um bando só, e mancomunado com a polícia. Enfrentar, não dava. O que podia era fazer uma queixa ao chefe maior, o banqueiro da área, contra o sacana da rua Barroso, que os chefões não iam gostar, porque desmoralizava a coisa deles, mas ele, Antonio, não conhecia ninguém no bicho pra fazer queixa. Na porrada, só iam sair perdendo, ele sabia.

— Pois eu é que não sabia que você era tão frouxo — disse Durvalina.

Aquilo saiu pela garganta sem nenhuma temperança. Porque não podia deixar de sair. Porque tinha levado uma ducha gelada daquele homem que era em quem mais acreditava, homem macho à beça, de corpo seco e musculoso, braços cheios de veias, homem de sangue quente que sabia brigar como ninguém, que ia direto na garganta como um felino selvagem. Paralisada ficou, de decepção.

Paralisado ele também, Antonio, de ultrajado. Podia pedir que ela repetisse, confirmasse a injúria. Mas ficou calado, melhor não, porque ela ia repetir ou agravar mais, conhecia aquela negra, forte de caráter, corpo grande e carnoso, olhos vigorosos, peitos abundantes, bunda grande e consistente, coxas fornidas que cingiam duras na hora do gozo, um porte de rainha que ela tinha, só faltava uma coroa, olhando de cima para ele, instigante, num segundo ele viu que só tinha uma coisa a fazer: o desagravo ali na hora, sem dizer nada.

Pulou feito um gato de onde estava direto em cima dela e bateu forte, de prancha, não de soco, queria mais desmoralizar que machucar, tudo isso pensado num segundo, uma bofetada cheia e ruidosa, de chapa bem na bochecha da cara larga. Com força. Tanta que derrubou aquele corpo todo quase maior que o dele, resvalando na cadeira mas acabando no chão. E então sentou em cima, com os joelhos imobilizou-lhe os braços e com as duas mãos bateu livre, duas, cinco, umas dez vezes, de prancha nos dois lados da cara. No princípio ela lutou, gritou, fez força para livrar os braços e revidar, depois foi deixando, debatendo-se menos, gritando menos, até não gritar mais e apanhar sem resistência, só chorando, mas sem força, baixinho, chorando, chorando só.

Então Antonio tirou os joelhos, soltou-lhe os braços e foi lhe abrindo a blusa, e levantando a saia, e baixando as calças dele, já muito excitado, e num instante ela também, chorando ainda mas já gozando de mulher, ali no chão, debaixo do seu homem.

A vizinhança escutou a surra e o gozo, o choro e o espasmo, parou para escutar mas não estranhou, no cortiço era costume.

A Planta

Uma vez eu quis fazer um mapa do quarteirão, havia aprendido o conceito de escala e queria testá-lo no meu hábitat; e comecei medindo as testadas que davam para a rua, cortei um barbante de dois metros, com uma marca de um metro no meio, e passei-o de casa em casa, bem cedo de manhã, bem antes das sete, com vergonha de ser visto, o que está fazendo aí, menino? Desenhei numa folha grande de papel pardo, com lápis preto bem macio, aquele traço cheio e forte. Os fundos não importavam muito, sabia que era fundo com fundo, não havia espaço nenhum no meio. Era um trapézio na planta, mas não uma figura plana na realidade, seu lado maior, nos fundos da Toneleros, chamado Conrado Niemeyer, onde morava Gracinha, subia forte até um auge, que ficava um pouco além do meio, e descia leve até encontrar a Otto Simon, que descia forte até a Toneleros, que era o plano, a principal, a base do trapézio, a nossa rua. Era um trapézio espacial, e o outro lado menor, que também ficava no plano, era o finzinho da República do Peru, onde moravam a Elza e a dinamarquesa, trecho de uns quarenta metros, bem apropriado para se jogar um futebol, as metas marcadas por dois paralelepípedos separados por quatro passos largos.

No seu ponto mais alto, naquele auge da rua que subia, havia ainda um terreno baldio, cercado com muro e cheio de um matagal de altura maior que o muro, com um portãozinho estreito fechado a cadeado. Uma vez vimos, ali perto, eu, Mário e Renato, um homem abraçado a uma mulher, um homem de calça e camisa agarrando firme e quase arrastando a mulher de vestido que tremia, uma ansiedade anormal nela, uma sofreguidão imperativa nele, uma inquietação arregalada nela, que tremia ofegante e olhava para os lados, vimos chegarem os dois até o portãozinho, ela querendo e não querendo, vimos ele levantá-la no colo e jogá-la do outro lado, para pular o portão em seguida com a rapidez de um gato e desaparecerem os dois no matagal. Ficamos, claro, observando, esperando, quinze, vinte minutos, sem coragem de chegar mais perto, aquele homem fora de si, ficamos até ver a operação de volta, ele pulando primeiro e ajudando-a a fazer o mesmo, puxando-a pelos braços, e descendo ambos a rua quase a correr, ela a esconder o rosto, mas diferentes, os dois, nitidamente aliviados daquela tensão fortíssima que os tinha levado até ali, traziam então uma alegria no rosto, correndo ladeira abaixo na Otto Simon de mãos dadas.

A Toneleros era o espaço de encontro da turma, às vezes num portão, às vezes noutro, a turma da Toneleros, nada aguerrida, sem fama, turma comum, vizinhança, meninos de um lado, meninas de outro, vez por outra, raro, um namorozinho só de ficar junto, nem pegar na mão, cada um olhando para um lado, trocando palavra aqui, outra ali só para quebrar o silêncio, juntos.

Era também, a Toneleros, a pista de trânsito das bicicletas, volteios de todo dia e corridas que às vezes se faziam. Era ademais o caminho das meninas que saíam em fila de três do Sacré Coeur, diariamente às cinco em ponto, acompanhadas de uma freira, e iam sendo distribuídas até a Figueiredo Magalhães ou

Santa Clara. Era a rua principal, mas nela passava muito pouco carro, aliás, poucas casas tinham garagem, a planta mostrava, menos da metade, dava até para se jogar nela mesma um futebol, quando o dinamarquês da República do Peru, pai do Pierre e da bela Ingrid, reclamava muito e ameaçava soltar os cachorros perdigueiros.

A Otto Simon, muito inclinada, servia para se descer de rolimã pela calçada, desde lá de cima, pegando uma velocidade grande, uma sensação de vertigem até chegar à Toneleros, meio perigoso se não conseguisse parar, por vezes se tinha de saltar fora e levar um tombo.

Fiz a planta e pus os nomes. Os nomes significavam, mas só eu sabia o valor. Elza, por exemplo, significava muito, mas a razão de tanto significar eu não sabia bem, a razão de eu ficar olhando para ela, sempre plácida, olhar bonançoso, não era questão de fantasias que eu fizesse, eu beijando ela, abraçando-a, não era, eu não tinha idade para isso, não sei, não sabia o que era, ela tinha a pele clara, cabelos castanhos lisos, lábios cheios, toda ela um tanto cheia, as pernas, as coxas eu nunca tinha visto, cheia mas não gorda, cintura acentuada, menina comum, o que tinha de diferente era a placidez do ser e do olhar, nem um pouco da agitação natural das outras, muito tempo depois ainda me lembrava dela, sem vê-la quase vinte anos, e instigado buscava a razão daquela atração da meninice, pensando que talvez fosse justamente aquela placidez, a manifestação precoce da minha preferência pelas mulheres serenas na cama.

Feita a planta, divididos os espaços externos de cada casa, tarefa fácil, colocados os nomes sobre os retângulos, desatouse a especulação sobre a divisão interna das casas, que eu queria também figurar no meu desenho. Isso me levou a ter de fazer perguntas, com jeito, alguma habilidade que naquele tempo, com mais de dez anos, eu já havia desenvolvido, para saber como era, como não era, a conformação da casa por dentro, sobretudo os quartos, aí é que estava, começou a se agudizar a minha curiosidade sobre as intimidades de cada casa, quartos, banheiros, os recessos daquelas vidas, oh, aquilo pouco a pouco foi passando a ser o principal da planta. Mas eu resistia em admitir esse desígnio, e continuava a desenhar as casas na escala, perguntando e inventando em conformidade. Fui tocando o trabalho.

Eu tinha, em casa, um lugar em que me recolhia para pensar aquelas coisas, aquelas e outras coisas. Não era o meu quarto, que tinha de dividir com meu irmão; era o escritório de meu pai, no qual, durante o dia, ninguém entrava, só eu, furtivamente, em busca do silêncio e da solidão para pensar. Chamavam-me, chamavam-me e eu não respondia, o quanto podia, para não me revelar, só quando verificava que não iam desistir de me achar, eu saía do escritório, também furtivamente, e me apresentava como se estivesse estado no quarto a cochilar, ou no banheiro.

O escritório era o meu lugar de pensar. Todo menino precisa ter um lugar para pensar, construir e desconstruir suas fantasias, seus projetos de ser, aprofundar seu espírito. Eu tinha tido, junto com meu irmão, uma explanação de meu pai sobre o tema sexual — a cópula, a fecundação, o espermatozóide e o óvulo, a gestação, o parto, as principais doenças, a masturbação, perigosa, o vício solitário — e precisava de tempo e silêncio para digerir e sedimentar tudo aquilo, com os seus desdobramentos. Entre os desdobramentos corria a imaginação sobre o que os moradores e moradoras das casas faziam nos lugares reservados, nos momentos recessivos. Aquilo me excitava e demandava trabalho de especulação. Eu não tinha tido ainda a primeira manifestação do orgasmo sexual, que chegaria meses depois quase naturalmente, quase sem provocação de minhas mãos, e que seria depois controlada, dentro de limites, em razão das advertências do pai sobre a masturbação. Mas o interesse pelas meninas era evidente, mais agora que eu conhecia por alto as formas das intimidades delas, e como se fazia o acoplamento com as dos meninos. Não eram, porém, só esses os pensamentos que me ocorriam no escritório. Muitos outros, ficava vendo os livros de meu pai nas estantes, deixando crescer meu interesse pelas ciências. Ficava vendo a coleção de selos dele, muito completa na parte do Brasil, aquilo também me interessava. E outras estradas de pensamento, numerosas, às vezes intrincadas, férteis, que o menino vai abrindo quando tem oportunidade e um lugar apropriado para esta atividade. A guerra era uma dessas vias importantes de pensamento; eu não lia os jornais, não tinha o hábito, mas escutava os comentários com muita atenção em casa, na casa dos avós com os outros membros da família, na casa do Oswaldo, um amigo que morava na rua e que também gostava de selos, escutava e formava minhas opiniões e preferências. E as desenvolvia no escritório.

Havia o alemão da esquina, Toneleros com a República do Peru, homem e mulher de idade, cabelos bem brancos, sós, não havia filhos que morassem ou freqüentassem. Casa grande, cinzenta, de dois andares, em cima uma varanda onde ficavam de tarde os dois tomando a fresca. Um dia tivemos que apedrejar a casa. Tinha havido um blecaute na véspera, treinamento de guerra contra a possibilidade de submarinos alemães bombardearem Copacabana, e Oswaldo havia saído à rua, no breu da noite, para verificar o comportamento dos moradores em obediência às ordens severas de guerra — o Brasil estava em guerra — e tinha visto, ele, Oswaldo, meticuloso, um dos nossos, tinha visto grandes frestas de luz nas janelas da casa do alemão, evidenciando sua provável condição de quinta-coluna. Apedrejamos, então, como dever, uns doze meninos, veio a polícia e demos nosso depoimento, explicação daquela agressão, os homens, de terno cinza e gravata, disseram que iam investigar mas que nós parássemos de jogar pedras. Paramos, já havíamos quebrado todas as vidraças, mas nunca ficamos sabendo do resultado das investigações. Só a certeza de que eram da quinta coluna. Em frente ao alemão, do outro lado da Toneleros, ficava uma casa amarela, arredondada na esquina, também grande e de dois andares, com a porta da sala abrindo-se no rés-do-chão diretamente para a rua, exatamente na parte arredondada, uma porta preta de ferro com vidros corrugados. Todo dia eu passava ali. Até um sábado em que, ao sair à rua, vi um grupelho da turma reunido em frente ao alemão com ares de vivência extraordinária. Corri a saber, e chegando me disseram: "Vai ver ali naquela porta." Era a casa amarela; fui, atravessei a rua e vi que a porta preta estava aberta, completamente inusitado, era uma porta larga, estava escancarada aquele dia, realmente extraordinário, cheguei perto e olhei para dentro, e vi, e o choque do que vi me paralisou, fiquei pregado no chão, o olhar fixo, vi o caixão sobre uma essa, catafalco vistoso, e quatro grandes castiçais com enormes velas acesas em cada canto. Vi a face descorada do defunto, vi perfeitamente, era manhã clara, vi com nitidez, pela primeira vez na vida. A sala vazia, só aquela peça com o corpo, com certeza haviam retirado todos os móveis, era o velório se iniciando, e uma só pessoa velava o morto àquela hora, um homem, talvez um empregado da casa, semelhava, olhava o corpo e parecia rezar, até que olhou para mim, só então me dei conta, tinha perdido o tempo ali pregado, senti vergonha sem saber bem por quê, o homem me olhou e então eu me afastei, petrificado, não voltei ao grupo, voltei diretamente para casa, subi ao escritório sem falar com ninguém, e mergulhei em pensamentos aterradores. A morte. Eu tinha conhecido a morte ali naquele corpo amarelado. As pessoas morriam. Todo mundo tinha de morrer. Do escritório fui ao quarto, deitei na cama e me cobri. Tremia. No dia seguinte, passei mais umas duas horas no escritório pensando sobre o tema, ainda confuso, aquela certeza inaceitável, sobre a escrivaninha de meu pai ficava um cachorrinho de vidro verde-escuro, espécie de mascote dele, aquele cachorrinho me olhando fixamente enquanto eu ia e voltava naquele pensamento sem nenhuma solução.

Mas a minha planta prosseguia, e cada vez mais revelava conseqüências da minha tentativa de desvendar as casas por dentro, afastada a visão de defuntos na sala. Meu desejo já aberto era localizar os quartos e os banheiros. Não me interessava muito qualquer outra dependência, cozinhas, salas de jantar, indicava-as na planta só para poder decifrar, por encaixe, o lugar dos quartos, quartos de empregada também, lugares onde as pessoas ficavam sozinhas, o que faziam quando estavam sozinhas, era o que me interessava.

Heloísa e Taís eram duas irmãs louras da Toneleros, belíssimas pelos cabelos dourados, Heloísa, a mais velha, tinha peitos grandes, o único defeito era que tinham pernas finas. Gilson, um primo delas que às vezes aparecia na rua e conversava com a turma, disse uma vez que os peitos de Heloísa tinham crescido muito desde que ela começara a se masturbar, tocar punheta, ele disse, uma conversa excitante que abria largos espaços para a imaginação, Heloísa se retorcendo de gozo na cama com a mão no sexo, ou as duas, ela e a irmã, uma fazendo na outra, coisa comum, se dizia, não eram só os meninos que faziam meia, enfim, era isso que eu tinha tenção de descobrir fazendo aquela planta, o que que as pessoas faziam quando estavam sozinhas, coisas proibidas de fazer na frente dos outros, vergonhosas, torpes, alguém dizia que a Ingrid, a menina dinamarquesa, loura, muito loura, bela, muito, costumava levar os cachorros para o quarto e trancar a porta, e o que fazia lá com os bichos, que eram dois machos, coisa boa é que não era, imundície com certeza, sim, as pessoas faziam dessas indecências quando estavam sozinhas, e outras coisas muito estranhas, mesmo não sendo indecentes, como o pai da Marina, que era careca e todo dia ficava cinco minutos de pernas para cima, dizia-se, encostado na parede, para fazer crescer cabelo. De rolar de rir. Pois com a planta ficava mais fácil para mim ver essas coisas, figurar, se soubesse desenhar bem, tivesse esse talento e faria os desenhos nos lugares onde as cenas se desenrolavam, claro, o que eu queria era botar ali a fantasia nos detalhes, abrir essa especiosa mas importante dimensão do mundo que os afazeres do dia-a-dia nos levam a desatender.

Tinha o pai da Ramona, um sujeito completamente esquisito que morava quase em frente à nossa casa. Neurastênico de todo, gritava com a gente, nos chamava de mal-educados, cafajestes, dizia que ia botar um cachorro feroz na porta, só porque a turma naturalmente se juntava em frente à casa dele para ficar paquerando a Ramona, que era uma graça de menina, toda bem-feitinha, apesar daquele nome incrível, idéia do pai completamente doido. Não namorava ninguém, nem podia, Deus que a livrasse, imagine o que faria o pai, que ia de casa em casa reclamar de nós com nossos pais, do barulho que fazíamos na porta dele, minha mãe tinha horror, não atendia mais quando ele batia lá. Pois então, o que que aquele homem devia fazer com a mulher, sozinhos os dois no quarto? Corria que chicoteava. E ele sozinho no banheiro, maluco como era? A mulher dele tinha um ar de tristeza conformada, pudera, ter que agüentar as asquerosidades do marido. A Ramona era a que eu mais queria ver nua, mais que as irmãs louras ou que a dinamarquesa, mais até do que a Elsa. Não saberia dizer por que razão; talvez porque o seu corpo era todo perfeitinho de curvas e proporções, de maciez aparente, de pureza de pele clara.

E tinha o Peruano, presença forte, membro eventual da turma, não de todo dia porque tinha de trabalhar, era mais velho do que a média da turma, devia ter já os seus dezesseis ou dezessete, alto, moreno, atlético, nariz proeminente e cara afirmativa, tinha de ajudar a mãe, peruana naturalmente, que era empregada da casa do seu Isnard, industrial que fabricava lá não sei o quê, produtos químicos, ácido sulfúrico, sei lá, sei que foi quando aprendi que industrial era mais que comerciante, era mais rico que comerciante, muito mais que funcionário como meu pai. Pois o Peruano trabalhava também na fábrica, fazia entregas, coisa assim, e ainda estudava, que a mãe fazia questão, e assim por falta de tempo pouco aparecia na rua, mas era expansivo, falador, e quando aparecia contava coisas que todo mundo ficava escutando, liderava, e um dia contou uma coisa espantosa — espantosa, na verdade, porque contada como coisa comprovada, como fato, mas a turma toda já sabia, ou tinha como certo que o filho do seu Isnard, menino aí de seus quatorze anos, redondinho, delicado, rechonchudo, era veado. Pois o Peruano comia o menino e contou detalhes, numa fala meio abafada, contrastante com a sonoridade habitual do seu falar, contou como o menino gostava, chegava a gemer de gozo. Todo mundo ficou imaginando, e eu coloquei na planta o nome do menino, se chamava Rubem, dentro do quarto dele, e acrescentei, depois de um hífen, Peruano. Mas os tipos mais estranhos da rua eram um casal que morava na entrada do lado esquerdo de uma vila que se abria na Toneleros. Era uma casa cinzenta com janelas brancas, bem pequena, que devia ter apenas dois quartos e um banheiro em cima, e sala, copinha e cozinha embaixo, uma saleta de vestíbulo, talvez um quintalzinho cimentado, tudo isso eu coloquei na planta. Havia uma varandinha mínima bem na entrada da casa, dando para a rua, com uma cadeira de palha, onde o marido, quase sempre de pijama listado, passava algumas horas da manhã, lendo o *Correio da Manhã*, e algumas horas da tarde, lendo *A Noite*. Era um homem de seus quarenta e cinco anos, muito magro e encurvado, um metro e sessenta e sete de altura, face encovada mas cabelos bem pretos e olhos fundos. Não se lhe ouvia palavra, ninguém nunca escutou; não se sabia o que fazia além daquela leitura de jornais, sabia-se tão-somente que se chamava Jorge Pereira, porque uma vez o estafeta entregara erradamente em nossa casa uma correspondência que lhe era destinada. Por vezes vestia um terno cinza e saía pela manhã, voltando para o almoço; por vezes saía à tarde, o mesmo terno, e voltava para o jantar. A mulher não saía, passava os dias a tocar piano, as pessoas que entendiam diziam que tocava bem. Preferências: Schumann, Chopin e Ernesto Nazareth. De manhã e de tarde, tocava horas e horas. Só se mostrava aos domingos, quando ia à missa das nove de braço com o marido, vestida sempre de branco, era bela, de salto alto, ficava uns três centímetros acima da cabeça dele, fina de talhe, cabelos e olhos castanhos, o rosto muito pálido, de traços que pareciam desenhados tal a perfeição das curvaturas e das proporções da testa, da boca, do nariz, do queixo. Não sorria, mas não era sombria de face, cumprimentava de passagem com um levíssimo aceno de cabeça e uma abertura de lábios quase imperceptível. Parecia uma figura volátil. O casal era um enigma insondável, uma existência realmente misteriosa, mas que findou por banalizar-se depois de tanto comentário, da turma e de todos da rua, pais e empregados também, era aquilo mesmo, anos se passavam, não mudava nem produzia nenhuma notícia. Nunca produziriam notícia para a rua.

Espicaçado mesmo era eu, instigadíssimo, na minha janela, do meu quarto, que dava quase bem de frente para a casa deles, para a janela do que devia ser o quarto deles, ficava horas à espreita, dia após dia, sem desalento, na esperança de que se abrisse para mim, nem que fosse por segundos, a visão do quarto, a cama, os lençóis, para que eu pudesse melhor imaginar o que faziam ali os dois. Em vão, absolutamente. Nunca se abriu aquela janela, senão a veneziana, que deixava entrar o ar mas não luz do sol e da visão. Nunca, em anos.

Mas um dia ela saiu extraordinariamente, porque não era domingo na hora da missa, era uma quinta-feira pela manhã, por volta das nove e meia. Quase ninguém viu: Rosemary, filha do doutor Luís, que também saía de casa àquela hora, e a Vicentina, cozinheira da casa do seu Queiroz, que respirava no portão. Mas à noite toda a rua já sabia. E sabia muito mais: que não tinha sido vista a sua volta, que não se tinha escutado o piano durante toda a tarde, coisa completamente inusitada, e que o marido, aquele dia, não aparecera na varanda, nem de manhã nem de tarde, para ler os seus jornais. Devia estar em casa, porém, porque não tinha sido visto saindo, isso foi conferido de porta em porta. Então, era o escândalo: se ela estivesse doente, internada, não teria saído a pé, e ele a teria certamente acompanhado. Abandonara o lar, e com a roupa do corpo, não levava nenhuma valise e nenhum carro chegou durante o dia para buscar seus pertences; abandonara tudo com a certeza da acolhida em outra casa. Era o escândalo, com dramaticidade muito aumentada pelos antecedentes, pela esquisitice do casal. Por cautela, a rua esperou uns dias mais, até o domingo na hora da missa, para certificar-se e anunciar como certo que a senhora Pereira havia abandonado a casa e o marido. Não deixou de haver quem tivesse pensado em telefonar para perguntar pela senhora. O número chegou a ser pesquisado no catálogo dos endereços, mas o espírito de dignidade findou por prevalecer; ninguém ligou. E no domingo ele saiu sozinho para a missa, foi e voltou em passos bem rápidos, de cabeça baixa, isso todos viram. Era o escândalo consumado.

Certamente ela o abandonara, a própria figura dele o dizia. E então? Era uma mulher honesta, não se podia duvidar, então saíra para voltar à casa da mãe, chamava-se dona Helenice, dona Belinha, vizinha da vila, conhecia, gente digna que morava no interior do Estado, em Barra do Piraí. A hipótese mais arrebatadora, de ela ter fugido para outro homem, não podia sequer ser considerada, por demasiadamente vil, e também por muitíssimo improvável, já que a senhora Pereira não saía, só se podia avistar com outro homem na missa, onde ia sempre acompanhada. Não tinha contatos com outras pessoas, só um certo tempo andou recebendo alunos para aulas de piano, alunas, todas, meninas. De qualquer maneira, era, sim, um escândalo, o abandono do lar, por que razões? Maus-tratos não poderia ser o caso, ou dificilmente, dado que o marido não possuía proporções nem humores de um brutamontes, e não se havia escutado nunca qualquer protesto, reação de dor, ruído ou indício de reação por parte dela. Talvez, sim, algum hábito vicioso dele, repugnante, insistente, exigente, que acabou por provocar nela uma náusea irreprimível e definitiva. Hipóteses; muitas. Quem sabe, o contrário, alguma exigência dela que ele não podia atender, por incapacidade, ou então o aparecimento nele de uma doença deformante, repulsiva ao contato, uma sífilis, ele carregava traços sintomáticos, contrastantes com a pureza louçã, quase intocável, da figura dela. Muitas e diferentes hipóteses; nenhuma autenticada. Não fora aquela janela deles sempre fechada, eu com certeza poderia avançar alguma informação para o desenredo do caso.

Mas os dias e as semanas se foram desdobrando sem que surgisse qualquer esclarecimento convincente. E a rotina se foi impondo: nem o trauma daquela súbita amputação do seu lar pareceu ter estremecido o equilíbrio e a mesmice dos dias do marido: na semana seguinte tudo voltou ao que era antes, com as aparições normais e silenciosas na varandinha, com o mesmo pijama e os mesmos jornais. Sem nenhuma palavra, naturalmente. Era realmente um espanto, mas ninguém procurou se aproximar para qualquer indagação ou oferecimento de ajuda. Especulações muitas, continuadas, sim, seguiram correndo, não se sabia como era feita a limpeza da casa e o preparo das refeições, o casal não tinha empregada, por absurdo que fosse, e supunha-se que a mulher desempenhasse aquelas tarefas, que não seriam muito estafantes, dadas as reduzidas dimensões da casa e o porte físico do casal, que devia ser muito pouco exigente em termos de alimentação. Havia, claro, a entrega de compras do armazém, do açougue, da quitanda, e tudo continuou a ser feito como antes. Então, o escândalo não prosperou, não se expandiu em novos lances e novos comentários; ao contrário, estiolou-se na continuação de uma rotina pobre e sobejamente conhecida do senhor Pereira.

Entretanto, passados meses, o baque acabou por refletir-se na figura do homem: na face, mais afundida e ensombrecida do que dantes, como no corpo e no porte, mais arqueado e côncavo em humilhação. E obviamente na saúde: passou-se a escutar-lhe, na vizinhança, uma tosse renitente pela noite adentro. Um dia ele saiu de terno cinza, com uma diferença: a camisa não tinha colarinho e gravata. E o passo era arrastado, evidenciando uma dificuldade no caminhar, uma desenergia no corpo e no olhar. Foi pela Toneleros, dobrou à esquerda na República do Peru, na esquina arredondada da grande casa amarela, a do defunto, e nunca mais foi visto.

Esperei dois meses, e anotei na planta: "casa vazia", ali, na entrada da vila, do lado esquerdo.

Não sei mais daquela planta, aquele papel pardo grande, traçado e desenhado, dissipou-se em alguma mudança, ou desfez-se no tempo; hoje acho entretanto que, se a tivesse sob os olhos, seria capaz, quase certamente, de ver aquelas pessoas naquele outro tempo, dentro daqueles retângulos que tinham significados, veria a vida delas entre quartos, salas e banheiros, fazendo as coisas do dia e da noite, veria com os sentidos mais finos que o tempo me deu.

A MÃE

O jornaleiro gritou e jogou o jornal por cima do portão como todos os dias, Maria Rita foi apanhá-lo, Joana estava no banheiro e Carmem, que sempre fazia aquilo, estava já começando a arrumar o quarto dos meninos no segundo andar. O jornal tinha demorado mais a chegar aquele dia, Maria Rita já estava saindo com os dois meninos para o passeio da manhã, pegou e viu, aquele dia completamente diferente, a primeira página inteira só tinha três palavras, em enormes letras vermelhas, dizendo: Estourou a guerra! Disse aos meninos que ficassem ali na varanda que ela ia levar o jornal lá dentro e voltava. E foi andando, devagar, olhando, lendo os dizeres, pensando, ela sabia ler, as outras duas não sabiam, ela tinha feito três anos na escola em Caratinga, antes de vir para o Rio com a mãe. Lia aquelas palavras e procurava compreender, a guerra, era o *Correio da Manhã* que os patrões gostavam e compravam, a guerra, nem falou nada com os meninos, claro, soldados matando ou morrendo, sabia que era a Alemanha contra a França e a Inglaterra, embora tivesse começado com a invasão da Polônia, acompanhava os comentários que se faziam em casa prevendo que ia estourar, sabia que ali eram todos da França, mas em frente, na casa do doutor Felício, eram da Alemanha. Foi levando o jornal e pensando, a guerra, o Brasil nunca tinha entrado em guerra, isto é, sabia que tinha havido a guerra com o Paraguai, ouvira que os negros tinham sido bravos e importantes no Exército brasileiro, mas sobre tudo aquilo já se tinha passado muito tempo.

A guerra era uma briga de matar ou morrer entre dois países, todo mundo dizia que era um horror, mas que os países tinham de fazer para manter a honra, assim como os homens brigavam quando eram ofendidos. O Brasil não tinha sido ofendido e não precisava fazer guerra. Tinha havido a revolução comunista, sim, mataram gente, mas foi brasileiro contra brasileiro, e foi pouca coisa, aqui havia pouco comunista, gente que não acreditava em Deus, credo, não entendia, mas também conhecia um grande homem que era comunista, o doutor Campos da Paz, que tinha curado o Julinho quando ele pegou escarlatina, uma doença grave, o menininho com menos de um ano de idade, logo que ela entrou para a casa da dona Vera, ela se apegou tanto, teve tanta preocupação com aquela doença, a criança toda vermelhinha, com febre alta, dias e dias, pois o doutor Campos da Paz, um grande médico, tinha curado o menino, e era comunista, tinha sido preso, a casa dele era bem ali pertinho, branca com janelas azuis, quintal com árvores e jardim na frente, na rua Toneleros, bem defronte à Hilário de Gouveia onde eles moravam. Tinha tido também a revolta integralista, também mataram muita gente, fuzilaram um monte lá mesmo atrás do Palácio Guanabara, ouvira contar, ela lembrava de ver homens presos e levados para a delegacia ali bem pertinho, na própria rua, integralistas, gente bem-vestida, tinham apanhado lá dentro, para denunciarem outros integralistas, todo mundo na rua ouviu os gritos, aliás, todos ali pareciam acostumados a escutar gritos de presos que apanhavam na delegacia, só ela parecia se incomodar, não podia ouvir aqueles gritos, quase sempre era de homens pretos, humildes, gente como ela, todo mundo dizia que o delegado era neurastênico, sempre irritado, ele mesmo gostava de bater nos presos, com uma borracha dura, tinha prazer naquilo, neurastênico.

Maria Rita era babá; sempre tinha sido babá, desde os quinze anos, gostava de cuidar de crianças. Primeiro tinha sido uma menina, depois dois meninos, e agora novamente dois meninos, com diferença de dois anos de idade, tal qual os outros dois. Com a menina ficou cinco anos, uma gracinha, só deixou porque os pais se mudaram para Recife. Com os dois meninos de antes tinha ficado mais de dez anos, onze anos e meio, até eles não precisarem mais de babá. Eram como seus filhos, Aulus e Celso, uma tristeza enorme a despedida, ela inconformada, chorando muito, ela se apegava às crianças, agora eram aqueles dois, Marcelo e Julinho, aquele amor que tinha por eles, principalmente pelo Julinho que era bem pequenininho quando ela chegou, e logo pegou uma escarlatina.

Deixou o jornal lá dentro, a guerra, doutor Benjamim já estava descendo para tomar café, gostava de ler o jornal na mesa do café. E saiu, Maria Rita e seus dois meninos, como todo dia às oito, ou um pouco antes, para a praça Serzedelo, onde ficavam até as nove, os meninos brincando, às vezes com outros meninos, ela olhando sempre atenta, resmungando em silêncio contra as outras que ficavam conversando muito bem entre si sem prestar atenção às suas crianças. Pior ainda, muito pior, era uma branquinha que vivia dando trela a um chofer de táxi que parava o carro ali no ponto e ficava namorando em vez de trabalhar, com certeza era casado, cheio de filhos, mas não tinha vergonha de ficar atrás da menina, e ela, em vez de virar a cara e mandar ele embora, cuidar da sua criança, dava trela, ficava até rindo, alimentando a pouca vergonha do homem. Aquilo dava raiva, dava ódio que ela tinha de engolir, vontade de ir até eles e fazer um destampatório, pela falta de responsabilidade, e pelo despudor. Melhor, se descobrisse o telefone da patroa dela ligava e contava tudo, desmascarava, com certeza era um anjinho na frente da patroa.

Maria Rita acordava às cinco e meia, tomava um banho frio rápido, vestia-se e ia à missa das seis na igreja de Nossa Senhora de Copacabana ali na praça, ia em jejum porque comungava todos os dias. Voltava, tomava então o seu café com calma, preparava o mingau dos meninos e subia para acordá-los. Era uma rotina invariável, o dia inteiro cuidando dos meninos, só no ano seguinte, Marcelo, com seis anos, já devia ir para o colégio. Só tinha descanso entre uma e duas e meia da tarde, quando os meninos dormiam, ficava fazendo uma coisa e outra, costurando alguma roupa, lendo o Evangelho ou alguma revista velha, o *Cruzeiro* ou a *Revista da Semana*, que os patrões assinavam. E de noite, depois das nove, nove e meia, quando rezava até depois das dez, antes de dormir, graças a Deus tinha o quarto dela, pequenininho mas só dela, as outras duas dividiam o quarto maior, tinham comprado um rádio velho e ficavam escutando o programa dos calouros do Ari Barroso, rindo daquelas bobices, ou então Alvarenga e Ranchinho, pior ainda. E aos domingos pela tarde, sim, a folga maior, quando os meninos ficavam com os pais, ou saíam com eles. Então, sim, podia se divertir, ia sempre à Casa do Pobre, ao lado da Igreja, e ficava conversando com as outras, iguais a ela, religiosas como ela, filhas de Maria, boas e direitas, de cor como ela, assistindo alguma palestra ou algum teatro que se apresentava ali, sobre a vida de um santo, ou cantando com as outras num coro, com a voz fina e afinada que ela tinha.

Mas a guerra: naturalmente foi o tema do domingo seguinte. Foi lá um cônego espanhol falar, contou coisas horríveis da guerra espanhola que tinha arrasado o seu país havia pouco tempo, contou o que os comunistas faziam com os padres e até com as freiras, pior até com as freiras, um horror, acentuava a palavra no seu sotaque carregado, ele nem podia falar sobre o assunto sem ficar asfixiado de repulsa e execração. A guerra era um horror, toda guerra, o campo de guerra era o campo do demônio, ninguém pensava em Deus, era só maldade de lado a lado. Depois da palestra elas conversaram muito sobre a guerra, Maria Rita sabia, porque tinha ouvido, das maldades que os italianos faziam com os abissínios quando invadiram, ela escutava os patrões comentarem, ela mesma lia nos jornais velhos e nas revistas, que a Abissínia tinha resistido com bravura e os italianos estiveram a ponto de perder, apesar de terem muito mais armas, canhões, navios e aviões. Ela torceu pelos abissínios, pelo imperador Selassiê, aquela figura que ela conhecia de fotografias no jornal, um imperador preto, queria ver os italianos derrotados, expulsos daquela terra que era dos abissínios, pretos, as outras colegas também, sabiam, não tanto quanto ela, mas sabiam da guerra e torciam, na época, pelo povo negro da Abissínia e pelo Selassiê.

Era uma vida simples mas muito boa, ela pensava quase todo dia, tinha Deus com ela, dentro dela, tinha aquelas crianças, que era ela quem criava. Todo dia ia à Casa de Deus, recebia o Corpo de Deus, de manhã cedinho, que era a Hora de Deus, gostava de sentir aquele ar fresquinho, fino e puro, de Deus, gostava de ver na rua as poucas pessoas que trabalhavam àquela hora, o leiteiro, o padeiro, os vigias, os condutores dos bondes, pessoas de Deus, trabalhadoras, os passarinhos em algazarra sobre as árvores da praça cantando com mais alegria, era a voz de Deus, tinha assistido a uma peça de teatro sobre a vida de São Francisco, onde ele dizia aquilo, tão bonito. A manhã é mensageira da vida; sucede a noite, que é um tempo de obscuridade, de mistério e de ansiedade, é o tempo em que os vivos se abatem pelo sono, espécie de morte provisória. A primeira claridade é redentora, reafirma a evidência da vida, vejo, logo vivo. Maria Rita o sentia todos os dias, era Deus quem lhe dizia essas coisas quando ia à missa. E quando voltava, não vinha numa reta mas andava um quarteirão a mais e passava pela rua Barroso, onde tinha uma padaria em que ela comprava, todos os dias, o pãozinho quentinho, especialmente saboroso, que vinha comendo e degustando devagar na volta à casa. Chegando, tomava uma caneca de café com leite e comia uma banana, complementos do desjejum. Mas aquele pãozinho quente que lhe caía primeiro e tão bem no estômago era também de Deus; o degustá-lo era um prazer sublime, não era coisa de pecado, não era um gozo de gula, era o pão nosso de cada dia que ela pedia na oração durante a missa, e que lhe era dado em recompensa, todo dia, por Deus, o sabor suave tinha o toque divino.

Um dia, finda a missa, Maria Rita ficou ajoelhada ante o altarzinho de Nossa Senhora da Aparecida mais tempo do que o de rezar uma ave-maria como fazia sempre. Ficou porque sentiu algo singular que a retinha, um enlevo especial em olhar para a santa aquela manhã, um transporte que a levava a falar sem palavras com aquela que era sua madrinha, enquanto mantinha fixo o olhar sobre a imagem tão querida daquela Senhora de face escura e bela, com seu manto azul celeste e sua coroa de rainha. Falava com ela como se fosse sua mãe, chamando-a de mãe, associando-a à figura da sua mãe verdadeira que havia morrido seis anos antes nos braços dela. Havia morrido suavemente, consciente, fraquinha, como se morresse carinhosamente no seu colo, depois de um mês de febre alta, com tifo, que lhe foi tirando as forças, as lágrimas ainda lhe vinham aos olhos quando ela se lembrava. E enquanto escorriam as lágrimas, e continuava olhando a santa, viu que Nossa Senhora sorria para ela. Sim, sorria, perfeitamente, silenciosamente, mas nitidamente, sorria com a boca e com os olhos, para ela, Maria Rita, só ela estava ali, sorria diretamente para ela, ali no recato daquele canto da igreja, e ela foi se sentindo invadida por uma onda de ventura que quase lhe tirava a respiração, era um ar de encantamento que lhe enchia o peito de amor e santidade. Ficou paralisada, mantendo-se aquele sorriso da santa dirigido a ela, enquanto escutava uma mensagem que vinha junto com aquele sorriso de bondade, dizendo que esperasse, que uma noite dessas Ela lhe apareceria em sonho para dizer uma coisa muito importante. Muito importante, repetia, muito importante, ela escutando em êxtase, era a própria Nossa Senhora, de cor, mas era ela.

Um ruído feito pelo sacristão a trocar umas flores no altar principal pôs fim àquela cena de comunicação entre ela e a Senhora. Olhou uma vez mais e viu que o sorriso havia desaparecido. Sim, mas tinha existido, com toda certeza, absoluta, e Maria Rita levantou-se depois de rezar uma ave-maria mais, e saiu da igreja aquela manhã cheia de uma leveza de felicidade como nunca havia sentido. Abençoada, foi andando devagar, em direção à padaria, atravessando a avenida Copacabana, dobrando a esquina da rua Barroso, em passo lento, em fruição daquele encantamento. Só quando pôs na boca o primeiro pedaço do pãozinho quente daquele dia foi-se extinguindo aquela sensação, voltando-lhe a vida real através do sabor sagrado daquele pão.

Voltou-lhe inteira a vida real, os afazeres, os deveres, a lida com os meninos, só à noite foi lembrar-se de novo do que tinha vivido pela manhã. E dormiu sem ler nada aquela noite, dormiu sobre a lembrança leve e venturosa. Despertou e o dia seguinte foi igual a todos, foi à igreja, naturalmente, parou e rezou no altarzinho de Nossa Senhora da Aparecida mas não viu mais aquele sorriso. Nem no dia seguinte nem nos outros, iguais todos.

Passadas entretanto algumas semanas, sonhou o sonho prometido.

O sono já ia na fase profunda, virada a hora do dia seguinte, quando viu a Senhora escura a lhe falar em brandura de face e de voz, até pelo gesto das mãos a santa falava em ternura, fazendo mover-se o manto azul de uma seda primorosa. E lhe dizia, a ela Maria Rita, diretamente, mansamente, que um dia estariam juntas, que ela a esperava entre pessoas como ela, boas como ela, lembrando o canto que ouvia sempre e cantava junto, com as vozes afinadas das filhas de Maria, "com minha Mãe estarei na santa glória um dia". Mas que esperasse um tempo, com paciência, que era o tempo da terra, necessário para que ela cumprisse o seu dever da terra, que Jesus lhe tinha dado, que era ser mãe de muitas crianças, que não eram do ventre dela mas do seu coração, mais mãe, mais carinhosa e piedosa que as mães de ventre e de seio, mãe de criação e de amor, enviada, como vinha sendo, desempenhando tão bem a obrigação que era vista e destacada lá em cima.

Oh, o ventre seco que ela tinha, que todo dia alisava no banho com um travo antigo, o peito seco, o corpo todo, que além de escuro não era de mulher, não tinha curvas próprias, e era duro, agora compreendia, só então, quando acordou no meio daquela noite após o sonho e ficou pensando, só então compreendeu que seu corpo era feito para ser de mãe especial, mais que a verdadeira, mãe de coração, de uma dedicação ininterrupta, que não devia ser desviada por outros chamamentos, que as mães de ventre e de seio certamente têm que ter. Então, era sua missão, estava escrita e ela devia cumpri-la com doçura, como pedia a santa, oh revelação, era a sua vida, o sentido da sua vida, não dormiu mais, levantou-se ao clarear e foi à igreja com o sentimento da gratidão em cada um dos passos que dava. Ajoelhou-se ao fim da missa e olhou de frente a Nossa Senhora escura, olhou firme com devoção infinita, e agradeceu, a imagem não sorria daquela vez mas compreendia o que Maria Rita lhe dizia em silêncio, o agradecimento de completa profundidade, o agradecimento que era a totalidade de sua vida, Maria Rita, mãe.

Maria Rita de Aparecida, passaria a chamar-se assim.

O Neurastênico

Trabalhava no Banco do Commercio e Industria de Minas Geraes, era caixa, profissão estressante, todo dia, ao fim do expediente, conferindo o movimento e fechando as contas, muito freqüente um desacerto, muito é maneira de dizer, mas freqüente, uma vez cada dois meses, na média, fazendo três, quatro vezes os mesmos cálculos, e lá no fim a diferença, pequena ou grande, sempre inexplicável, e exasperante, era aquela fricção nos nervos particularmente ruinosa para ele, Eustáquio, que de natureza era um homem irritadiço, de nervos expostos, como se dizia. Pior que pagar do bolso a diferença era ouvir do gerente que ele era o caixa que mais erros cometia. Aquilo fazia um fogo por dentro.

Eustáquio, quarenta anos, evitava o café, tomava passiflora e maracujina, alternava com láudano e beladona, nas receitas do doutor Belmiro, de cuja ciência desconfiava mas seguia porque era um amigo da família, e até porque não conhecia outro melhor, sabia das insuficiências da medicina, e ademais o seu Polybio, da farmácia, confirmava a recomendação, às vezes acrescentava uma camomila.

Era um homem magro e mirrado, desde criança comia um pingo, por desprazer, e assim mesmo digeria mal, tinha azias e flatulências, uma colite crônica. Irritava-se com qualquer tempero que lhe parecesse excessivo, tinha acessos e gritava em casa enrubescido, largava o prato quase intocado, deixava a mesa e só aplacava a raiva botando um disco na vitrola e exigindo silêncio absoluto, gostava de ópera, Caruso e Tita Rufo; Claudia Muzzio.

Tinha mulher, dona Cristina, senhora de feições pacientes, olhos brandos, que só muito raramente discutia com o marido, muito raramente, chamava-o neurastênico, aquela expressão que disparava nele uma centelha de irritação de voltagem ainda maior. Mas só muito raramente, no sempre era envolvida em mansa paciência, o que também irritava Eustáquio, aquela pasmaceira da mulher. Dona Cristina havia já desistido da quimera de ter o filho que pedira a Deus. Eram tempos em que ninguém ousaria especular sobre a vida sexual de qualquer casal, sequer o médico conselheiro o faria se não fosse especificamente consultado, e esta face conjugal dos dois, que talvez pudesse dizer algo sobre os males nervosos de Eustáquio, ficou para sempre recolhida.

Natural que fosse um homem insatisfeito com o geral das coisas, com a mulher, incompleta nos seus deveres caseiros, especialmente nos cuidados com a cozinha; com a saúde, pela disfunção digestiva e por uma anemia crônica que o perseguia; com o trabalho maçante, sobretudo, que exigia um esforço de concentração quase impossível para ele, e que não lhe reconhecia os méritos de calculista competente que sempre fora; insatisfeito especialmente com o gerente, arrogante e ignorante. Mas insatisfeito também com o País, sim, principalmente com o País, inculto e atrasado, inculto e vergonhoso, vil porque inculto, país que nunca se consertaria; insatisfeito e irritado também com a Cidade, com o Governo, com os políticos, por muitas e diferentes razões que não se cansava de apontar exaltado a interlocutores que se apresentassem, não muitos, já que amigos da vida tinha poucos, e no banco os colegas lhe evitavam a conversação, desviando-se das diatribes pesadas, longamente fundamentadas que vinham do Eustáquio.

Um dia, entretanto, isso passados quase vinte anos naquele trabalho acrimonioso, um dia um cliente que viera pagar uma duplicata de duzentos mil réis, escutara-o na crítica ao desacerto da política açucareira do Governo, interrompida pela impaciência do cliente seguinte na fila do caixa. A duplicata respondia por uma compra de açúcar no atacado e o pagador era funcionário de um comerciante conhecido do banco, daí a conversa.

O que Eustáquio não sabia era que aquele funcionário também tinha idéias, e gostaria de apresentá-las ao bancário, sugerindo um encontro para tomarem um café depois do expediente, já que ali não podiam conversar sem prejudicar os demais clientes.

Era o Juvenal, contador, homem de leituras filosóficas e idéias marxistas, que havia enxergado nas palavras ácidas de Eustáquio o ânimo de um revolucionário em potencial. E o bate-papo no café foi o início do sutil envolvimento daquele homem franzino e vibrante na revolta pelos chamamentos em prol da mudança do mundo que o partido comunista organizava com base no exemplo da experiência soviética. Um mundo renovado pela disciplina e pela justiça, pelo reconhecimento de quem tinha valor e de quem trabalhava, um mundo renovado também pelos conhecimentos de uma ciência da história, a ciência do marxismo, que era sonegada às pessoas pelos interesses do capital que comandavam a sociedade.

Eustáquio passou então a freqüentar um pequeno grupo que se reunia depois do jantar, de sete às nove, numa casa do Rio Comprido, para ler Marx, numa edição simplificada do *Capital*.

Não foi assim de uma hora para a outra, não era homem de engajamentos precipitados, juvenis, tinha o vezo da reflexão antes das decisões. Mas acabou aceitando o chamado e se inserindo no grupo. E passou a destacar-se na compreensão daquela leitura, pelos conhecimentos que tinha de contabilidade e economia política; os demais, à exceção do Mauro, o líder do grupo, que era engenheiro, os demais eram trabalhadores, funcionários modestos, um alfaiate, dois garçons, e uma professora, senhora de seus quarenta anos, mais que todos fascinada por aquele aprendizado de verdades arcanas reveladas à noite aos membros da seita. E a admiração da professora por ele, evidente depois de alguns encontros, abriu para Eustáquio uma nova dimensão da vida.

Professora Wanda, depois camarada Wanda, e logo Wanda, amiga Wanda, poucos meses depois, querida Wanda. Não, não chegou a chamá-la assim senão intimamente, para si mesmo, nos devaneios que desenvolvia sobre ela, mulher. Era tudo uma descoberta para Eustáquio, mudava sua vida, o marxismo, a ciência, sim, ciência, matemática, nada de caridade, de piedade ou misericórdia, não era homem de cultivar esses sentimentos, mas tinha a inteligência que sabia valorizar as verdades da ciência. E Wanda, cútis suave e amorenada que revestia uma carne sadia e feminina, quase quarenta anos, solteira, solteirona, cabelos pretos e olhos brilhantes, que viam nele o valor que ele tinha, de conhecimento, de maturidade, contrastando com a bisonhice daquele grupo de olhos vazios, perdidos, que não entendiam nada, que só estavam ali buscando uma melhoria da sua condição pequena, querendo ser o que não eram nem nunca seriam.

Mudou a vida, e dona Cristina obviamente percebeu, intuiu que havia mulher no meio daquelas reuniões noturnas mas não disse nada nem cobrou. Esperou, que sua vida toda tinha sido uma espera paciente. Mas Eustáquio não mudou de humor; ao contrário, a impaciência fazia explodir em casa com mais freqüência sua velha alma revoltada, via que o curso, a leitura do livro já ia bem além da metade, o grupo se dissolveria, ou talvez não, mas ele não progredia na aproximação da professora, não tinha coragem de propor que se encontrassem fora daquelas reuniões. E encrencava mais no banco como em casa. A vida que mudara era só virtual, não se fazia real, era uma promessa que se repetia e não se deixava gozar.

Um ano, e o grupo não se dissolveu, acabou a leitura e virou uma célula, continuou se reunindo a cada quinze dias para debater informes sobre a situação do País e do mundo, a nova aventura imperialista do capitalismo, a invasão da Abissínia pela Itália, esta chegava a ser cômica, a própria figura do tirano Mussolini era caricata, cômica se não fosse trágica para os africanos, e também para os soldados italianos que morriam pela resistência heróica dos invadidos. Comentários, novos informes, sempre interessantes, e a continuação de algum trabalho teórico, leituras de Lenin, *Sobre Marx e o marxismo*, especialmente interessante para ele, que sabia ler um texto e compreender melhor que os outros, embora não tanto em destaque quanto na leitura da ciência mais explícita do *Capital*. Um ano e pouco, Wanda olhando e escutando ainda muito o que ele dizia, mas o olhar já não tinha a mesma chispa dos primeiros meses, Eustáquio constatava e os nervos se lhe raspavam mais e mais naquela impaciência, e sobretudo naquela incompetência dele em fazer a abordagem mais direta com ela, levá-la a passear e fazer com ela o que fantasiava de dia nos minutos de folga e de noite na cama antes de dormir. Foram avisados de que seriam admitidos no Partido mas não já, porquanto aquele era um comprometimento que exigia um tempo maior de conhecimento e prova.

E corria o tempo, entravam no mês de agosto, e eles começaram a ouvir falar, e comentar em voz baixa naqueles encontros, de uma revolução que podia acontecer no Brasil e na Argentina, num futuro ainda incerto, não muito próximo, mas que crescia com o exemplo dos progressos da Rússia soviética e com a necessidade de enfrentar o fascismo crescente na Europa, na Itália e na Alemanha; o nazismo projetava colocar um pé na América do Sul.

Em casa, nada falava, evidentemente, primeiro porque seria inútil, Cristina nada entenderia daquilo, inútil, ela sabia apenas que ele participava de um grupo que fazia um curso de filosofia à noite, isso, nada mais, nem o que se aprendia nesse curso, nem para quê, nada, ela não entenderia nada, era vazia, não se interessava por nada de mais sério, pamonha, mas não só por ser inútil, também porque conhecia a mulher e sabia que ela iria ficar amolando a paciência dele, que já era pouca, com medo de que ele se metesse em alguma aventura perigosa, era o que faltava, ficar aquela mulher todo dia a cacetear muito mais ainda do que já fazia. O mundo já era muito difícil, quanto menos ela soubesse da vida dele, melhor. Difícil. A mulher era uma figura que arranhava os nervos, apesar de cada vez mais esférica e bonançosa, suava muito e não entendia nada, aqueles olhos parados, o dia inteiro vestida de chita e de chinelos, fazendo crochê e ouvindo rádio, besteirol de rádio que ele não podia suportar, chegava em casa e mandava desligar, nem precisava mandar, ela desligava, ela mesma já estava com a cabeça cheia daquele besteirol.

Pois de agosto a novembro, o tempo deu um pulo. Eustáquio pelo menos tentou, venceu a inibição tola e ofereceu-se para passar em casa de Wanda e acompanhá-la até o Rio Comprido onde tinham os encontros políticos, era até natural, ele morava na Tijuca, ela com a mãe no Estácio, natural que passasse e a levasse, era só uma descida do bonde, uma caminhada de dois quarteirões, uma volta ao ponto e uma nova subida no bonde, pagaria a passagem dela, naturalmente; havia meses cogitava no oferecimento, sem coragem de fazê-lo, vários meses, afinal falou, quase gaguejando, e ouviu que não era preciso, de jeito nenhum, enfaticamente, Wanda recusando em voz franca, tão clara que emudeceu qualquer tentativa de insistência dele, não dava mais, um desengano acabrunhante que prostrou Eustáquio num desgosto definitivo, subitamente não via mais proveito importante naquelas reuniões, as pernas e os joelhos da professora inatingíveis, como todo o resto do corpo dela que ele imaginava, o olhar dela já não mais o distinguia como no princípio, talvez porque ele tivesse demorado tanto em manifestar seu interesse por ela, com certeza, mulher era assim, ele se tinha revelado um fraco, irresoluto.

Emagreceu, definhou mais um quilo e vergou a espinha em desalento. Mas a exasperação nervosa aumentou, o agastamento com a mulher chegou a um ponto máximo, ela era a culpada de tudo, ou pelo menos a culpada principal, não única, claro, havia o gerente e todo o resto do mundo que o oprimia e injustiçava, mas Cristina era a que mais o irritava, o silêncio dela, o olhar bovino, a paciência.

Num pulo do tempo, novembro chegou e o levante estalou. Ele não sabia de nada, foi saber ao chegar no banco, os olhares assustados de todos, as notícias do rádio, o cerco do regimento na Urca, a fuzilaria, alguma coisa no Campo dos Afonsos, já na véspera tinha sabido da revolução no Nordeste, Pernambuco, Natal, tinha telefonado para o Mauro, o número dele não respondia, ligou para Alfredo, o alfaiate, e também ninguém atendeu, não tinha o telefone de Wanda, nunca tivera coragem de perguntar, nem sabia se ela tinha telefone em casa, provavelmente não.

Pelo sim, pelo não, o banco não abriu aquele dia, e Eustáquio voltou para casa. Ao ver a mulher, que já ouvira coisas pelo rádio, gritou logo, antes de qualquer pergunta, que não sabia de nada. O grito foi mais forte do que o tom de costume, e dona Cristina achou que sua desconfiança estava certa: ele estava metido naquilo.

Não trocaram palavra aquele dia, nem nos dias seguintes, nem no trabalho Eustáquio comentava qualquer coisa. Nem tentou ligar mais para o Mauro, nem para o Alfredo, falaria, sim, com a professora, falaria como homem, para dar-lhe coragem, ficasse tranqüila, nada aconteceria com ela, ele lhe daria proteção, combinaria com ela algo que dizer se fosse levado preso como tanta gente que começava a sair nos jornais. Não tinha medo, não era homem de ter medo, preservaria ela de tudo e queria muito lhe dizer isso, mas não tinha seu telefone nem sabia seu endereço exato, só que era no Estácio.

Dias e dias, Eustáquio mudo no banco e em casa, nada do palavrório crítico com que comentava antes as coisas do Governo e do País. Só uma atenção esperta para com todas as informações que captava, que procurava nos jornais e escutava dos conhecidos que apareciam no banco, pessoas presas, muitas pessoas, todo dia um bando de gente, dizia-se que apanhavam muito para confessar, até gente importante, médicos, advogados, dois juízes, professores de faculdade, pegando todo mundo que era comunista ou mesmo simpatizante, ardia por saber se algum do grupo do Rio Comprido tinha sido apanhado, alguém que pudesse falar no nome dele, mas não tinha como se informar, era perigoso telefonar ou ficar perguntando, nem pensar em se aproximar do local, só a professora, a Wanda, se soubesse onde morava ou em que escola trabalhava, Eustáquio a teria procurado, honradamente, para acalmá-la e protegê-la. E foi o dia tão temido, chegou, tinha de chegar, ele não dormia de tanto saber que ia chegar, alguém daria o nome dele, devia estar em alguma lista de gente do Partido, pois eles todos estavam sendo examinados para entrar no Partido, o dia foi uma tarde, eram pouco mais de quatro horas, estava distraído conferindo o caixa, eram muito poucos os seus momentos de distração naqueles dias, era o dia vinte e um de dezembro, solstício de verão, quando viu, melhor, escutou o homem de terno cinza, acompanhado de três soldados, bater com força à porta do banco que àquela hora já estava fechada, a porta de vidro, que deixava ver a figura na rua, as figuras, compreendeu logo, imediatamente, que era com ele, viu então o policial entrar e perguntar pelo nome dele, e sentiu o chão se abater, quando voltou a dar de si, era carregado pelos braços por dois soldados, tinha uma dor na orelha direita que havia batido na madeira do balcão quando caíra, era levado sem dificuldade, não tinha peso, havia tido um desmaio e agora conseguia enxergar, firmar os pés no chão, ver as pessoas olhando para ele mudas e arregaladas, ele posto numa caminhonete da polícia em movimentos rudes, viu que desfalecia e acordava em segundos, e o carro arrancava com a brutalidade dos carros de polícia. Era o fim, Eustáquio novamente desmaiou por segundos e acordou, assim, por uma meia hora, até ser empurrado para fora da caminhonete e levado aos trancos pela porta adentro da Polícia Central.

E Eustáquio então viu a morte, viu a cara da morte como era, como tinha escutado que era, o capuz, a asfixia, o desfalecimento, a dor aguda insuportável, a degradação, a humilhação total, queriam que ele falasse, dissesse tudo, e por mais que ele dissesse achavam que havia mais, queriam Mauro, principalmente Mauro, queriam encontrá-lo e perguntavam tudo, e ele realmente não sabia nada, nem sabia que Mauro se chamava Felipe Bautista Sertório e era uma figura importante no Partido, oh, até da professora Wanda falou, tinha de falar, aquilo foi a tristeza maior que deu depois de ter sido jogado na cela no meio dos outros, todo arrebentado de tanto apanhar, a tristeza da covardia, a mais funda tristeza, tinha sido impossível resistir, ela morava no Estácio, sim, era a única coisa que sabia dela, nem o sobrenome, era regra, morava com a mãe, era inteligente, culta, morena cheia de corpo, até reconheceu o retrato dela, oh, que dor na alma, teve de confirmar, era ela mesma, oh, o mundo se tinha desfeito, a vida se tinha arruinado depois daquilo, não sabia o que podia mais ser dele, da sua integridade de homem, um trapo, Eustáquio começou a chorar e foi aprofundando o choro, até então não tinha tido tempo, desde a chegada, a espera, umas duas horas numa sala sentado num banco junto com outros, ninguém falando nada com ninguém, a tensão, a espera do pior, os intestinos dando voltas, vontade de evacuar quase impossível de reter, e depois daquela espera infinita, o chamado, o seu nome, o chamado para outra sala, arrastado por dois esbirros fortes, para o interrogatório, sem roupa, numa sala nua e cinzenta, perdeu o sentido do tempo, não sabia que tempo se tinha passado naquele suplício, até ser jogado de cueca e camisa rasgada naquela cela que tinha esteiras pelo chão, ele ali encolhido no meio dos outros, uns doze pelo menos, era já de noite, bem de noite, a maioria estava dormindo do jeito que podia, dormindo de exaustão, e ele, Eustáquio, escoriado, intumescido, dolorido, borrado, mijado, roído de dor e de desgosto, chorou e pôs no choro toda a náusea vital que lhe vinha de dentro.

Ali jogado, numa cela da Polícia Central, sobre esteiras de palha, no meio de outros que não conhecia, gente que não parecia má, não eram bandidos nem ladrões mas gente como ele, todo dia de terno e gravata, que tinha pensado em justiça e agora estava ali aos farrapos, e aquele estado de decepção definitiva tolhia a conversa entre eles, não havia palavra que dizer, e até o medo inibia, medo de serem denunciados outra vez por algum alcagüete enrustido entre eles.

A cela então era o silêncio e a solidão, e foram dias de uma falta aguda das coisas de casa, dos confortos amenos da casa e da mulher, pensando em Cristina com uma afeição cálida que só nos primeiros tempos de casamento tinha florescido. Somente o destino deles, presos em conjunto, era comentado em frases curtas, o navio, não parecia provável, dizia-se que estava cheio, lotado, repleto, mas não se tinha certeza, mais dez menos dez, cabia sempre, o que seria horrível, ou um presídio, Ilha Grande, oh, Deus, era um arrepio, era o pior, mas qualquer hipótese era ruim, era péssima, pelo que todos diziam, prisão de muito tempo sem defesa, sem julgamento, sem comunicação nenhuma, a tal da Lei de Segurança. Muito pouco se falava, mas tudo se ia meio que sabendo, um deles tinha um amigo investigador de terno cinza que passava às vezes e dizia uma coisa e outra, parecia brando. Uma vez, através da grade da porta da cela, viram, em pé no corredor do outro lado, o capitão Miranda Corrêa, um estremecimento, o sinistro interrogador que vários ali tinham conhecido, passado por ele, não ele, Eustáquio, e ninguém sabia se não voltaria a enfrentá-lo.

O grupo da cela variava toda semana, saíam três, quatro, entravam dois ou cinco, ninguém sabia o destino dos que saíam, só boatos sobre presídios, o pior, Ilha Grande, o menos ruim, Frei Caneca; o navio, um verdadeiro inferno estacionado no meio da baía, mas realmente parecia que estava lotado. Os novos, os que chegavam, destroçados pelo interrogatório, ficavam sem palavra por um ou dois dias, e quando voltavam a falar não tinham a expressão normal, ele agora podia observar, iam soltando frases curtas, descosturadas, que exprimiam desalento e desencanto, desconstrução da pessoa, embrulhada em medo e desassossego, aquela mistura de sentimentos que todos conheciam, e em impulso de solidariedade tentavam remediar com o que podiam, eles mesmos tensos em relação ao que ainda iam enfrentar, e preocupados também com o que tivessem feito ou dito durante aquele horror.

    Ao fim de três meses, Eustáquio era o veterano da cela, o sobrante de um grupo que já havia todo sido retirado e mandado para outros lugares, enquanto novos chegavam. Era como se não soubessem direito o que fazer com ele, o que alimentava uma pequena esperança de ir ficando, ficando, até ser mandado embora. Realmente, pela conversa que aos poucos se extraía naqueles dias inteiros de solidão coletiva, o comprometimento da maioria dos outros com o Partido era bem maior do que o dele, que não chegara a ser membro efetivo, era um mero principiante, bisonho.

    E foi o que sucedeu depois de ainda mais um mês e meio. O número dos habitantes da cela diminuíra, agora eram sete apenas, e nenhum novo chegado nas últimas semanas, dormiam melhor, o calor sufocante havia diminuído, conversavam mais, estavam já no fim de maio, a própria movimentação do prédio tinha arrefecido, nitidamente, desde março quando tinham conseguido prender o Prestes, como a indicar que tinham já prendido todo mundo, e Eustáquio foi chamado logo cedo de manhã, sentiu a cólica no fundo do corpo, mas lhe foi logo dito que podia ir embora, e tratasse de nunca mais se meter com qualquer idéia de revolução. Assim, aconselhadamente, como amigavelmente. Deram-lhe uma calça cinza, surrada, grande para ele, mas tinha um cinto que apertava, nem pensou em reclamar o terno que usava quando foi preso; também um par de sapatos velhos, igualmente grandes, e Eustáquio ainda agradeceu, não sabia por quê, odiava toda aquela gente, mas a pequenez diante deles, e a brandura com que o tratavam naquela última hora, quase amigavelmente, ou amigavelmente mesmo, essas coisas estranhas da vida, Eustáquio agradeceu de verdade, depois se arrependeu um pouco, podia ter tido um tanto mais de dignidade, mas estava saindo, libertado, ia para casa, respirava depois de quase meio ano metido naquela pocilga, sem ter notícia de nada de casa, sem esperança de uma volta em tão pouco tempo, agradeceu e saiu leve pela porta da frente, olhando, quase incrédulo, olhando para os lados, olhando para cima, era um belo dia de maio.

    Chegou em casa. A casa. Fresca ao banho de uma luz amena e fina como o ar que soprava leve. A casa na Tijuca, saltou do táxi, pediu que esperasse um pouco que ia pegar dinheiro e ficou olhando: a casa, era manhã e havia silêncio. Tocou a campainha, bateu palmas, abriu-se a janela em cima, a janela, que era a do seu quarto, o seu quarto, seu e dela, ela apareceu e olhou, certo espanto, não disse nada, olhou de novo, ele então viu de baixo os olhos dela se molharem. Ela desceu correndo, viu que ela corria porque logo logo a porta se abriu, era ela, Cristina, vestida de chita amarela estampadinha, os cabelos grisalhos estavam soltos e os olhos marejados, ela não disse nada e abraçou-o. Eustáquio chorou.

    Emoção de vida, entrou e chorou de novo, sentou na sala, olhou tudo em volta e tornou a chorar, Cristina não dizia nada, pagou o táxi e chorava também em silêncio, um engolfamento incontrolável, emoção, ele subiu ao quarto, caiu na cama, sua cama, o cheiro antigo, e chorou um tempo incontável, não havia mais tempo, era só a sensação de vida restaurada, a vida, que coisa aquela, a alma dele outra vez vivendo e se lembrando das coisas, Cristina também se deitou e abraçou-o, oh, há quanto tempo, não havia tempo, era o momento. Depois e depois, foi tomar um banho, um conforto, depois vestir uma roupa sua, de casa, um aconchego, abriu o armário e as gavetas, estavam lá, depois a mulher foi fazer o almoço e ele continuou olhando as coisas, foi à vitrola, pensou em botar um disco e desistiu, viu o pequeno escritório, sua mesa, não tinha nada em cima, depois foi até o pequeno quintal atrás, viu o tanque e as roupas da mulher dependuradas, nenhuma roupa sua, das casas vizinhas vinham ruídos corriqueiros, umas vozes, um latido de cão, uma bacia ou balde que caíra, olhava e sentia, escutava e sentia, a vida.

Só depois do almoço, depois de uma meia hora, Cristina deu a notícia, e mostrou a carta, foi buscar no quarto e mostrou: estava escrita, curta, a sua demissão do banco; com fundamento na nova Lei de Segurança, e em denúncia do Sindicato dos Bancos do Rio de Janeiro, confirmada pela Chefatura de Polícia, ele estava dispensado a partir daquela data, dez de fevereiro, sem direito a qualquer indenização.

Fez um gesto, era, havia pensado muito sobre o que fazer quando voltasse, só não esperava que demorasse tão pouco. Não podia mesmo reassumir no banco, não tinha cara, nunca teria cara, não ia olhar aquele gerente calhorda, calhordice confirmada naquela carta, demissão sem nenhum direito, não é que esperasse alguma indenização, achava que perderia o emprego por abandono, sem receber nada, mas era a calhordice de escrever aquilo, denúncias do sindicato, confirmadas pela polícia, calhordice dos tempos, mas não era nada não, nenhuma irritação de antigamente, nem tristeza, Cristina até se surpreendeu com aquela resignação, pachorra assim, só um gesto que nem era de indignação, era um gesto de mão, viu que Eustáquio tinha mudado.

Não se falou mais na coisa, havia um ponto final. Sentiu vontade de deitar na cama, tinha comido bem, a comida que era a sua, da sua vida genuína que retornava, comera bem como não comia mesmo antes de ser preso, Cristina bem que observou e encheu-se mais de felicidade, aquela que acompanha a nutrição dos filhos e do marido, e Eustáquio quis deitar-se um pouco, surpreendente, nunca fizera isso antes, em seis meses havia mudado muito, e até cochilou, dormiu mais de uma hora no silêncio da casa, que era diferente, até mesmo aquele silêncio.

Só de noite voltou ao assunto do que ia fazer, do que podia fazer, do como iam viver dali para a frente. Soube que o banco tinha pago o salário dele até aquela data da demissão, e que Romero tinha ajudado a manter a casa desde então. Romero era o irmão de Cristina, pequeno fazendeiro, sitiante em Jacarepaguá. Aparecia assim de seis em seis meses, falava pouco, Eustáquio menos ainda, não porque tivesse algo contra ele, mas por falta de assunto mesmo, achava aquele cunhado um homem bom mas um roceiro, atrasado, que não tinha o que fazer nem o que dizer na cidade, aceitava-o porque era irmão da mulher, davam-se bem os irmãos, lembranças de infância, Cristina também era de lá, aquela fazenda, bem maior do que agora, tinha sido do pai dela, outros tempos, só viera para a cidade com doze anos, para morar com a tia e estudar um pouquinho mais, conseguiu entrar para o Instituto de Educação. Eustáquio lembrou-se então da cara dele, Romero, do jeito dele, do terno desmembrado que ele usava quando vinha, branco com riscas azuis, um chapéu surrado, da fala tosca que tinha, as mãos grossas de campônio, mas lembrou-se de tudo aquilo com gosto, sabendo da ajuda que ele tinha dado naquele momento difícil. Romero, sim senhor, cara grosso e sólido.

Pois era para lá que podiam ir, o próprio Romero tinha dito, tinha oferecido, podiam ficar lá no sítio por uns tempos, alugando a casa deles da Tijuca, por uns tempos, depois veriam. Cristina falou e esperou. Não veio a reação negativa dos tempos de antes, certa e rascante. Quem diria, havia mesmo mudado o marido. Eustáquio não disse nada em resposta à sugestão da mulher. Não era o que lhe agradava mas de pronto viu que não havia alternativa. Não disse nada; deixou rolar aquilo. Passados dez dias, viu que era aquilo mesmo. E resolveu aceitar; foi.

Muito rústica a casa mas ampla e aberta à alegria do sol. De manhã cedo escutava os pássaros e as vacas no curral, até o bom cheiro delas lhe chegava. Romero tinha umas vinte vacas, e cultivava bananas e laranjas, e ainda vendia frutas, de um pomar do tempo do pai, que ficavam cada vez mais raras na cidade e davam um precinho bom, cambucás, abius, araçás, carambolas, Eustáquio mesmo fazia tempo que não lhes sentia o gosto tão saboroso.

A vida em saúde, foi, a vida em simpleza, o tempo do campo que era outro, um tempo são e limpo; nada animoso mas sereno. O sítio era margeado pelo rio Camorim e, de burro, ele ia tanto à lagoa embaixo como à represa em cima. Gostava mais do açude, sombreado e fresco, parecia mais puro, aquela água sombreada e límpida, cercada de árvores; ficava ali conversando com o guarda, ouvindo histórias de grandes temporais, inundações, ventanias que derrubavam paus de lei, e casos de suçuarana que andava por ali comendo capivaras e outros bichos. Um dia Eustáquio viu no chão um tatu estraçalhado, mostrou ao guarda e ele de pronto: suçuarana. Foi pegando o gosto de conversar com a gente daquele chão natural, mateiros, lenhadores, pescadores, mulheres que faziam esteiras de tabuas apanhadas no charco, uma delas moça viva e bonita, de cabelos longos trançados, pernas cheias, filha de portugueses, ali era uma família portuguesa. Deu-lhe uma vontade forte como não tinha antes, aquela beleza tão natural, louçã, Eustáquio sentia falar a veia da saúde, as vontades antigas da natureza.

Acordava e sentia logo no ar a vontade de viver, a energia pura do prana divino. Comia e sentia que o mundo era bom, vinham-lhe emoções viscerais que não conhecia, o feijão oloroso, a verdura fresca, o bife macio, o doce de banana feito no fogão de lenha, no tacho com açúcar preto e melado, até a velha mulher na cama ele voltou a procurar e fruir, pela manhã, a hora mais energética, o mundo era bom e não pedia a ninguém que o mudasse, essa idéia de mudar o mundo vinha de lá não se sabia onde, e se instalava na cabeça de neurastênicos, pessoas que nunca haviam experimentado a sabedoria e o vigor alegre que vinham da terra, que exalavam das vacas, essas repousantes criaturas de Deus.

Oh, a besteira, essa mania de querer mudar o mundo. Pensava, tinha tempo agora, rememorava razões e cretinices, invencionices recheadas de argumentos inteligentes, que ele mesmo havia construído com tanto esforço de pensamento, de leituras volumosas, razões supostamente inteligentes, científicas, desligadas porém das verdades naturais. Coisa mesmo de neurastênico. Nunca mais.

Espaço — Tempo

A vida de Renilda era o espaço curto da cela no Talavera Bruce. Espaço pequeno, mesquinho, principalmente porque dividido entre quatro mulheres, espaço gradeado, isso de longe era o pior, as grades da porta e da janela, a dureza fria do ferro, o ferrolho, acostumava mas não dava, não conseguia ver aquilo natural, espaço de alegria não seria nunca. O ano, que ano? O tempo a escoar igual de claro a escuro, o tempo para sair dali, que tempo? Queria era poder passar livre, fora dali, a virada do ano dois mil que estava perto, só isso, mas sabia que não ia, o tempo não tinha contagem mas aquela referência ela tinha, sabia que acabava a pena só em dois mil e quatro, liberdade condicional. Até lá não havia tempo, era o dia igual, as quatro na mesma cela, falando e calando, as palavras sendo sempre quase as mesmas, não dava para mudar, só se dissessem as coisas de trás para frente, como de brincadeira, pra deixar de não fazer nada, às vezes exercitavam, ela até melhor que as outras, ficavam bobas. Até as visitas semanais, a irmã e a mãe, os doces que traziam, os mesmos, vez por outra uma fruta saborosa, manga de Santa Cruz, o radinho de pilha, isso sim, foi ponto de felicidade.

Só as brigas, qual o quê, nem as brigas, que também eram as mesmas, Eveline e Sonia, que não se falavam, só para se dizerem acusações e xingamentos, uma feiosa, a outra bonita e apreciada, que tomava pílula e recebia homens em visitas íntimas, até o vice-diretor, diziam. Tinha medo que uma matasse a outra durante a noite, com alguma faca escondida, estilete.

A vida então era o não-espaço, sem tempo, espaço que não era, que era de metros poucos, limitado, a cela e o pátio de andar e tomar sol, e uma vez por dia conversar com outras que não as três da cela. Espaço próprio mesmo, de paz, só o canto dela, o colchonete e os objetos, todos sem importância nenhuma, exceto a agenda, sim, que era um diário de anotações, que era o tempo, como escrevia todo dia, aquilo fazia o tempo, não desde o primeiro dia, embora tivesse bastante bem na memória aquele primeiro dia e todo o seu sentimento, Eveline e Suzana já estavam lá, Sonia chegou depois. O primeiro que não foi na verdade um dia de horror mas até pelo contrário, até um soluço de descanso, tinha a memória, relaxamento, depois daquele tempo horrível de prisão em delegacia e de tensão do julgamento. Merecido. Lembrava bem do dia mas não havia anotado, só depois de quatro meses tinha ganho a agenda, tinha virado o ano e a irmã lhe trouxera na primeira visita do novo janeiro aquele livro-caderno com os dias e ela ficou olhando, logo vindo a idéia de escrever coisas ali de cada dia, aliás, Roberta tinha trazido dizendo que era para ela se distrair escrevendo ali o que pensasse, uma boa idéia, a melhor idéia, mas o caso é que ela não era nada boa de escrita, só o pouco, muito, que havia aprendido na escola, fazia os pensamentos, as frases, sabia escrever mas fazia mal as letras e as palavras. Bem, era assim, agora tinha aquilo e ia fazer, não ia ligar para o fazer bem ou mal, ia fazer, era o que tinha, colocar ali os sentimentos, as impressões de cada dia, o imediato que, somando, ia fazendo o tempo, os fatos de relevo, relevo muitas vezes bobo, quase sempre, mas era, e foi fazendo assim, decidiu e começou, e até melhorando na escrita, e percebendo cada vez mais a importância daquilo na sua vida, mês a mês, ano a ano, aquilo era o tempo, quatro livros já tinha cheios, quatro agendas de ano, tudo simples, posto em forma simples, que ela sabia errada em todas as páginas, mas era sua vida, o estofo dela, seu tempo corrente no viver presente. Tempo futuro não tinha, ou não queria pensar nele, não queria cogitar sobre o que ia fazer quando saísse dali. Faltavam ainda quase cinco anos, ela sabia mais ou menos, não queria saber no detalhe, quantos meses, dias, não, não queria medir nem pensar, talvez até tivesse medo quando chegasse a hora.

O tempo passado, esse tinha, era a recordação. Ser humano, a gente é gente porque tem recordação, o mesmo eu em vários tempos e grandezas, ritmos, acontecimentos, a contagem do movimento fora da gente e a gente por dentro acompanhando, a gente vivendo, sempre a mesma vida pessoal, aí estava, e guardando na cabeça, tendo ali sempre à mão pra recordar, menina inocente, puxada daqui para ali, dois anos na escola, magrinha, só escutando e desenhando, essa historinha tão comum na nossa terra, acabou aprendendo letras e palavras, o encadeamento que fica para sempre na cabeça.

E depois a adolescência, a descoberta do corpo e das dificuldades do corpo, das vergonhas e insuficiências, a descoberta em visão completa da pobreza da vida, a sua vida pessoal, descoberta da face, da sua pessoa definitiva e do mundo em que estaria, que haveria de ser, o espaço e os outros, a mãe azucrinando, tentando trabalhar de servente de limpeza, saindo cedo todo dia de Morro Agudo e voltando pra beber e praguejar, já naquele tempo. A irmã, três anos mais velha, também menina, brigando com a mãe. As três.

A mãe, sim, que tinha um tempo muito maior, que de certa forma era dela também, porque escutava o que era dito sobre o Rio de Janeiro da mocidade dela, quando casou, não casou, amasiou com um homem que era casado e dava a ela quinze mil réis por semana, além de pagar o aluguel do quarto, para ela largar a casinha da mãe velha no São Carlos e não ter que trabalhar, ficar ali o dia inteiro sem fazer nada, só ouvindo rádio, que ele também havia dado, só esperando a hora em que ele pudesse aparecer e usar ela na cama por uma hora ou pouco mais, quase todo dia ele aparecia, em horas diferentes, ela moça, vinte anos, mulata clara de carnes sonoras e boca rasgada, que era o regalo maior dele, aquela boca. Sim, a mãe que tinha história mais antiga, agora a vida dela era só beber cachaça; vinha ali toda semana mas já chegava cheirando a cachaça e praguejando.

Depois então a juventude, aí, sim, a vida dela mesma, a possibilidade enfim de fazer a novidade, construir, ampliar seu espaço, Renilda, dobrado o Boa Esperança do tempo dela, como de cada um, a novidade, o corpo jovem, energético, se apresta para a aventura existencial, vou fazer isso porque quero isso, os horizontes se alargam, o espaço cresce e as forças redobram, não haveria mais de ser aquilo de sempre, tinha de começar deixando o Morro Agudo onde morava com a mãe já relaxada, imundície, casa de chão cimentado à beira do valão de porcarias, ameaçando cair a cada chuva grossa. Na hora crucial tinha de aparecer o namorado, Renilda não era moça de carnes cheias mas tinha os órgãos e os sucos da feminilidade, e Dorival chegou pelos sentidos do olfato, gostou, e do usufruto dos corpos, um no outro, nasceu a idéia da fuga, ele tinha um tio em Belo Horizonte, era o padrinho dele, tinha padaria, era pra lá que podiam ir. Mas por que fuga, podiam ir numa boa, fazer vida nova, não tinham cometido crime nenhum. Não sabia bem dizer por quê, era a situação que apertava e incomodava, ter de falar com a mãe, abandonar, constrangia, era melhor fugir, não explicar nada a ninguém. Tudo bem, Dorival de padeiro e ela ajudando no balcão de uma loja nova do tio, espaço novo e tempo novo, os dois aprendendo coisas, ele a fazer pão, ela a vender de um tudo, amanhã poderiam ter o negócio deles, questão só de ter o capital, ah, essa era a questão principal e mais difícil, bem, as coisas iam, fluindo bem as relações com o tio, até o episódio da expressão malsucedida. É assim o ser do homem, não consolidado ainda na sua própria construção, imperfeito como ser civilizado, trabalho pertinaz da razão dele, homem, em cinqüenta mil anos, segunda natureza ainda não completada, é como um vulcão que inesperadamente derrama o seu fogo interior, de pura estupidez, porra, assim, em sua selvageria mal tamponada. O tio explodiu em grosseria por um nada, quando ela disse que era melhor ele não se meter na vida deles. Disse impensadamente, ora, para ver se fazia calar aquela cantoria inaturável de juízos bíblicos, tudo porque houve o descuido e a gravidez, e a tentativa de abortar sem que o tio, crente, soubesse, e a complicação, a sangueira, a palidez mortal dela e a confissão inevitável para que houvesse o socorro indispensável. E o demônio dele se soltou, podia ser pior, o ser humano é capaz de torturar e matar, pensadamente, nisso é o único, mas não foi o caso, foi só a violência verbal, mas tão forte que depois daquilo não podiam ficar mais lá, questão de auto-respeitabilidade. Vital.

Voltaram para o Rio, que alternativa? E tiveram que se abrigar na casa da mãe dele que era em Madureira. A merda de novo: espaço mínimo, a mãe, uma filha casada com um pintor de automóveis e eles dois, todos num andar de cima, propriedade de uma família de bicheiros que morava embaixo. Era o jeito, Dorival, sem dinheiro, foi fazer biscates no mercadão e acabou escrevendo bicho sob a gerência do cara que era dono da casa e morava embaixo.

E ela, a pessoa dela, Renilda, calça jeans única, lavando todo dia as camisetas e as calcinhas que trocava, tinha um par de sapatos mas andava quase sempre de havaianas para não gastar o que não poderia recomprar. Se tivesse um tênis. A dignidade da pessoa depende das vestes que usa, infelizmente, era o mundo, ela ali sem nenhuma possibilidade de ser um pouco mais pela roupa, por um adorno qualquer de qualidade, apresentar-se bem, ou menos mal, Dorival não dava nada além da comida e a conta de luz, e um conserto de televisão se precisasse, coisa assim. Era assim mesmo, ela sabia, ele não podia. E não ia poder nunca, essa é que era a merda, a desolação total.

Renilda foi trabalhar, claro, não ia ficar ali na merda sem fazer nada, não foi difícil arranjar casa de família, doméstica outra vez, já tinha trabalhado assim em Nova Iguaçu, agora tinha conseguido em Laranjeiras, nível bem melhor mas a escravidão era a mesma, sempre atendendo patroa mal-amada chamando a toda hora. Ia dormir em casa porque tinha dito que essa era a sua condição, mas o apartamento tinha quarto de empregada, a viagem para Madureira todo dia, ida e volta, saindo muito cedo era cansativa, só para dormir com Dorival, essa não valia, nem ele fazia questão de usar ela todo dia, acabava sendo uma ou duas vezes na semana, então podia ser sábado e domingo, muito melhor para ela, que descansava, falou e a mulher aceitou porque até preferia assim, tinha ela à mão de noite se precisasse, era um casal já de certa idade, Renilda dava a janta e ia para o quarto, só não via televisão como em casa, que no quarto dela não tinha, talvez que pudesse comprar uma pequenininha, depois, juntava um dinheiro e dava entrada, ia pagando à prestação, mas por enquanto ficava escutando um radinho, uma música pelo menos, descansando e revendo a vida, o tempo, pensando, naquele quartinho merreca e quente pra cachorro no verão, mas ali pelo menos ela ficava sozinha, ninguém pra encher o saco, estava cheia da mãe e da irmã do Dorival, não que fossem gente ruim, mas gente muita em casa apertada não se agüenta, ninguém agüenta espaço curto, vai dando aquela fartadela, Dorival agüentava porque era gente dele, acostumado desde pequeno, assim mesmo também dizia que se fartava, que estava procurando outro lugar para eles dois, ela, Renilda, chegou a pensar na casa da mãe dela, que não estava mais no Morro Agudo, tinha se mudado para o morro do Juramento, ela um dia foi lá ver, visitar de visita, como quem não quer nada, só para avaliar se dava pra morar lá com elas, Roberta e a mãe, de jeito nenhum, era um quarto e meio, e uma sala estreita, só o lugar era muito melhor que Morro Agudo, era alto e não ficava no meio da porcaria, mas nem pensar, acabou dizendo, na saída, que se soubessem de uma casa ou mesmo uma laje pra alugar ali no Juramento, coisa pequena, bem em conta, que avisassem a ela, estava procurando.

E foi ficando nas Laranjeiras, assim é que a vida se vai passando, ela recordava, agora, na cela, tinha a agenda para escrever, e escrevia também coisas do passado, naquele tempo nem pensava, ia tocando sem pensar nem dizer nada. Dorival se encantou com uma puta que morava na rua deles em Madureira e largou ela, sua mulher, desde meninos namorados, ela sentiu a dor da punhalada, a humilhação fria e funda, maior, foi a primeira vez que teve vontade de fazer um mal assim de corpo em alguém, uma surra de machucar de verdade, quebrar um braço e uma perna de estalar, cortar as duas orelhas, fazer um lanho de navalha na cara daquela siririca sem vergonha, esfregar um ácido qualquer que corroesse aquela bunda dela enorme. Pegou as coisas, muito pouco que tinha, um nada de merda, e levou para a casa da mãe no Juramento, ia dormir lá na sala de sábado para domingo, no domingo já voltava para dormir em Laranjeiras, já acordava lá no trabalho, tinha de dar o café às sete, os velhos levantavam cedo, ele não fazia nada, ficava no computador o dia inteiro, ela tampouco, porra nenhuma, mas acordavam cedo e queriam o café. Não eram maus. Eram chatos.

E assim era a vida, passando sem mudar nada, sem nenhuma miragem de mudança-melhoria, nem homem tinha mais nem ia ter, trinta e quatro anos de idade e zero de ilusão, olhava o espelho e vinha da imagem aquele desconcerto, nada de novo moveria mais a vida dela, era aquilo para sempre, até morrer na merda, não acreditava em igreja, lá em Belo Horizonte tinha tentado junto com Dorival, o tio era da Bíblia, mas não tinha conseguido acreditar naquilo, só São Judas Tadeu às vezes invocava, porque a mãe desde pequena dizia que ajudava, que era santo muito forte, mas sabia que era bobagem, nunca tinha resolvido nada. Não tinha, ia era assim mesmo até o fim. Que fosse.

Homem é que tem a força da natureza, o tesão no membro e o ímpeto bruto de botar pra quebrar quando açulado, até de arma na mão se for o caso, mulher, não, tem uma adrenalina mais tênue, mais sutil, estende mais no tempo e no cálculo sua vingança, busca meios menos diretos e ostensivos, e tem outros licores mais aromáticos no sangue que tresandam pelo corpo e pela pele. Eveline, uma das companheiras no Talavera, era bem um exemplo dessa consistência de mulher, toda uma seda, a pele quase um creme, morena e macia, impregnada de uma essência que os homens sentiam de longe, antes mesmo de repararem que ela tinha também os traços bonitos, cabelos cacheados e olhos luzentes, parece que tudo se compunha para atrair, aquela feminilidade que dava vontade de alisar, Renilda às vezes sentia, até ela, Deus a livrasse, mas chegava a ter aquele impulso, tal era a qualidade de mulher que a outra tinha, essa que faz da mulher um ser que dá, que concede, que gosta de dar e não de se insurgir e de brigar. E Renilda era mulher, não tanto quanto Eveline, mas tinha também aquela paciente aptidão feminina de suportar e se render antes de atirar. E assim que foi ficando naquele emprego de bosta que era para sempre, que estudar que nada, não adiantava mesmo, que loteria porra nenhuma, não ia mesmo ganhar nunca, nem bingo, não ia lá gastar os trocadinhos que tinha para não ganhar nada.

Não ia mesmo mudar nada na vida dela até o fim. Só mudou porque o patrão morreu de repente, explodiu qualquer coisa dentro da cabeça dele, deixou a mulher só com uma pensãozinha, perdido tudo o que ganhava digitando textos, relatórios, teses, que era pouco mas ajudava bem. A mulher teve que dispensar a empregada e fazer ela mesma tudo sozinha. Mas dava referências boas de Renilda. E assim que não custou muito a arranjar outro emprego, agora em Copacabana, no apartamento de uma velha que morava sozinha num segundo andar na rua Paula Freitas e mudava de empregada a cada três meses, depois ela soube conversando com as colegas da vizinhança.

Na agenda onde ela escrevia o diário, punha pouca coisa do passado, o principal era só a vida corrente, o imediato, não queria fazer daquilo uma pedra de confissões e lamentações, até porque não lamentava nada, o que tinha feito estava feito sem arrependimento, estava pagando o que fora bem julgado, mas não teria sido melhor a sua vida sem aquelas diabruras. Contudo, vez por outra, fazendo algum relato de cena acontecida, fazia uma que outra referência a algum quadro daquele passado enterrado; por exemplo, para dizer da expressão endemoninhada de Sonia ao jurar a maldição sobre Eveline num jorro de cólera mortal dentro daquela pequena cela, Renilda escreveu não sei dizer nada sobre essa raiva, nunca senti nada igual, nem nada parecido, não sei como é, nas coisas ruins que fiz não fui tocada por esse demônio que move as pessoas na loucura da ira. Coisa bem escrita e verdadeira, pensou bem antes de escrever, recordou com minúcia, parou ali bem na memória e viu que não havia tido raiva espumante da velha, até raiva nenhuma, ou raiva bem pequena, assim só de impaciência com as chatices dela, uma certa raiva da injustiça da vida, isso sim, ou injustiça de Deus se Ele existisse, mas nunca aquele demônio de raiva incandescente.

Um certo asco daquela mulher velha, sim, uma repugnância mesmo daquela figura torta quase sem cabelo de tão decadente, que não tinha mais firmeza nenhuma nas pernas mas andava sempre emproada, vestida de preto e de jóias, colares, pulseiras de ouro, resmungona, sempre desgostosa de uma vida que afinal também não queria saber dela e a deixava como traste empoeirado de museu, velha seca e descascada, abandonada, com cheiro de velha, mas que fazia questão de ostentar um colar de esmeraldas, resplandecente, que no pescoço dela chegava a ser indecente, que o marido tinha comprado pra ela por não sabia quantos contos de réis, paixão que ele tinha, homem nobre que ele era, guardava aquilo em casa bem trancado, usava para ir a uma festa na casa do filho que fazia vinte e cinco anos de casado com uma esposa que fugia dela como se foge de uma bruxa, se isso tinha cabimento, uma velha funesta que afastava dela filhos e netos com suas emanações negativas. E que tinha também um colar de pérolas, de esplendor indescritível no dizer das colegas vizinhas que uma vez haviam visto, e ainda outras jóias de rainha, colar de pérolas de duas voltas, e ainda placas de brilhantes, pulseiras, peças da viscondessa, bisavó do seu finado marido. Tudo em casa trancado, naquele mesmo espaço por onde ela, Renilda, transitava.

Ora.

Era uma pessoa que sobrava no tempo do mundo, aquela velha, e não percebia, ou sim, tinha consciência da rejeição que provocava e enfrentava o mal-estar com uma ostentação arrogante, reação de pessoa insultada, era uma pessoa repudiada, claro, gente como havia muita nos sentimentos sempre negativos, pessoa que pensava, calculava, falava e imprecava, comia, defecava, lia jornal, via televisão, como as outras, mas que sabia, no imo, que era pessoa abominável, ou não sabia, ah, sabia, devia ser horrível, mas não conseguia ter pena, Renilda pensava assim, buscava às vezes esboçar uma solidariedade pela questão da idade e logo despachava, achava tudo aquilo um espanto, convivia com aquele espanto a semana toda, não dava para ter ódio, mas era detestável como figura sinistra.

O conceito se firmou na mente como algo definitivo, era desprezível como pessoa que não contava para o mundo, e o conceito passou a gerar idéias que a insônia fazia sedimentar, noite após noite, idéias cuja execução não constituiriam ato hediondo. Uma pessoa daquelas era uma morta atravancando a vida dos outros, não tinha raiva, não tinha mesmo, revirava o sentimento pra dentro e pra fora, analisava com atenção e concluía, não tinha raiva, mas era uma injustiça que aquele filho e aquela nora, que repudiavam a velha daquele jeito, descaradamente, fossem herdar toda aquela fortuna de jóias, as idéias se cruzavam, se relacionavam e apontavam uma evidência, nenhuma daquelas pessoas merecia aquele tesouro, nem a velha, com o seu tempo cumprido e o pé já no caixão, nem a nora, o filho, sobrinhas, a malta toda que não queria saber dela e ainda devia caçoar daquela ostentação arrogante segundo ouvira dizer pelas vizinhas. E mais, qualquer dia entrava um ladrão lá e levava tudo, do jeito que era sabida a existência daquilo e o abandono em que vivia a velha, era até milagre que ainda não tivesse acontecido aquilo que com certeza ia acontecer mais dia menos dia. Talvez até merecesse mais, o ladrão, dependendo de quem fosse. O pior era que ela, Renilda, podia levar ainda alguma bala perdida se a velha fizesse escândalo.

Ora, tudo isso pensado assim conduzia à inevitável conclusão de que devia tirar para ela, Renilda, aquelas jóias. Quase um dever, talvez não, exagero, mas não seria um ato injusto nem desumano. Tudo tinha uma lógica, uma justificação bastante clara, pensando bem, pelo lado bom e pelo lado mau, pensando bem, pelo menos tinha certeza de que ninguém merecia mais do que ela, que tinha sido injustamente maltratada pela vida e trabalhava ali agüentando a velha dia após dia.

Com certeza.

Passou a tratar a velha até com mais carinho, depois que tomou a decisão; se não carinho uma atenção maior, que elevasse o seu merecimento. E planejou.

Conhecia o apartamento todo, exceto uma parte pequena, um armário-closet no quarto da velha, sempre trancado, nunca aberto na frente de ninguém, a velha fechava-se no quarto para remexer nele e quando saía levava a chave com ela. Então ali estavam as jóias. Conhecia os remédios que ela tomava, havia um da noite, um nome que acabava com hipnol, que era para dormir, ela não dispensava, e enquanto a velha falava ao telefone com a filha no quarto da televisão antes do jantar, correu ao armário do banheiro e retirou as últimas seis drágeas da cartela. Havia um risco de ela descobrir mas não era provável porque só tomava aquilo logo antes de ir para a cama.

Levou para a cozinha e amassou tudo aquilo bem amassado, picando com faca e triturando com socador, botou todo aquele pó amarelado num pouquinho de água que esquentou numa panela, mexendo, mexendo até dissolver bem, provou uma gota e viu que tinha um gosto forte, outro risco, da velha sentir e não tomar, mas tinha de correr, não tinha jeito, oh, como se lembrava ainda, e colocou mais de metade daquela solução na xícara de sopa de abóbora, e o resto no meio copo de leite quente com açúcar que a velha tomava com biscoitos depois da sopa. O coração disparado, a emoção certamente na face, mas tinha de correr o risco.

E deu tudo certo. Em dez minutos depois do jantar a velha dormiu profundamente na poltrona em frente à televisão.

Não era desumano o que fazia, nem injusto, tudo estava bem pensado e amadurecido, e nada a inibia, tinha a noite toda para achar a chave do closet, remexer o armário até encontrar as jóias, tirar o dinheiro que encontrasse, a velha ia uma vez por semana ao banco e Renilda tinha escolhido o dia em que ela tinha ido, o dinheiro da semana estaria todo lá, dali pegava o ônibus para Belo Horizonte, única cidade que conhecia fora do Rio, cidade grande pra ninguém achá-la, tinha suas coisas já prontas para sair logo e nunca mais voltar.

Realmente foi fácil, a chave estava na bolsa e com duas voltas abriu o closet. E deparou-se então com o primeiro grande imprevisto; primeiro e definitivo, logo viu: o cofre, tudo havia sido bem pensado menos aquilo, havia um cofre, enorme, verde-escuro, pesado, fechado evidentemente, impossível de abrir para quem não conhecesse o segredo, ó burra, idiota, como não tinha pensado naquilo.

Há cálculos humanos que dão certo, cálculos do bem e do mal. Essa história de dizer que não há crime perfeito não convence. Quantos não se desvendam. São os perfeitos. Não fosse o cofre, o cálculo de Renilda bem podia ter dado certo. Saía com as jóias e o dinheiro, a velha botava a boca no mundo quando acordasse no meio do dia seguinte, já tarde, nunca mais ninguém ia saber dela em Belo Horizonte.

Mas aquele vulto imóvel de ferro paralisou-a. Aquele peso medonho, um sarcófago, nunca mais teria as jóias, nem se lembrou de procurar pelo menos o dinheiro da semana que podia não estar dentro do cofre, numa daquelas gavetas, nada, destrambelhou-se, ficou ali olhando o vulto duro e as pernas se foram enfraquecendo, sentou-se no chão dentro do closet. Quanto tempo, não soube, não houve tempo até dar de si, veio o susto de repente, não tinha por que mas veio aquele susto, pressentimento, deixou o closet aberto e correu ao quarto da televisão, viu a figura da velha, outro horror, chegou perto e viu que estava morta, não respirava, começava a esfriar, ah, aquilo sim, imprevisto chocante, ia ter um troço, começou a faltar a vista, escura, respirou com o máximo de força e de fundura para não desmaiar, coração em disparada, ela toda em disparada, foi ao quarto, pegou a bolsa e a sacola que estavam prontas e saiu correndo, tropeçando pela escada e pela rua, com certeza observada.

Não tinha agenda naquele tempo, nada ficou escrito mas foi um tempo muito grande dela, um tempo muito denso, vivência condensada, e tudo ficou bem guardado na cabeça, agora era vida escoada. Podia ter morrido, um acaso, sabia lá, um guarda vendo ela correr na rua aquela noite, podia ter sido atropelada atravessando a avenida Copacabana sem ver nada, estonteada como estava, podia ter morrido e então o tempo dela teria acabado ali, não haveria o diário do presente, não haveria nem aquele espaço apertado ali da cela, para ela não haveria nada, nem a memória do tempo vivido, mas haveria o tempo dos outros que continuaria a correr normalmente, era a lei da vida, uns vão e os outros continuam o tempo. Roberta, a irmã, continuava; seu espaço era aquele quarto em que acordava e de onde olhava o dia clareando lá da meia encosta do Juramento, as luzes ainda acesas, tinha gente dali, muita, que morava no morro desde o tempo em que não tinha luz, não fazia muito, uns dez anos, por aí, tempo em que ela estava em Morro Agudo, muito pior. Roberta acordava e o tempo então recomeçava, lavava a cara, escovava os dentes, punha a calça e a camiseta, levava o colete na mão, tomava o café com pão esquentado na chapa pela mãe e descia para pegar duas conduções até chegar na Lagoa onde tinha um lugar de guardadora no estacionamento rotativo, antes das sete chegava o talão, ela tinha de estar lá. Era o seu tempo, todo igual, sorte ter aquele lugar. Aos domingos ia visitar Renilda no presídio. Chorou nas primeiras vezes mas agora não, sentia que a irmã estava bem, quase tanto quanto ela, o mesmo tipo de tempo, tudo igual, mas uma coisa a mais, uma paz, um espaço menor mas uma paz maior, sim, um tempo garantido, sem preocupações, sem medos, assaltos, balas perdidas, homem querendo coisa, gostaria de ter um homem, sim, sentia no corpo, mas tinha medo da brutalidade dos homens, bastava beber um pouco e lá vinha maldade, via na vizinhança, muitas vezes até sem beber, comum ver mulher ensangüentada.

Tinha homem educado, fino, mas não no espaço dela. Ali na Lagoa, toda segunda, terça e quarta, até com chuva, se não fosse muito forte, chegava o professor Daniel às sete e pouquinho, estacionava, pagava o talão e ia caminhar quase uma hora. Uma simpatia. Não tinha mulher, era separado, tinha uma filha, sabia um tantinho da vida dele porque às vezes ele conversava umas palavras. Quintas e sextas ele não vinha, dava aula em Campinas, uma cidade de São Paulo, na universidade. Uma simpatia, muito educado, até bonito, ela achava, mas nem pensar, o mundo dele era outro.

 Quando acordava, o espaço de Daniel era sempre dúbio. Podia ser o mais antigo, o quarto no apartamento do Humaitá onde morava sozinho desde que se havia separado da Rosa, mulher agressiva, ou podia ser o quarto do hotel em Campinas, onde dormia de quarta para quinta e de quinta para sexta, às vezes de sexta para sábado, dependendo da semana, aquela rotina que confundia no primeiro minuto de recomeço do tempo de cada dia. De quarta para quinta costumava dormir com uma puta suave, clara, meio bonita, de descendência italiana, e a presença dela marcava o espaço de Campinas. No Rio, tinha namorada mas sem nenhuma regularidade, acordava confuso no instante inicial. Só depois dominava o espaço e retomava o tempo, ia caminhar na Lagoa, a primeira pessoa que encontrava era aquela mulata cheia de olhos verdes, colete verde de guardadora, calça jeans justa mostrando as coxas de mulher e a bunda redonda, sorrindo simpática, os dentes bonitos, ganhando a sua vidinha honestamente ali, tinha vontade de levar ela para a cama mas não tinha como dizer isso, não sabia ser direto assim, tinha de começar convidando-a para um chope, um jantarzinho, não sabia nem como começar esse papo com uma pessoa como ela, acabava sendo uma coisa grosseira, não era dele, o mundo dela era outro, espaço e tempo.

 Roberta pensava em um dia ter um filho, coisa que toda mulher quer, o filho é a continuação do tempo da gente quando acaba. Podia facilmente ter um de produção independente, hoje em dia era a coisa mais comum, as mulheres assumirem sozinhas os filhos, o homem só dava a semente, depois se mandava. A questão era que ela não queria fazer filho com um homem qualquer, queria um pai de qualidade, mesmo que ela assumisse o encargo sozinha. Queria um pai assim como o professor, inteligente, educado, mas nem pensar, o mundo dele era outro. E depois tinha de pensar bem na questão do espaço: enquanto fosse pequenininho, dava bem no quarto dela, mas filho cresce e precisa um espaço próprio. E tinha Renilda, que mais uns anos ia sair da penitenciária e não tinha onde ficar. Aliás, ela pensava desde logo que daria aquele emprego de guardadora, que era muito bom, para Renilda quando saísse, porque uma ex-presidiária tinha muito mais dificuldade em arranjar emprego. Ela, Roberta, haveria de se virar e buscar outro, mas se tivesse um filho seria ainda mais complicado, tudo seria mais complicado, mas a vida era assim, tudo que era bom era mais complicado. Ela tinha de aproveitar agora e estudar alguma coisa, fazer pelo menos o segundo grau, para depois tentar um concurso, ter condição de passar, de ser chamada para um emprego mais estável, melhor, ter um tempo novo. A vida era assim: cada um tinha um tempo e um espaço e escolhia o que ia fazer com eles. O espaço era já definido quando a gente nascia, se rico ou pobre, e o tempo a gente usava dentro daquele espaço próprio, que podia aumentar um pouco, pouquinho, se a gente tivesse muita vontade, ou aumentar muito se tivesse muita sorte. E o tempo de cada um acabava, isso era certo. A vida: o espaço e o tempo.

Ernesto Nazareth

Momentos que fazem o cunho da vida, as impressões fortes que ficam para todo o tempo da memória, que fazem o movimento de uma existência humana, o mover-se de uma para outra dessas impressões, constituindo o compasso do tempo que marca a vida, o tempo que é a contagem do movimento.

Os momentos marcantes, senti que aquele era um deles para mim, quando ela recostou a cabeça no meu ombro. Agradeci a Deus e respondi encostando a minha na dela e acariciando seu rosto. Gestos de corpo abrindo a travessia das almas comunicantes. Estávamos de mãos dadas, sentados, vendo um filme composto de cenas de grande beleza humana, quase sem palavras, mostrando mulheres e homens que vivem do outro lado do mundo, história e cultura de outro mundo, entre paisagens de cores fulgurantes, lindíssimas, que por milênios nós não conhecemos. Era um daqueles momentos, com certeza, o coração logo distinguiu e agitou-se em vibrações que eram signos, que queriam dizer à consciência, através desses canais internos, insondáveis, misteriosos e infalíveis, que ela era, para sempre, para sempre, a mulher amada.

Nosso conhecimento se tinha dado uns seis meses antes, em Manaus, eu convidado a dar um recital, ela chamada a receber um prêmio de jornalismo cultural instituído pela secretaria de Cultura do estado. Eu convocado a entregar-lhe a medalha no palco do teatro, ela com os olhos brilhando sob os aplausos. Claro que notei-lhe a beleza dos olhos, do desenho do rosto e das formas do corpo que apareciam sob um vestido preto vaporoso, mais curto em um dos lados o bastante para mostrar o joelho direito que me atraiu, como os pés cuidados e perfeitos calçando sandálias de salto alto.

Fazia mais de três anos que eu não tocava fora do Rio, tendo aceitado a proposta do Amazonas pela curiosidade de conhecer e experimentar o famoso teatro onde os maiores cantores do mundo se haviam apresentado no início do século vinte para deleite dos rudes ricaços da era da borracha. Restaurado recentemente com cuidado e posto em função em todo o seu esplendor, aquele majestoso templo do gosto europeu, cravado no meio da selva amazônica, constitui o mais belo e rematado símbolo da alienação cultural dos brasileiros. Assim, dito assim e comentado durante o jantar oferecido pelo governador, nós sentados lado a lado, que felicidade, ela uma mulher bonita de seus trinta e cinco anos, de cores claras, nascida no norte do Paraná e chegada ao Rio havia dois anos, depois de passar por São Paulo, seduzida pela ocupação do jornalismo cultural, depois de fazer coluna de moda e saturar-se dela, atraída pelo Rio por achar que ainda era, na virada do milênio, o pólo mais importante do país em matéria cultural, apesar das novas revistas editadas em São Paulo em padrão elevado.

Por que ainda pensava assim, este foi o tema principal da conversa no jantar. E ela: porque o Rio, mais que São Paulo, representava a cultura genuína que foi surgindo e caldeando-se ali vinda de todo o Brasil. Se havia uma civilização brasileira, ela tinha sido forjada principalmente no Rio. Ó encanto, aquela mulher tão bela dizendo essas coisas, interessada em cultura, no Rio de Janeiro, vivendo na minha cidade, uma dádiva.

Na manhã seguinte, ambos hospedados no hotel da Varig, depois de caminhar bem cedo, meu costume, pelas veredas do próprio hotel, fui até a piscina e surpreso vi que ela, única àquela hora, nadava. Surpreso e incitado, continuei caminhando, sem me distanciar, à espera do momento em que ela saísse da água. Cerca de vinte minutos mais ela ainda nadou. Então era uma nadadora, não estava ali se refrescando somente.

Confirmou-me quando saiu, desde menina havia sido a estrela da natação feminina em Londrina, e até pouco tempo atrás ainda participava de competições, nacionais e até internacionais. Enquanto se enxugava eu reparava os detalhes do seu corpo, a cor bem clara da sua pele, que faz as mulheres radiosas, a consistência da sua carnação, que já na véspera, durante o jantar, ela com um vestido que deixava bem à mostra todo o conjunto do colo, dos ombros e dos braços, eu havia bem observado com um interesse inevitável, pensando comigo que parecia de uma compleição que somente as nadadoras possuem, aquela musculatura firme e cremosa que não tem nada da rigidez que as atletas adquirem, aquela carnação que torna irresistível o apelo ao tato.

Combinamos de almoçar juntos, desenvolver nossa conversa da véspera. O prêmio pelo qual ela estava em Manaus referia-se a uma crítica que fizera meses antes, destacada entre todas as demais concorrentes, quase cem, de todo o País, de uma récita de *Tannhäuser* no Teatro Municipal do Rio, cujos cenários e vestuário, muito bonitos, ora em vermelho vibrante, ora em branco puríssimo, simbolizavam o mal e o bem, tendo ela os descrito com detalhes que só uma profissional da moda pode observar, associando aqueles comentários às concepções morais de Wagner e de sua época, que havia pesquisado aplicadamente. Matéria escrita, matéria encerrada, interesse deslocado, procedimento jornalístico.

Eu era um velho pianista, mais de cinqüenta anos de estudo e pertinácia. Não propriamente insatisfeito com a frustração do sonho da mocidade de ser um concertista reconhecido no mundo. Serenado, acomodado, na verdade, bem hospedado no respeitoso nicho construído com muito trabalho e imensa devoção, compensações para a falta daquele toque final de talento que faz o extraordinário. Tinha sido um missionário da música no Brasil mais que um pianista. E ainda continuava sendo-o, tocando e gravando peças do barroco mineiro que vinham sendo redescobertas e reeditadas a partir de um trabalho admirável de pesquisa iniciado na diocese de Mariana.

Sim, durante anos tinha levado a boa música de piano ao interior do Brasil, desenvolvendo gostos e estimulando vocações, sentindo enorme prazer no interesse que despertava nos jovens aprendizes que se chegavam em torno de mim a cada excursão que fazia. Tinha sido a minha vida, escolhida por mim, pela qual abdiquei da competição neurótica e na verdade impossível para mim, dadas as minhas limitações de talento. Percorri assim todas as capitais do País, exceto Palmas, Rio Branco e Boa Vista, com a intenção de buscar oportunidades para pelo menos um recital em cada uma delas proximamente. Dava quase cinqüenta concertos por ano pelo Brasil afora, com freqüência maior nas cidades do interior do Rio, de Minas e São Paulo, como do Rio Grande do Sul e de Santa Catarina, mas também no Nordeste, em Pernambuco, no Ceará, repetindo muitas vezes a presença em várias delas, onde encontrava mais estímulo. Levava o bom gosto musical de forma didática, fazia rápidos comentários explicativos antes de cada peça, tocava os clássicos, sonatas de Mozart e Beethoven principalmente, os românticos, Chopin e Schumann mais apreciados, e chegava até a transição impressionista para o modernismo do século vinte, com Debussy, Fauré, De Falla, buscando sobretudo a iniciação das platéias na música erudita. Missão mesmo. À qual acrescentava a divulgação da música brasileira, tão pouco conhecida além de Villa-Lobos. Tinha sido a minha vida, pela qual me separei de minha mulher e dos meus filhos. Missão que estendi ao exterior, apresentando-me como intérprete da música brasileira para piano: Roma, Milão, Paris, Viena, Varsóvia, Hamburgo, Berlim, Praga, Budapeste, Moscou, Leningrado, Boston, San Francisco, fui a Tóquio, a Buenos Aires, à Cidade do México, o pianista brasileiro, tocando Villa-Lobos, Lorenzo Fernandes, Mignone, Henrique Oswald, Cláudio Santoro, que havia conhecido pessoalmente e com ele muito conversado sobre música, Edino Krieger amigo dileto de minha admiração. Era uma emoção muito alentadora, tocar em salas de concerto e em estúdios de rádio e de gravação, escutado como um pianista brasileiro que não tinha a categoria primeira entre os virtuoses do mundo mas era um músico de seriedade que levava ao mundo a música do seu país. Anos, lustros, decênios, tinha conceito, e ainda era chamado.

Dedicação exclusiva, realmente exclusiva, era a minha vida, tinha sido, na verdade uma vida já passada, agora aceitava alunos e escrevia uma história da música brasileira. Dedicação que excluiu o amor, falo do amor cultivado, continuado, necessariamente excluído, uma coisa obsessiva aquela missão, evidentemente anormal, que não excluía entretanto o interesse pelas mulheres, que o tempo todo me atraíam e eu procurava satisfazer essa atração, e freqüentemente o conseguia, não era difícil, as mulheres se encantam pela música, e a libertação das mulheres a partir dos anos sessenta foi realmente uma reviravolta espantosa, uma volúpia, só quem viveu avalia. E o homem não resiste ao impulso da diversidade no sexo, é da sua natureza, falo do homem normal obviamente, e na busca dessa diversidade eu ia com freqüência até às putas com um prazer às vezes maior do que as jovens admiradoras me davam. Aquelas relações que, mesmo breves, objetivas, tinham sempre, de minha parte, alguma dimensão de amor, o amor pontual, evidentemente, mas necessário. Hoje há moças de cultura neste mister, e belas, delicadas, cheirosas. Uma vez vi em Milão, numa loja de livros raros, levado por um amigo violinista italiano, um catálogo das putas de Veneza do século dezesseis, desenhadas por Ticiano, de uma beleza indescritível, às quais só os nobres da época tinham acesso. Depois de horas de contemplação, meu amigo comentou, e eu concordei, que as jovens de hoje, que vendem seu amor nas cidades ricas do mundo, são inegavelmente mais bonitas, mais atraentes sexualmente, têm recursos de tratamento que antes não havia.

Enfim, tinha sido minha vida. Só tive, depois de minha primeira mulher, dois casos únicos de amor, sim, amor mesmo, mais profundo, intenso, um deles irrefreável, enfim dois casos bem vividos e correspondidos, e dissipados pela loucura da minha missão itinerante e pela exigência das tantas horas diárias de estudo.

As mãos não me falhavam ainda, os músculos e as sinapses se mantinham em vivacidade pelo tanto de atenção que eu lhes dedicava com afinco. Mas o corpo como um todo envilecia monotonamente, oh, a degradação, eu a acompanhava passo a passo, e mais, principalmente, o esbatimento do ânimo, daquela vontade que animava e dava prumo ao corpo na atividade incessante. Ia-se. Foi quando a encontrei, em Manaus, aquele encanto.

Foram dois dias somente, três encontros, no jantar, na piscina e no almoço, tocantes, e determinantes, de Manaus fui passar dois dias num hotel construído no meio da floresta, distante uma hora de barco, com passarelas de madeira entre as árvores, de onde se podem escutar os pássaros e o silêncio da mata, e eu via no meio daquele verde exuberante o rosto dela desenhado, e seus olhos claros, cristalinos, esverdeados, cor de jóia, águas-marinhas de um anel de minha mãe, me fitando com atenção, os cabelos lisos bem-tratados.

Procurei-a quando cheguei ao Rio, claro, eu só pensava nela. Fiquei mais de três meses sem sair da cidade, ou uma só vez, atendendo a um convite para tocar e falar na abertura de um curso de férias de julho na universidade católica de Pelotas, uma das cidades de minha predileção. Esse tempo todo, no Rio, foi um tempo dela. Eu continuava meus estudos diários para manter as mãos e o cérebro, tinha quatro alunos que me suscitavam interesse, seguia escrevendo minha história da música brasileira, gravei um CD encomendado por uma grande empresa para ser distribuído como brinde no fim do ano, mas o tempo todo pensava nela, cada vez mais, aos poucos, dia pós dia, eu lhe telefonava, ela ocupada no seu profissionalismo, encontrávamo-nos todo sábado e todo domingo, e mais uma vez no meio da semana, ela aceitava aquele meu assédio, isso quase me bastava.

Que relação era aquela, como se podia chamar? Eu escancaradamente enamorado, resvalando a cada encontro para o apaixonado; ela obviamente percebendo, aliás, eu mesmo já me declarando, curioso como o amor exige a explicitação, a declaração, mesmo a pessoa ciente das dificuldades na correspondência. E ela aceitando, sim, mas sem palavra nem gesto de retorno. Por vezes eu tomava suas mãos em carinho e ela deixava; em três ou quatro momentos, ao dizer um sentimento com mais seriedade, observei certa emoção líquida no seu olhar silencioso. Por duas vezes convidei-a a ir ao meu apartamento com bons pretextos, tocar ou escutar Ernesto Nazareth, e ela declinou com boas razões, coincidência de matérias importantes a fazer naqueles dias. Martha nem de longe foi jamais indelicada na recusa. E entretanto recusava. Era assim.

Ah, sim, Ernesto Nazareth. Eu estava dedicado a escrever uma pequena história da música brasileira, na qual pretendia ressaltar bastante a presença desse compositor pianista, que era uma referência freqüente e enternecida de minha mãe quando falava do Rio do tempo dos mil-réis, da sua adolescência, das tardes em que ia com os pais ao cinema Odeon, chegando com uma hora de antecedência para ouvirem, na sala de espera, aquele Chopin brasileiro, carioca do morro do Pinto, tocar com uma sensibilidade finíssima que encantava toda a gente que lotava aquela sala muito tempo antes da hora do filme.

Antes que o gênio vulcânico de Villa-Lobos marcasse a grande virada, a criação verdadeira da música erudita brasileira, juntamente com Guarnieri e Lorenzo Fernandes, antes, existiu um compositor modesto, silencioso, absolutamente despretensioso, que produziu uma música de piano muito mais erudita que popular, pela elaboração, pela sofisticação com que trabalhava suas peças, e música que era eminentemente brasileira, tinha o compasso brasileiro, o sentimento brasileiro junto com a forma brasileira. Henrique Oswald e Nepomuceno, contemporâneos dele, assim como Carlos Gomes um pouco antes, tinham usado temas nacionais mas faziam música européia. Pois Ernesto Nazareth foi o primeiro, com as suas valsas, polcas, genuinamente brasileiras, o seu tango, o tango brasileiro, criado por ele, nada a ver com o argentino, sua sonoridade e o seu jeito de ser, introspectivo e fecundo, minucioso, foi o primeiro brasileiro, assim eu ia falando e ela escutando, interessadíssima, eu percebi e passei a explorar aquele veio de atenção que a ligava a mim. Sugeri que ela fizesse um trabalho mais extenso, mais profundo, jornalístico, sim, era seu metiê, mas que não coubesse num jornal diário, que tivesse um fôlego maior, próprio de uma daquelas revistas de cultura de muito boa qualidade feitas em São Paulo, um trabalho sobre Ernesto Nazareth, abordando os aspectos humanos da sua vida, a iniciação pianística com a mãe, os músicos de sensibilidade delicada começam sempre com a mãe, os sinistros da sua vida, a influência na sua psique e na sua atividade criadora, a perda da filha na gripe espanhola que assolou o Rio depois da primeira grande guerra, a morte da mulher anos depois, a perda progressiva da audição, tragédia antecipada para um músico, a doença da loucura que acabou levando-o à internação na Colônia Juliano Moreira, de onde fugiu para morrer. A figura típica de uma época juvenescente do Rio de Janeiro, renovado na sua urbanização, orgulhoso das novas avenidas, começando a mostrar-se para o mundo na sua beleza, confiante na sua inteligência depois da vitória espetacular sobre a febre amarela, o Rio promissor de Oswaldo Cruz, que se iniciava no cinema, ainda mudo mas já fascinante, um campo enorme a ser explorado, o cinema Odeon, na ponta da recém-aberta avenida Central, ponto de encontro da gente mais chique da cidade, tudo isso, com o talento dela, dava uma matéria extremamente cativante, outro prêmio que ela podia e devia ganhar. Na parte técnica, estritamente musical, na análise das partituras, eu a ajudaria, até com muito gosto, ela podia contar, eu era um aficionado de Ernesto Nazareth, uma afeição que vinha de minha mãe, e que crescera muito nos últimos anos, quanto mais eu estudava e tocava suas composições.

A excitação dela com essa idéia explodiu, e nossos encontros se amiudaram. Conversávamos sobre tudo, até mesmo sobre amor e sexo, mas é claro que cinema, música, literatura, poesia, teatro, balé era o que mais a interessava, era o seu campo de trabalho atual, onde ela se aplicava com enorme fome de saber e onde eu lhe podia acrescentar mais, na música mormente, sendo condição de êxito profissional para ela, condição que ela em casa e no colégio não desenvolvera na dimensão necessária, havia que recuperar o atraso. Era inteligente, Martha, assimilava tudo com grande rapidez, e falava sem travas e sem obscuridades sobre o mundo contemporâneo e seus projetos de vida, aspirações de ser neste mundo. O amor aparecia com importância, obviamente, mas quase como acessório, algo que podia acontecer, que devia acontecer, às vezes o sexo sem amor, não tinha essas frescuras de mulher antiga, de ter que amar para dar, se era preciso dar para algum diretor ou editor, dava numa boa, de camaradagem, tinha suas justas recompensas, era a vida prática, a vida moderna, ou amor mesmo, se fosse o caso, amor de verdade, mas que acontecesse sem busca ansiosa, sem neurose principalmente, tinha tido experiências agudas e belas, como um namorado que vinha naturalmente da juventude em Londrina e que ela havia reencontrado mais tarde em São Paulo, onde ele retardou sua participação num congresso de pneumologistas para ficar uma semana com ela numa lua-de-mel arrebatadora, inesquecível. Tinha sido sua mais bela e mais intensa, sua mais completa relação de amor, de coração, de corpo, de cama, ele era casado, ela tinha sofrido muito mas nem de longe queria que ele desfizesse o casamento. Tinha também tido um namorado americano que havia passado dois anos em São Paulo como professor visitante de biologia, um homem maduro e tranqüilo, que fazia amor sem ânsias, quase com bondade, interessado nela, sem a obsessão do orgasmo dele, um namoro bem mais demorado e sedimentado, que ainda durava à distância, eles se correspondendo pela internet.

Nos nossos encontros, freqüentemente eu tomava suas mãos e acariciava-as, ela não só permitindo mas até parecendo agradada. Na despedida, muitas vezes eu encostava minha boca nos seus lábios, de leve, beijo de carinho não de sexo. Uma vez num táxi tentei beijá-la mais profundamente e ela retirou a boca, deu-me a face. Era evidente que o meu anseio por ela lisonjeava-a, mas o interesse dela por mim estava no que eu podia lhe dar numa relação de afeto grande e verdadeiro, que beirava o amor, e até o sexo, mas não penetrava esse círculo mais íntimo. Ela tinha entretanto um cuidado com a minha pessoa, e com os meus sentimentos, que sempre me pareceu muito sincero, verdadeiro, um cuidado permanente, delicado, que só o amor desenvolve, na verdade muito parecia amor de filha a pai, mas era amor, sim, um cuidado de amor, quantas vezes analisei aquele desvelo-ternura para concluir que era uma forma de amor, que me fazia um grande bem. E ficava a pensar que um dia, depois de mais alguns meses daquela relação íntima, ela cederia aos meus rogos, ao meu assédio esmerado, brando, meigo, amoroso. Ela não teria razão para não ceder. Ou teria. Ah, sim, talvez tivesse, quase com certeza tinha.

Martha tinha pouco mais de trinta anos, estava num auge de energias vitais e de aprestamento dos terminais sensíveis do tato, uma sensibilidade que tanto podia ser para aderir e acasalar num repente, como para rejeitar o que fosse desprazeroso à pele. Uma diferença de mais de trinta anos na idade inevitavelmente determina um desencontro, uma incompatibilidade decisiva na composição dos sutis vapores hormonais emanados pelos poros da pele. Eu percebia esse desencontro, eu sabia, eu reconhecia e me ajustava a essa realidade, ainda que amarga para mim, em troca tão-somente da doçura da presença dela, sem esperar que ela viesse a ceder como cedia numa boa, numa camaradagem, no caso de um diretor ou editor mais jovem que lhe facilitasse caminhos.

Mas aquele encontro no cinema, o aninhar carinhoso e espontâneo da cabeça dela no meu ombro, inesperado, depois de meses de uma convivência que esticava estímulos e desânimos no espaço do amor, aquele curto-longo tempo de namoro explícito, duas longas horas de ternura diante das belas cenas do filme, aquele momento que havia aberto uma ligação direta entre nossas almas, aquele momento no cinema iniciado por ela perturbou todas as minhas observações e conclusões anteriores. Expectativas se me abriram, como se me dissessem a vida vai mudar completamente, espere, espere um amor muito carinhoso, um tesão mais de carinho que de sexo, tal como você sente por ela, ela também é capaz de ter por você, espere, espere, tenha esperança.

Foi assim, dezembro ia avançado, dois dias depois ela iria para Londrina, passar o Natal e o Ano-Novo com os pais, como fazia sempre: é assim, a origem da gente chama forte todo fim de ano. Passada a primeira semana de janeiro, voltaria ao Rio, e o coração me dizia espere, espere.

Esperei. Passaram-se a primeira e a segunda semanas, nada. No início da terceira liguei para o celular dela: estava desligado na primeira e na segunda tentativas, e continuou desligado no dia seguinte. Esperei mais, e chegou um e-mail dizendo que não poderia voltar nos próximos meses, depois me diria numa mensagem mais longa as razões que a retinham; mas que eu não me preocupasse com ela; estava bem.

Sete meses se passaram e não recebi qualquer notícia daquelas razões. Considerei, considerei, e tive pejo de tentar outra vez o celular. Conjeturas: tinha reencontrado uma vez mais o verdadeiro namorado que morava lá, o pneumologista, agora talvez separado da mulher, condições absolutamente propícias ao reacender da combustão de amor, então definitiva. Ou não, ele continuava casado mas o simples reencontro, a presença dele, foi suficiente para aclarar a incompatibilidade de pele na relação comigo, onde não se manifestava a força do viço da vida que ela ainda tinha latente. Isso acontece muito, a elucidação de uma dúvida por um contato diverso que dispara uma centelha luminosa, iluminadora. Ou qualquer outra hipótese, havia contado à mãe e escutado um comentário de escárnio, zombaria mesmo, que coisa mais absurda, uma moça tão bonita como ela, de namoro com um cara da idade do pai. Talvez até tivesse já voltado ao Rio, sem me procurar.

Aceitei, não quis conferir, a dor poderia ser maior.

Não era caso de tango argentino, mas refugiei-me em Ernesto Nazareth, com certeza um homem triste, saudoso, de extrema finura nos sentimentos, debrucei-me sobre aquelas raridades que eram bem brasileiras, que eram minhas também, aquelas valsas, polcas, tangos, toquei como nunca aquela música que me fazia vir a imagem de minha mãe, tão delicada, doce. Sem deixar de pensar nela, em Martha, um dia sequer naqueles meses seguintes, ver-lhe o rosto, os olhos, ouvir-lhe a voz com emoção. Dizer coisas para mim que eram para ela, alternando entre a ira do amor frustrado e a brandura do enternecimento obstinado, evitando obviamente palavras mais cruas, desestabilizadoras para mim, como repúdio, repulsa, essas coisas da realidade mais dura.

Martha. Ernesto Nazareth.

O Poeta

Eram horas, desoras, de vinho do Porto e rabanadas, portuguesadas, raro inverno no Rio, e conversávamos sobre o passado nosso, verve do tempo dos mil-réis, contos, ele, poeta de corpo muito magro, rosto de ossos largos e olhos fundos, movendo as mãos pelas palavras e convindo comigo nas lembranças. E nos juízos: perdeu-se substância, era um consenso. Havia e não há mais, a beleza, dita, escrita, posta em fôrma com sabor e com luz, era-se capaz de conceber e avaliar, de desfrutar, fazer, sempre mais difícil, mais aplicadamente, "havia, hoje não há mais, hoje a poesia não diz mais, é dessignificada". Os olhos do poeta baixam desbrilhados, eu o observo levantar-se, claudicante ir à estante e trazer um livro, abrir e ler, tudo em compasso de setenta e poucos anos, ler um conjunto de palavras, com beleza propositada em cada uma, vê-se, poesia em assembléia de palavras até joeiradas com cuidado, poesia entretanto vazia no dizer.

— Entende?

A camisa dele era azul-ferrete, num pano de linho grosso que abundava sobre uma camiseta branca de manga comprida, arregaçada até o meio do antebraço, e o tronco estreito, quase oco, com braços ressequidos. Tinha certa alergia a lã.

— Impostura, meu caro, frescuras da modernidade; nova forma literária não pode ser, nova forma de dizer, se não diz nada, impostura, divertida às vezes, tá bem, elaborada, orações secas aqui, candentes acolá, um certo fio tão tênue que invisível, unindo coisas do fim a frases do princípio, numa tentativa de composição, mais ou menos, tanto vaga que exige grande esforço de revelação, concertação entre verbos e sentenças que só pessoas muito inteligentes podem divisar. E entender. Ora. Impostura, meu caro, incapacidade de cursar um texto com graça e com sentido como se fazia.

Fechou o livro com ruído, jogando-o sobre uma poltrona vazia. E eu que tanto me lembrava de poemas que minha mãe lia com prazer, sem que eu soubesse bem de onde vinha aquele gosto estranho que ela tinha, era menino, palavras de amor me soavam com certo mistério de profundidade, poemas de J. G. de Araujo Jorge que minha mãe lia e gostava, depois, anos, vim a conhecer esse senhor como político, deputado eleito pelos seus leitores admiradores da nossa cidade, não faço aqui juízo sobre sua poesia, que não é tida como melhor, um besouro contra a vidraça, me lembro da capa, apenas comento que podia ser fraca mas não era impostura, como qualifica meu amigo a poesia de hoje.

E então divagávamos, o homem mudou nesses cinqüenta anos últimos como não mudou durante dez séculos da Idade Média, ou nos duzentos anos de Iluminismo, até o seu esboroamento, que estupidez. O menino de hoje, que menino joga mais botão ou coleciona selos?

— A gente tocava punheta contidamente, com medo de viciar e ficar abobalhado.

Rimos. Saudosismo? Com certeza, porém, mais, com certeza também, podia ser isso e era também, o novo homem, em transe, estraçalhado nessa loucura de competição total, essa merda, guerra hobbesiana de todos contra todos, sem tempo de contemplação nem de reflexão, vai desconjuntando o seu *logos*, seu distintivo na criação, seu próprio ser, a clareira. A cada vez que se levantava ou sentava, ele tinha que mexer numa pequena válvula que se abria ou fechava para o movimento do ar na articulação que fazia as vezes de joelho da perna mecânica que usava. Havia próteses mais modernas que não exigiam aquela operação, mas ele recusava, eram frescuras da modernidade, igualmente desnecessárias, aquele velho aparelho funcionava muito bem, usava-o havia mais de cinqüenta anos, cinqüenta e um anos, para ser preciso, naquela noite infeliz, princípio de junho, tempo fresco e agradável do Rio, ar maravilhoso, próprio ao vinho do Porto, naquela mesma noite em que conversávamos, mais tarde, ele me contou como foi o acidente, sem detalhes, mas contou como se passou, pela primeira vez.

Era a descomunicação, continuava em diatribe, desancando a poesia contemporânea, não podia ser uma nova forma de dizer; novas formas haveriam de querer dizer, sempre, mesmo em poesia, aliás, principalmente em poesia, que era a essência da literatura, da arte do dizer humano, ele enfatizava, com mais beleza ou menos, mas dizer, literatura não era uma arte plástica que podia levar suas formas e suas cores diretamente à alma, passando pelo cérebro direito, como a música, e diretamente produzir na alma a sensação estética sem passar por nenhuma operação de decodificação de signos, palavras, sem passar pelo hemisfério esquerdo, o do *logos*, palavras sempre querem dizer, são feitas para dizer, dizer ao coração, quando têm arte e não são pura informação, dizer pela via do nervo, sim, mas dizer com sentido consentido.

Concordei, escutava com atenção o que ele dizia e repetia, quase podia dizer que escutava com fascínio, talvez não fosse o caso, não chegasse a tanto, mas com emoção, certamente, o caso era que eu conhecia e admirava sua poesia, e éramos identificados pela idade, ele ligeiramente mais velho, muito unidos pelos impulsos da nossa geração, que via sentido nas coisas, nas crenças, necessárias, essenciais mesmo, a crença maior no sentido da vida, estofo da vida humana, num tempo em que não podíamos crer tão-somente no sucesso do dinheiro ou do poder, sem um sentido maior, não nos atirávamos nessa demência da sucessão de esforços e eventos falsos promovidos, mídia, coisas refalsadas preenchendo, de fora, pretendendo preencher dimensões internas decisivas, dimensões mais íntimas do próprio ser.

— O amor, sim, mas não só, a obra também, os feitos mesmo pequenos mas verdadeiros, a família, olhe, a família, todo esse pomar de frutos cultivados de geração em geração que faz o preenchimento, o estofo do ser, meu caro, e a moral também, as leis da liberdade kantiana, sem essas crenças essenciais a vida vira um exercício fútil, e mais, extenuante. E a política, ah, havia a política, pensava-se e discutia-se política, a revolução, a mudança radical do mundo pelo marxismo irrefutável, por uma exigência moral, de justiça, irrefutável.

O negócio é que o homem pensa hoje que não crê, o homem daqui, dessa nossa metade da laranja, eu apontava para o chão, nossa metade da maçã, ele corrigia, perdeu seu Deus antropomórfico, sua criação maior em todo o tempo, fundamento do sentido das coisas, da própria vida, garantia da recompensa do esforço, da certeza da justiça, eu dizia uma coisa, ele outra, desdobrando aquilo, o Deus perdido, definitivamente, não explodido mas corroído nos vitríolos da ciência, nas radiações da ciência, intensas, luminosas, poderosas, enfraquecido pela força do *logos*, debilitado e finalmente consumido pela razão, logo a razão, o dom do ser, dado por Ele mesmo, o decaído.

Eu sabia que ele ia falar de coisas suas, pessoais, era questão só de cálices a mais, e esperava, ouvia com atenção, mastigava a doçura de uma rabanada, aquele açuquinha em cima da massa fofa, e participava, acrescentando frases, porque também interessado no que escutava, não apenas esperando a confissão.

— Perdidas outras crenças também fundamentais, desdobramentos na moral e no dever de todo dia, na justiça, no que é justo e o que não é, e mormente na fraternidade, isso meu caro, principalmente a fraternidade, completamente perdida, mantido só o valor da liberdade, não a interna, kantiana, mas a externa, das leis votadas e policiadas, liberdade freqüentemente distorcida, cínica, falsa, hipócrita, contudo liberdade, não vamos deixar de reconhecer, e sobretudo o valor da eficácia, ah, sim, essa é a chave, tudo na eficácia daquele que opera qualquer coisa útil.

— Você já fez análise?

Não, eu não tinha feito, embora tivesse tido grande vontade de ver-me por dentro com mais acuidade, não tomei a decisão, não sabia dizer exatamente por quê, talvez por me faltar alguém que me inspirasse a confiança necessária para aquela entrega íntima.

— Sim, entrega, você disse bem, eu fiz, não por opção madura, fiz induzido por meu pai, por minha mãe, pelo meu médico, uma porrada de razões insistentes, a moda estava entrando e se impondo, eu estava realmente no fundo do poço, minha vontade liqüefeita, uns dois anos depois do acidente, a vida sem uma perna, aquela merda, fiz, sete anos, não vou dizer que foi ruim, que não adiantou nada porque na verdade me ajudou a sair daquela merda, comecei a ir às putas e fui reganhando o gosto pela vida. Porém...

— Porém... — eu quis saber.

— O analista não quer nunca deixar você voar, o esforço dele, permanente, dia após dia, é para te fazer andar no chão, cara a cara com a realidade, e se você não reagir, se não se libertar desse peso que te mantém no chão, feito sapato de astronauta, você perde a poesia da vida, tudo fica chato, pão-pão, queijo-queijo, muito chato. E a poesia é necessária, meu caro, eu sei que você sabe, é condição de felicidade, é condição de equilíbrio, é tão indispensável quanto aquelas crenças nos valores maiores, essenciais de que estávamos falando. Então é preciso olhar e ver o horizonte mais largo, aquele que vê de cima, nunca só o estreito, é preciso ouvir Beethoven, escutar a Nona Sinfonia, a Ode, escutar a Quinta, o quarto movimento da Sexta, escutar, atentar, sentir, amar, extrair o significado e a beleza, compreender o valor maior da Humanidade, proclamado naquela música que convoca e que o promulga, que celebra, sublime, a crença última, essencial, fundamental, na Criação, no seu imenso vôo pelas eras, do alfa ao ômega, Teilhard de Chardin, até o ser do *homo*, o próprio, de hoje, este, e o novo, sim, o que vem, o que virá, o novo ser, a Europa das guerras seculares sacudiu fora os rancores velhos, instituiu a irmandade, com constituição e tudo. E aí começa o amor. E a labuta nossa. O ser é isso aí, o dever do aprimoramento. Não acha?

Sim, eu achava, percebia que o espírito do velho vinho português abria espaços largos e antigos no discurso dele. Ele me pedia que falasse sobre o amor. Acedi, até com leveza, tinha também tomado o Porto, e comecei dizendo do amor primordial, força originária, o microamor, o nano, que também se aprimora como a vida, seguindo as linhas de força da própria Criação, que principia na atração entre partículas, nanoenergia, nanoafeto, no átomo de hidrogênio, o mais simples, o elétron e o núcleo atraindo, um nada, começa e vai, e vai, ponto por ponto, fazendo as formações mais encadeadas, milênio por milênio, aos milhões, vai, vai, até aquela composição prodigiosa, a proteína e logo a incrível organização da vida, a vontade do amor, sempre manifesta, persistente, invencível na perseverança, até dar na vida, e vai e vai, seguindo em propósito inquestionável, puxando filogêneses, abrindo e fechando, criando novidades, a reprodução assim e assado, reprodução sexuada, em complexidade indescritível, até dar nos mamíferos, esses bichos amorosos, tão belos, admiráveis, e seguindo mais, sempre e sempre, em pertinácia inquebrantável, até a ternura, a doçura do homem e da mulher.

Os olhos dele perderam-se no enlevo da minha fala, eu dizia o que ele queria, e evocava seu amor último, que havia ficado com ele, uma mulher que nadava e malhava em máquinas de academia, mas não em demasia, mantinha músculos tenros, e dançava no espaço de tão bonita, andava sobre as águas como Jesus, e como Ele ensinava lições adultas, em clave maior, sobre a beleza e a verdade, sobre o tempo, suas aberturas, deixando escolhas maduras dos dias de fazer e desfazer, aquela bela mulher de olhos claros que trazia uma aura especial, a um tempo santa e sensual, da qual ela mesma não tinha completa consciência, ela ainda um pouco lamentava equivocadamente a perda de uma outra beleza que ficara nas fotografias, a beleza do ter em outro tempo, do ter na consistência do corpo, não ainda a beleza do ser, que trazia agora, ainda no corpo mas também na alma, aquela textura especial, transparente, pura, que mostrava o saber de modelar e integrar corpo e alma num só elemento, feminino, ah, bem feminino, tenro e terno, pronto ao carinho, onde um dia, sim, meu caro, ele disse com voz cheia e cava, um dia, com certeza, eu quero vir a me fundir.

— Como assim?

— Assim mesmo, como digo, as palavras, sem necessidade de gestos, fundir-me, fundirmo-nos, penetrarmo-nos um pelo outro, pelo genital natural, pela boca, por toda a pele, poro a poro, por inteiro corpo a corpo em fusão, efusão, impregnação, até o dentro da alma, cada uma em uma, a essência amalgamada.

Aquilo era amor, sim, ele disse e eu compreendi, senti, quis puxar mais, tentei: "Não, meu caro, deixe pra lá, isso tudo é ilusão, coisa de velho já de pé na cova, passou, não sei se existiu ou não, não sei se não foi apenas ilusão requentada, sou muito dado a ilusões, é quase o meu *métier*, meu mister na vida, essa vida mutilada que eu carrego há mais de meio século."

A mutilação, cinqüenta e dois anos estava fazendo, chorando em seco ele lembrava, e então foi desfiando um longo fio de história dos anos, era mil novecentos e cinqüenta, meio do século. Era um tempo maravilhoso, ele dizia, depois da guerra, onde até o Brasil granjeou glórias na Itália, democracia, nazismo e crueldades nunca mais, o Brasil ressuscitando Getúlio, grande, pelo voto, um ano maravilhoso, ele envolto numa aura brilhante que ele mesmo havia construído pelo esforço, disciplina, mas também pela graça, tinha vencido a disputa pela namorada, sua paixão naquele ponto, tinha ganho de outro mais velho e mais rico, tinha sido campeão de remo pelo Botafogo, treinado por Rudolf Keller, e havia entrado na Escola de Engenharia, a Politécnica, classificado em segundo lugar no vestibular entre mil e tantos candidatos, em primeiro lugar na verdade, para ele, porque só perdera o posto por uma nota sete em desenho, imbatível nas matemáticas, dez em todas, álgebra, geometria, trigonometria e analítica, dez em química e nove em física, tinha perdido no desenho geométrico, mas a alma estava forte e confiante como nunca, e generosa, que lembrança pura, tinha a imagem do espelho a seu favor, era um rapaz bonito de face clara e porte elevado.

— Não era um tempo de imbecilização — frisou —, não se conhecia isso de hoje, essa coisa da televisão, bem, você também viveu aqueles anos, idiota aqui, outro ali, claro, sempre houve, mas não essa imbecilização em massa de hoje, de grande complexidade e abrangência, que chega até a estimular inteligências especializadas, aptidões operacionais incríveis, o saber fazer as coisas muito bem, até excepcionalmente bem, mas sem saber por que ou para quê, sem indagar, excelências no esforço e até no caráter, na razão operacional, mas zero nos saberes maiores, na poesia, na filosofia, imbecilização paradoxal de verdadeiros gênios, distorções do velho e poderoso capital, você sabe melhor do que eu — e eu concordei.

E ele prosseguiu falando com insistência da imbecilização maciça, repetindo com certa indignação, que não havia naquele tempo, ou não tinha ainda se massificado, eu percebendo que aquilo era um grande preâmbulo, ele ia falar do acidente, mas engrandecia o momento vivido, comparava-o com o apequenamento cínico do atual, do capital, como dizia, naquele tempo brilhava bem viva a utopia socialista.

— Hoje o traço é o imediato, eu quero agora, preciso agora mesmo, o narcisismo e o arrivismo, o estrelato, sobretudo na televisão, importa ser popular e adorável, sempre sorridente, ter aparência e representação, plástica, botox, silicone até nos conceitos de beleza e simpatia, valor maior nos peitos, na bunda, aparecer bonita e subir, granjear fama a qualquer custo, moral é moralismo, coisa do passado, meio que mofada, família nem existe mais, aquilo de ontem, pai, mãe, um saco, respeito que é bom é mídia, sem marcos nem pautas de valor, é mídia, mesmo com insídia, ou então é galera, também serve, sim, também galera jovem, de garotas e rapazes em vibração de prazer, ecstasy, coisas assim, orgasmos de alegria e de mentira.

O preâmbulo se estendia, grande, certamente tentativa de evitar ou pelo menos empurrar à frente o ponto, a narrativa: "Da imbecilização se vai ao crime, naturalmente, conseqüentemente, escorregando, quase imperceptivelmente, por um nada qualquer, um tênis, uma bunda, um par de brincos, ou por instigação de outro, incitação ou instilação, até por exultação, um ato de glória, estupidez que atinge alcances inimagináveis, e vai, depois, passo a passo, estarrecendo menos, um senão, espraiando-se em planuras cada vez mais largas, na banalização. É a modernidade, que fazer?"

Oh, essa resposta eu tinha, o que fazer, e dei, falar, dizer, mostrar, discutir, argumentar até o amanhecer, não ceder, não descoroçoar, nem arreglo nem arrego, afirmar sem perda de energia, e mais: exemplar com vida e amor, exercitar o humanismo dos grandes, e com simplicidade, simplesmente, mas com a força dos crentes.

Sorriu, concordou, gostava de mim, seu velho amigo de tempos e idéias, ideais. E então parou para contar, terminava o preâmbulo, preenchia-se o fosso de afeto.

Não mencionou detalhe, só da dor quis falar, e não conseguiu, impossível o esforço de dizer aquilo que relato nenhum pode transmitir, a dor física, dilacerante, insuportável mas vivida um tempo curto e olvidada; e a dor da alma, a dor de dentro, que fica para sempre. Vinham de Niterói, cinqüenta e dois anos atrás, e ele quis ser o primeiro, tinha tido uma noite alegre e confirmativa dos júbilos daquele ano, dos seus triunfos, na festa do Viriato foi visto e comentado como um destaque entre os colegas, olhares sobre a sua figura agradável, bonita, dançava bem, dançou e se encantou por uma garota de olhos esverdeados e cabelos castanhos, Lívia, se chamava, inesquecível, linda lhe pareceu, dançaram muito, ela morava em Icaraí, perto do Viriato, amiga dele de menina, muito bonita mesmo, ele viria a Niterói mais vezes, não diria nada a Diana, claro, era só um flerte sem maldade, um aceno de coração que não se aprofundaria, só porque ela era mesmo uma beleza de olhos verdes, encantado com mais aquela vitória, era certo que ela tinha gostado dele, um ano de gáudios aquele mil novecentos e cinqüenta, não pensava assim naqueles dias, não precisava fazer avaliações, vivia, simplesmente, sentia correr a leveza da felicidade, pensava agora, ainda, isso sim, o que havia pensado no meio século seguinte àquele dia, melhor, àquela noite, era de noite, tinham corrido para apanhar a barca de meia-noite, depois, só uma hora da manhã, conseguiram, alegremente, eram quatro, colegas do Viriato que moravam no Rio, era meia-noite e meia e chegavam no Rio, a barca ia atracar, e ele quis ser o primeiro a pisar o outro lado, faltava um metro ou menos, difícil precisar, muito difícil, até porque os sentidos estavam levemente embotados, só levemente, sem nenhum risco de perda do bom senso, só talvez um pequeno erro na avaliação das distâncias, tinha tomado algumas doses de cuba-libre, gostava do sabor gelado daquele rum com coca-cola, mas quis ser o primeiro, estava se acostumando a ser sempre o primeiro, faltava menos de um metro e ele pulou, nem armou bem o pulo, não havia necessidade, dada a distância tão curta, pulou, nenhum dos três amigos tentou impedi-lo, a distância era pequena e ele pulou. A perna esquerda alcançou o chão da plataforma do Rio, a direita também, mas só com a ponta do pé que escorregou na quina úmida e afundou na água, um susto, mas só, no instante em que sentiu a canela da perna mergulhar na água fria, nem passou pela cabeça que no instante seguinte, um segundo talvez, vinha a proa da barca, com suas centenas de toneladas que não podiam ser freadas. O esmagamento. Não me esforço por imaginar, nem faço a tentativa, por impossível, a dor e a compreensão da tragédia, a dor física insuportável, a perda dos sentidos, o horror dos amigos e dos marinheiros, dos circunstantes, lamentos, os minutos de consciência e inconsciência até chegar a ambulância com sedativos, o despertar, já na primeira luz da manhã seguinte, sem a perna direita.

E a longa convalescença. Muito longa. A própria vida mutilada, que precisava ser toda refeita, reconstruída toda ela, a partir de um novo marco zero. Sim, zero, para trás era o nada, a matemática, a ciência da engenharia, o remo, outros esportes, nada mais, Diana mesma, não queria mais, ele não queria, para evitar o não querer dela que viria com o tempo, ele sem perna, um mutilado, podia até pedir esmola na rua, jovem, belo, inteligente, querido, confiante, traído miseravelmente pela vida.

O longo aprendizado, dez, vinte anos, ouvindo música, único traço que o ligava à vida antiga, o novo gosto pela música, o apuro, o estudo, o curso do Conservatório, para buscar a profundidade das partituras e perscrutar os intérpretes, anos, muitos, até começar a fazer suas apreciações e ganhar o reconhecimento, tornar-se um crítico musical respeitado. E desenvolver o gosto pela palavra, a sensibilidade da palavra, dita, escrita, ligá-la à música, fazer seus primeiros poemas, nunca, nunca antes podia imaginar, ele, finalmente um poeta, publicando seu primeiro livro, com quarenta e seis anos, aos setenta e dois poeta consagrado.

— O poeta só é grande se sofrer, isso não é só canção de Vinicius não, é verdade verdadeira, meu caro, e este é o meu problema, eu ainda não sofri muito. — Ria, aquele riso esgarçado, eu não sabia se ria com ele ou não. — Ainda tenho uns dois ou três anos de tempo, quem sabe, talvez venha a sofrer o bastante para ser grande; o problema é a caduquice, que hoje tem uma porção de outros nomes mas chega inexorável do mesmo jeito. — E ria muito mais, então já descontraído.

A Centelha

Olhar pela janela é um lazer curto, conveniente porque preenche pequenos interstícios em meio ao trabalho, e é uma comunicação com o mundo, ela, Nelma, vê o mundo toda hora pela janela da cozinha, terceiro andar, vê uma tela real onde sempre há um movimento, alguém que passa, alguém que se ocupa, lava a calçada, esguicha, lava um carro, passeia um cachorro, regularidades, como a cozinheira do apartamento do outro lado da rua, também à janela, sempre, fumando um cigarro e apreciando os fatos, cara redonda, gorda e negra, muito mais que ela, Nelma, que é só morena, da raça mesmo só o cabelo que ela mantém bem curto, Nelma, tranqüila, nunca coincidiu de ver na hora um acontecimento empolgante, trombadas de carro na esquina, coisa até de certa freqüência, ouvia o barulho, corria e via já os carros batidos, as pessoas saindo e gesticulando, uma vez houve um assalto com morte, bem embaixo da janela, ela ouviu três tiros e só viu o assaltante saindo de motocicleta e o assaltado esticado e sangrando na calçada, de pois a gritaria, o corre-corre, as tentativas de socorro, a moradora do prédio, médica, abaixada junto ao homem, coitado, morrendo ali, chocante, de alterar a respiração, mas no comum dos dias nada daquilo, só a pacatez da rua, secundária, a velhota do outro apartamento em frente tinha ganho um papagaio, ficava com ele no dedo tentando ensinar palavras, locuções, aquele bicho verde, engraçado. O Jardim Botânico é um bairro antigo, e dona Aurora, a mãe do patrão, de setenta anos, que mora com eles, gostava de falar do tempo em que comprou aquele apartamento, em 1940, por trinta contos de réis, e veio morar ali com o marido e os dois filhos, o menino e a menina. O prédio era novo e o que fica em frente estava acabando de construir, naquela transversal bem perto da rua Jardim Botânico. Prédios de três andares, sem elevador, o deles ficava no terceiro, era bom subir as escadas, e a paisagem era bem diferente, dona Aurora falava meio aos arrancos, dizia frases rápidas e parava, mas sua voz era clara, tinha uma boca pequenina, de lábios bem fininhos, mas que viviam se movimentando com vivacidade, tanto mais quando falava das coisas antigas, do seu tempo, o tempo em que não havia televisão, o tempo que rendia mais, parecia que se vivia mais. Para dentro da rua, para o lado do morro, havia muito mais árvores, terrenos vazios, bichos, macaquinhos, pássaros, tucanos, uma beleza. E a rua Jardim Botânico, que era vista da janela, era completamente outra, tinha muito menos movimento de gente e de carros mas havia o bonde, que passava de dez em dez minutos, estrutura forte de ferro que rolava sobre ferro, e carregava um monte de gente, nas horas de fim de tarde uma montanha de gente empilhada, extravasando para fora nos estribos. O bonde sempre fresco, pintado de verde, não dava calor, era ventilado, todo aberto, um motorneiro e um condutor davam conta daquilo tudo, às vezes subia um fiscal, com um boné graduado, anotava coisas, contava e anotava numa caderneta, depois carimbava e descia, ia fiscalizar outro.

Nelma escutava e apreciava aquele falatório, que era acelerado no dizer das frases mas era calmante no conteúdo, que falava de um tempo de placidez com mais beleza, como a senhora dizia e descrevia, as duas na janela. E ficava a imaginar depois, quando só, se não era melhor antigamente, vivia imaginando e comparando, e perguntando a dona Aurora. Comparando com aquela vida sem sabor e sem realces que levava agora, como a própria fala dela, Nelma. Há pessoas que falam eletricamente, como dona Aurora, falam e parece que convencem mais, têm mais força na fala, com expressões de gesto, de face, com voz que sobe e desce, com vida, bem ao contrário dela, Nelma, que não falava pouco mas dizia tudo com a mesma cara limpa e a mesma voz insossa e morna, ela mesma reconhecia, e entretanto afável, a ponto de passar uma aragem de paz às outras pessoas da casa e da vizinhança, aquele rosto moreno e arredondado, sem nervo, a pele bem lisa e a mesma consistência de pudim que tinha nos braços, nas pernas, nas nádegas, consistência macia mas não enxundiosa.

Tem uma prima, que mora e trabalha a três quarteirões, companheira de passeio aos sábados e domingos, dois sim outro não, porque de três em três semanas Nelma vai a Laranjal ver a casa e os parentes, a mãe, uma irmã que mora lá, pessoas amigas, não quer perder o vínculo, pensa em voltar a morar lá quando ficar velha sem poder mais trabalhar; lá é tudo muito mais barato e mais tranqüilo. A prima também é de lá mas não vai mais, não tem mais ninguém assim pra ver nem interesse nenhum naquela terra. Vai, sim, com ela, Nelma, aos shows da praia, aquela gritaria nos alto-falantes, e aos passeios pela orla, andam por ali comendo milho cozido e vendo as pessoas, ou ficam no apartamento onde mora a prima vendo televisão quando os patrões viajam. Às vezes fazem uma coisa diferente, vão com outras à quinta da Boa Vista, amigas, algumas até de Laranjal; duas delas falam muito de homem, têm namorado, às vezes sim, às vezes não, mas falam, às vezes até coisas de malícia e mesmo de patifaria, elas escutam e riem; entre elas, Nelma e a prima sozinhas, não falam disso, mas vêem televisão, cenas de homem e mulher, e acham graça, às vezes em silêncio de atenção, outras em risadas. Uma vez foram ao cinema, ver *Central do Brasil*, oh, como gostaram, falaram tanto, comentaram dias e dias.

Nelma lê beiradas de jornal e fala também sobre política, com a prima e com o patrão, um jornalista, quando ele está tomando café e fica ouvindo. Fala de grupos da sua cidade, explica as razões locais da política, as famílias, mas diz comentários nacionais também, gosta do Lula, do Itamar, sabe do gosto do patrão, fala do Serra com certo deboche, mas sem mudar a entonação, o Serra disse isso, fez aquilo, coisas que ouve no rádio, só palavras, sem expressão. Sabe também do Bush e do Iraque, mas sabe que o mundo é assim mesmo, natural, vai mudando só muito devagar, e não vale a pena dar relevo a essas coisas.

Nelma, trinta e seis anos, vinte de Rio de Janeiro, não fala mesmo de homem. Recebe algum telefonema ao fim da tarde, vozes femininas do outro lado, ô isso, ô aquilo, coisas de interesse, do dia, coisas só de mulher. Um dia perguntou a dona Aurora como era no seu tempo, se mulher falava de homem.

Falava, sim, falava, mas nunca com a fala de hoje, falava que um homem era bonito, que era educado, que era escuro, gordo, magro, era claro, era mulherengo, que era safado, sem detalhe, que o quê, nenhum detalhe, como se fala hoje, do corpo dos homens, nunca, nem de longe de sexo, nem de longe, imagine, coisas que se faziam na cama, casais, às escondidas, nem uma palavra indireta, só mulher muito sem-vergonha, era muito raro, tinha uma lavadeira portuguesa muito desbocada que falava do charuto do peixeiro italiano, o charuto de baixo, que ele vivia coçando enquanto andava berrando seu peixe, às vezes falava de arauto em vez de charuto, que coisa engraçada, arauto, como se anunciasse o peixe com o charuto de baixo, tirando também baforadas com o de cima que levava na boca e gritava.

Riam muito, dona Aurora era engraçada, falava com ela com certa intimidade, ficavam as duas em casa sozinhas o dia inteiro, o patrão trabalhando, chegava tarde. Falava mal da nora que se tinha separado, deixado o filho por um outro, meio francês meio turco, que enfeitiçou ela, enfeitiçou pelo sexo, essa coisa de sexo que se falava agora tão abertamente, vê se antigamente havia dessas coisas, os casais viviam junto até o fim, como ela, com o marido e os filhos até enviuvar, era uma vida mais honesta, havia vergonha.

Nelma é cozinheira e sua comida é saborosa, gosto mineiro universal. Boa de alma, mulher de cara saborosa, olhos mansos, o cabelo bem crespo curtinho, o corpo redondo.

Ao lado dela vai Arnoldo, catarinense que há cinqüenta anos é do Rio e há uns trinta é do mundo, viajado, reconhecido, interpretado, é compositor e vai inaugurar uma sala de concertos em Muriaé que leva o seu nome, homenagem justa, por tanto que ele incentivou e ajudou os raros músicos daquela cidade mineira tão interiorana, tão rural, isolada dos pólos culturais da capital e das cidades históricas. Vai reger um concerto só de obras suas com uma pequena orquestra de Belo Horizonte, da UFMG, ele que já regeu em Hanover, em Bonn, em Milão, até em Tóquio. O ônibus é moderno e confortável, macio como a mulher que vai ao lado.

A ascendência alemã não tolheu nele a expansão de um senso de humor e um jeito de rir muito carioca, de boca larga, um jeito de inspirar simpatia à primeira vista. E entretanto, sério, face de bom caráter, tido e havido com unanimidade, tal era seu prestígio, seu acatamento na geração de músicos que cresceu no Brasil na segunda metade do século vinte. A viagem era longa mas não desagradável, pela paisagem que conhecia e apreciava, a mata pujante em toda a subida da serra, depois aquelas elevações verdes de Teresópolis até o vale do Paraíba, ia olhando quase sem pensar, olhando com o gozo pacato de olhar o mundo pela janela. Não pensava em música numa flutuação de relaxamento como aquela, em gozo de olhar, em panorama amplo de dia fresco e ensolarado, em movimento, em variação de formas e cores.

Pensava sim, pensava muito, tinha um passado de atuação política de cunho filosófico, marxista, e ainda gostava do debate político, mantinha suas convicções, pensava muito, sim, e tirava gosto nisso, tirava gosto e projeção, escrevia artigos, tinha idéias e conceitos sobre estética, teorizava coisas da música, não se adaptara nunca à estética da música contemporânea, à música concreta, à música eletrônica, e dizia verdades que eram dele, muito claras para ele, sabia que não se podia mais laborar nas tonalidades do passado, mesmo sendo elas mais belas, convincentes à alma humana, sem dúvida, mas não podia porque essa era a expectativa do público musical do mundo inteiro, e ele mesmo fazia música sem cânones, buscando só as linhas da sonoridade intuitivamente bela para ele mesmo, ponto final, mas nunca deixara de estar convencido de que a melhor música, penetrante às primeiras escutas, era aquela que ia do fim dos setecentos ao início dos novecentos, e nada mais, e nunca mais. Era honesto. Talvez viesse daí o seu prestígio, sua ascendência na geração. Com certeza vinha daí, era um cara honesto e era esta honestidade, muito mais que a qualidade da música que produzia, que lhe tinha dado aquela liderança.

E também um cara modesto, cultivador da modéstia, fazendo as coisas simples e admirado por isso, era também outra razão do acatamento que tinha e desfrutava com justa cheiúra de alma nos olhos claros, transparentes, que trazia. Fazia aquele trabalho de estimulação musical no interior sabendo perfeitamente não só que não ganharia dinheiro naquele empenho, como também que nenhuma projeção notável, nenhuma promoção do seu nome resultaria daquele esforço. Era desvelo puro, mesmo, gratificante para ele por isso; claro, tinha o reconhecimento dos pares, dos músicos do país, principalmente dos modestos e honestos como ele, brando acalanto no ego, mas nada que aparecesse no mundo da notícia grande, da cidade, onde gravitam as ambições.

E ia de ônibus. Não sabia dirigir, meu Deus, que atraso de vida, pensava, criticamente, como fazia de hábito consigo mesmo, nunca tinha experimentado nenhuma terapia psicológica, de análise, que pudesse clarear aquele tipo de inibição, bloqueio de iniciativa que havia sempre barrado com desculpas tolas a decisão de aprender aquela coisa tão simples e necessária, dirigir automóvel. Célia, a mulher, dirigia, levava-o para todo lugar, quando não podia, ele tomava táxi, e quando viajava para o interior, se a mulher não podia por qualquer razão, ela que o acompanhava em quase tudo, era oboísta, se ela não podia, ele tinha de ir de ônibus, ia, nenhum problema, gostava até de ficar olhando a paisagem e pensando pensamentos soltos, coisas avulsas, sem nenhuma obrigação, compromisso nenhum, pensando livre, como fazia ali, indo para Muriaé.

Nelma ao lado, ele nem percebeu, isto é, força de expressão, claro que tinha olhado e visto que era uma mulher que ia na poltrona ao lado, havia um braço de apoio entre os dois, viu mas depois esqueceu, ia olhando os morros e as árvores, ele é que estava na janela, comprava lugares na janela porque queria o deleite da vista, ia olhando para fora e pensando, sem notar nada mais. Nem na descida e no retorno à cadeira, após a parada de vinte minutos na lanchonete, logo antes de atravessar o Paraíba e entrar em Minas, Porto Novo ali do outro lado, ponte grande, importante, viu bem a ponte, viu bem o rio, largo, não viu a mulher morena e roliça ao seu lado.

O ser humano, por mandamento divino ou não, aplicou-se na civilização e descolou-se do mundo animal. Abriu campos imensos, inesgotáveis, para projetar seu pensamento, seus desejos, ambições, ideais, desprendendo-se das ocupações fundamentais do comer e do procriar. Arnoldo, brasileiro, era um homem muito civilizado, ascendência germânica, e não vivia pensando em mulher como os antigos portugueses, homens fortes e amorudos. Pensava, sim, admirava, era casado, fazia o sexo normal, e apreciava uma mulher bonita mas só funcionava sexualmente com a esposa, putas nem pensar, melhor virar a cabeça para os seus vários anseios, muito carregados de substância moral, muito canalizados por um aprendizado bem-disciplinado. Mas ficava sempre lá no fundo da carne aquele magnetismozinho do instinto lembrando sempre da mulher, o ser genital feito para o acoplamento, oh, a idéia concupiscente da mulher, a atração da mulher, lá no fundo, inconsciente mas presente, e a idéia de mulher para ele estava associada a uma delicadeza de fundo, delicadeza passiva e receptiva, acolhedora, mas também a uma forma e sobretudo a uma consistência de corpo, uma carnação de maciez, de uma certa mobilidade gelatinosa. Que Nelma, ali ao lado, tinha na sua carne, sem saber.

Tinha também os seus problemas, ela que ia sempre ao Laranjal de três em três semanas, mas daquela vez ia pejada de questionamentos, andava em confronto com a irmã ao redor da casa que havia ficado de direito para ambas com a morte da mãe, recente e dolorosa, mas que de fato passara a ser propriedade da irmã que nela morava, que dela dispunha como queria, mudava isso e aquilo sem perguntar nem dar satisfação a ninguém, como pessoa egoísta que era, mandona, sempre, era mais velha, Nelma até sabia muito bem que a irmã não ficara nem um pouquinho triste com a saída dela do Laranjal para o Rio. Na verdade ficara bem contente, e livre para mandar em tudo na casa, mesmo com a mãe ainda viva. Quando ficou só, tomou para si o quarto da mãe, o melhor da casa, fez um banheiro ao lado só para ela, transformou o quarto de costura numa sala de televisão, pintou tudo de cores diferentes, e ela, Nelma, já não suportava mais aquelas atitudes. Queria se libertar, trabalhava, tinha ganho próprio, muito modesto, mas próprio, dela mesma, independente, e agora queria acertar de vez aquilo, cortar, ia lá para isso, queria vender a parte dela na casa e comprar um terreno lá mesmo mas separado, aos poucos faria sua casa, queria acabar seus dias lá, sozinha.

Ia apoquentada com aqueles pensamentos, procurando formas de dizer para a irmã, com firmeza, mas sem agressão, decidida, falar com a irmã mesma, calma e firme, não com o marido que era um paspalhão, fazia um trabalho de táxi na cidade, trazia um dinheirinho para casa mas não mandava nada, nem tinha que falar com ele, era um zero, devia ser também um zero na cama, não tinham tido filhos, ora, que coisa, ela agora ali pensando aquilo, nunca havia pensado, nunca nem de longe imaginado, coisa de conversas com as amigas da prima no Rio, com certeza, era engraçado, era como dona Aurora contava dos tempos antigos, nunca sequer pensaria em cogitar sobre a relação dos dois na cama, a irmã e o cunhado vazio, esse tipo de pensamento não passava pela sua cabeça, não a importunava, se trepavam sempre ou raramente, nem de longe esse jeito de falar, aquelas palavras, se era ele ou ela que mandava ou que ia por cima, nem de longe essas coisas lhe passavam pela cabeça. Não tinha conhecido homem, aí estava, mas não tinha tristeza de falta por isso, ou se tinha não sentia, não pensava, essas coisas de charuto, de arauto, forças salientes do corpo do homem que conhecia só de bem moça, quase menina, sua única vivência nesse campo de apertões e beijos de namorado, uma vez ele tinha posto para fora da calça e fizera ela pegar com a mão, aquela sensação de tremor que teve com aquele corpo quente e fremente na mão, mas não preservava mais emoções e recordações daquilo, todas se haviam dissipado completamente desde a morte do Romualdo, atropelado bêbado na estrada, há tanto tempo, lamentável. O que sabia é que tinha de enfrentar a irmã como gente grande, ela que era a mais moça e que sempre havia sido mandada. Estavam já a coisa de meia hora de Laranjal e ela levantou-se e foi falar ao motorista, pedir que ele desse uma paradinha uns duzentos metros antes da entrada da cidade, ali era mais perto da casa e ela sempre saltava naquele ponto, logo depois do pontilhão.

Quando voltou ao assento, reparou bem no homem que ia ao seu lado, ela que não era de reparar, só escutava uma que outra colega mais safada que vinha com aquelas conversas, escutava e às vezes ria. Dona Aurora, aquela conversa de charuto, de arauto, do peixeiro italiano, engraçado como se lembrou ali, olhou e viu que era um homem claro e bonito, já passado nos anos, uns sessenta, por aí, mas bonito, de cabelos longos e meio cacheados, alourados, umas feições firmes, de óculos, vincos fundos na testa, um nariz afilado e masculino, o pescoço musculoso com um pomo bem saliente, viu os braços, ele estava de mangas curtas, uma camisa pólo azul-marinho, os braços eram duros, braço de homem mais velho, de músculos secos mas rijos, pêlos de homem no antebraço, veias aparentes, sentou-se e, sem querer, tocou no dele o seu braço redondo, pele com pele, o dia estava quente e ela também estava sem manga, uma blusa cavada. Foi sem querer, mas tocou.

E, também sem querer, nem saber por quê, deixou ficar. O braço feminino no braço masculino, Arnoldo sentiu o toque e logo a centelha, o toque da carne e da pele de mulher, lisa, aquela consistência de musse, de cor bem morena, e a centelha da eletricidade, forma sexual de eletricidade, fenômeno bem consistente da natureza e ainda não estudado pelos físicos. Sentiu o influxo quase instantâneo e o sexo afluente, aquele distrito do corpo, como autônomo, sublevando-se com uma energia inusitada, tinha sessenta e cinco anos, e então olhou diretamente o rosto dela, um mandamento daquela eletricidade, os cabelos em pequenos anéis que eram da raça, cortados bem curtos, o nariz gordo e os olhos pretos vagueando pelo campo, ele estando na janela o olhar dela tinha de atravessar o espaço dele para se fixar nos morros, na margem da estrada. Nenhum sinal de tensão ou excitação na face redonda e inerte, nem nos olhos nem nas mãos, uma sobre o braço da poltrona e a outra sobre a coxa, Arnoldo observou que a coxa era bem de mulher, no volume e na consistência, que era a mesma do braço. E o braço se mantinha colado no dele, pele lisa sobre carnação macia, pele com pele num contato ativado pela trepidação branda do ônibus moderno.

Estranho, inusitado também para ela, tinha trinta e seis anos mas não pensava nessas coisas, muito estranho que sentisse o que sentiu, com nitidez, parecia um ingurgitamento, um umedecimento, a sensação de existência calorosa das partes mais femininas do seu corpo.

Durou um certo tempo impercebido toda aquela sensação de lado a lado, aquela troca de energia de pólo a pólo, irrevelada, as faces de ambos imperturbadas, nem o mínimo sinal de expressão do que ia por dentro dos corpos. Um tempo impercebido, cinco minutos, sete, não souberam medir, e ela retirou o braço, uma ordem veio de dentro, e foi oportuna, estava já chegando, movimentou-se para apanhar a bolsa que estava posta no lugar próprio, em cima. Mais uns minutos, cinco, sete, e chegou ao ponto de saltar, o ônibus parou e ela levantou-se e saltou, nem um murmúrio de adeus, não tinha cabimento, nem um olhar sequer lançou ao seu masculino companheiro de viagem que seguia.

É o fim do conto. Arnoldo seguiu pensando. Primeiro ainda confuso, todo aquele inesperado e esquisito, pensando em se ela não tinha sentido nada, se havia percebido e deixado o braço de propósito ou se nem de longe se havia tocado, como parecia. As mulheres aprendem melhor a dissimular essas reações, até os sentimentos, obrigação da cultura, podia ser que ela estivesse ali como um vulcão por dentro. A mentira é criação da civilização, e é tão necessária em tantos casos para a boa convivência, a mentira, o disfarce, a dissimulação, a hipocrisia, sim, coisas necessárias, a mentira do bem, que existe, como existe a mentira do mal.

Foi pensando depois no velho dilema do ser ou não ser, o mundo dos que são e dos que não são, do quanto a vida das pessoas está cheia de coisas que não aconteceram e que podiam ter acontecido, o que podia ter sido e não foi, às vezes como decepção, como frustração mais funda que deixa amargor, as mais das vezes porém como coisa leve e até alegre, como tinha sido aquela, como mera possibilidade avulsa, inconseqüente, que podia ter sido muito prazerosa, e não foi, passou sem deixar marca. A vida da gente, Arnoldo pensava, há gente que luta e persegue movida por forças internas que a própria pessoa ignora, gente que quer com mais força, que vai atrás, ali, no caso, se ele fosse assim, moço, vigoroso, saltaria também, ou pelo menos guardaria bem o lugar onde ela saltou para voltar, buscar, procurar, assediar, até comer aquela mulher gostosa, comer e depois largar, satisfeito, sair para outra, pensando-se satisfeito, na verdade, não, tendo de buscar outra, sempre outra, gente assim eram os donos do mundo, donos da vida, tinham a vocação da luta, a luta pela luta, insaciável; a outra face da vida era a felicidade, outra coisa, mais quietude e satisfação com a respiração da própria vida, com o que ela dava, o razoável, isto é, o da razão, as pessoas eram assim, diferentes, sem saber por quê, eram ou não eram, não escolhiam ser de uma forma ou de outra, se pudessem talvez escolhessem a outra via, ele não tinha feito escolha pela modéstia e pela felicidade, era assim, talvez gostasse de ser algo mais agressivo, faiscador, ir atrás daquela mulher, por exemplo, boiar em cima daquelas carnes e gozar o que ainda podia gozar do sexo, prazer primeiro dos sentidos do corpo, prazer maior da vida, manifesto da vida, ele mesmo velho ainda sentia assim, e entretanto renunciava, isto é, relegava, ficava no seu jeito de ser que não tinha sido escolha sua. A vida: os donos do poder, os seres da luta, e os acomodados, sem angústias, os felizes. Até na própria história dos povos, distinguiam-se momentos de luta e de acomodação, ia pensando, e quanta coisa podia ter sido diferente, dependendo às vezes da sorte e do jeito das pessoas que a sorte tinha posto aqui e ali; lembrava-se do professor do colégio brincando a dizer que, se

Maria Antonieta tivesse sido uma mulher sóbria e honesta, podia ser que não tivesse havido a Revolução e a história do mundo fosse outra.

Pensando. Arnoldo. Era assim, não tinha feito nenhuma escolha. Chegou a Muriaé. Estavam lá as pessoas esperando na rodoviária, músicos que o admiravam.

A Carta

Foram dois irmãos, somente dois, bem separados no tempo — um tempo em que famílias providas eram mais desdobradas na descendência. Houve uma razão suficiente e compreendida: entre os dois, nasceram e não sobreviveram duas meninas gêmeas. E a seiva e os cuidados do casal se concentraram nos meninos — cuidados bem-proporcionados para uma época em que opressão, dominação, abafamento, excessos dessa espécie não eram incomuns nas famílias que pretendiam preservar seus bons nomes através da educação dos filhos. O resultado foi bom: cresceram dois jovens belos na estatura e na conformação, com rostos masculinos, morenos e agradáveis, revelando no olhar a doçura de caráter firme. Dois homens que cresceram com a solidez de esteios, pelo forte enraizamento e pelo equilíbrio não só dos portes, dos braços, dos movimentos, mas principalmente das florescências da razão em cada etapa. Havia grande diferença de idade entre eles, dez anos, diferença de meia geração, mas que não inibiu a amizade serena e inabalável que tiveram na maturidade.

Foram protegidos pela condição e pelos fados: poucos traumas, um braço quebrado, uma pedrada na cabeça, coisas de menino. Risco de vida, sim, talvez, algum: o mais velho, engenheiro, virou ao mar numa lancha durante uma obra portuária aí pelos anos trinta, mas sabia nadar o bastante para esperar o socorro que não demorou demais; de outra feita, uns dez anos depois, teve um acidente de automóvel, percorrendo uma obra rodoviária, e um corte fundo na testa com cicatriz para sempre, certo charme. O outro, o mais moço, advogado, formado num momento de admiráveis professores marxistas, simpatizante, naturalmente, teve uma apendicite supurada e uma operação que, em 1934, era um risco. Foi na Casa de Saúde Pedro Ernesto, a melhor do Rio, a família podia bancar.

Viveram, para a época, tempos longos, o mais velho nem tanto, findando aos sessenta e quatro anos com um câncer pulmonar de fumante inveterado. O segundo ultrapassou os setenta. Casaram-se os dois irmãos com duas irmãs de família equivalente na hierarquia social, filhas de um engenheiro ferroviário com ascendência mineira antiga e prestigiosa. Bem-formadas, também, cuidadas na proporção razoável, como eles, sem excessos de rigor que ainda eram comuns na época; ambas, porém de saúde delicada, de pulmões fracos, a tuberculose se manifestando pouco depois do casamento em cada uma, como fatalidade — casamentos distanciados de sete anos —, a primeira, doente logo após o nascimento do primeiro filho, um menino robusto, que ainda teve outro irmão apesar da fraqueza da mãe; a segunda, caso mais grave, com hemoptise durante a gravidez dificultosa, com desfecho complicado, uma cesariana feita a frio, ela amarrada na mesa, pelo grande risco de qualquer cheiro anestésico. O que mais doeu, contava ela depois do horror, foram os pontos, no útero e na pele, de talhos enormes, necessários na época.

Sanatório em Belo Horizonte, anos trinta e tantos, era o melhor tratamento, os maridos trabalhando no Rio, visitando-as uma vez em cada mês, em vôos de DC-3 da Panair, precários nos horários, em razão das exigências atmosféricas, mas seguros, mais que as viagens de automóvel, cansativas, sobre estrada de terra longa, estreita e curvosa. A primeira das irmãs, a mais velha, com uma permanência de menos de três anos, dada então como curada; a segunda com o dobro do tempo para obter a alta e depois o retorno, ficando sua pequena filha no Rio durante todo esse tempo, aos cuidados da primeira irmã.

Acompanhei essas quatro vidas entrelaçadas, que não chegaram a atingir galarins de reconhecimento público mas percorreram vias seguras de aprovação social no meio em que transitaram no Rio encantador e aprazível dos tempos daquele mil-réis tão sereno e estável. Acompanhei por lembranças que hoje reavivo por fotografias e relatos antigos. Felizes, sim; não tanto quanto potencialmente as condições de origem e de caráter permitiam, em razão da saúde delicada das mulheres, saúde que é fator essencial de felicidade. Este sentimento de felicidade, tão permanentemente almejado pelo ser humano, ademais de depender, obviamente, de fatores e acontecimentos externos, da ventura, funda-se numa relação entre alma e corpo que é uma dialética, uma troca de afagos e gentilezas, pela qual a alma oferece ao corpo a vitalidade, a energia, e o corpo lhe apresenta, em troca, o espetáculo da vida, suas formas, suas cores, suas sonoridades, seus aromas, suas carícias vindas pelo tato, que é o sentido do amor. Tudo isso eles, os dois irmãos, tiveram numa proporção de equilíbrio, que também é decisiva para o viver feliz. Por vezes, e até com freqüência, o corpo é muito mais forte e subjuga a alma na satisfação dos seus desejos, no vício e na depravação; ou, ao contrário, uma alma desproporcionalmente forte trava o desabrochar das expansões do corpo com neuroses de medo, de perseguição ou mais freqüentemente de vaidade dominadora. Não foi o caso de nenhum deles, dos dois casais, principalmente dos homens, solidamente equilibrados; as mulheres, de corpo mais frágil, talvez, pela doença, tinham almas um tanto incomodadas por comedidas neuroses, quem sabe por força das contenções a que seus corpos foram sujeitados em decorrência da fraqueza da saúde.

Apresentei-os, sim, os quatro, tenho para com eles atavismos que marcaram e até edificaram minha própria vida, conheço-lhes detalhes de alguma profundidade do percurso de cada um na estrada, praticamente a mesma, comum, que sulcaram e alargaram no mundo da vida. Mas na verdade não é deles que quero aqui desnovelar histórias, narrativas. Não que ficassem desinteressantes, certamente não, o tempo deles foi de grandes e históricas transformações no País, particularmente nesta cidade do Rio que escreveu, expandiu, desenhou, construiu e cantou a civilização brasileira. E eles, os homens, tiveram participação nesse desembrulhar de progresso dentro da ordem, progresso positivista, que teve no Brasil expressão política como em nenhum outro país no mundo, processo liderado pelo estadista maior que foi Getúlio Vargas. Tiveram, sim, participação destacada, não na proeminência mais alta mas em valimento e protagonismo que deixaram registros em anais de alguma expressão.

Sim, mas não é sobre eles, como disse, que quero discorrer neste conto. Há outra pessoa envolvida na vida deles, no tempo e no espaço deles, da qual extraio lembranças do meu coração com uma impulsão, não sei dizer de que origem, que me obriga, quase compulsivamente, não só a referir e elevá-la à condição de figura principal, como até a celebrar seus sentimentos que, mesmo menino, percebi claramente, e chorar seu apego, seu facho de luz, sua tenacidade. Heróica, penso assim. Quero me referir a uma mulher que amou um depois o outro daqueles dois irmãos, principalmente o segundo, com grandeza e veemência que fizeram de sua vida uma totalidade voltada para a secreta devoção a eles. Amor completamente impossível, sequer revelável, impensável, nem por radiações de olhar, tal a força do interdito. Amor que lhe constituiu, pela energia represada, uma saúde esplêndida entre duas irmãs doentes. Uma saúde brava, de ossos grandes e carnes rijas, uns cabelos fortes e abundantes, um rosto cujas marcas capitais eram os olhos fulgentes, negros, e o risco fino, traçante, dos lábios. E uma alma que tinha modulações afáveis na juventude e se foi tornando progressivamente fibrosa na maturidade, obviamente, naturalmente: a vida de encontro à pedra. Alma boa, entretanto, sentida como muito boa por todos, distribuidora permanente de bem entre irmãs e cunhados, com a permissão de tocá-los com mãos de carinho, afetuosidades liberadas, até mesmo com os lábios em beijos com signo de fraternidade. Uma mulher naquele tempo de homens, o Rio dos trinta, dos quarenta.

Mulher de afazeres, pelo mundo de razões de sua vida de solteira, solteirona, expressão detestada pelas mulheres, afazeres na costura e na feitura de doces, no auto-entretenimento que mantinha no piano, que tocava para si, somente, mas com talento percebido, permitindo-se ainda cantar com voz agradável e musicalidade, a sós, necessariamente. Acompanhava amigas em outras formas de recreação, cinema, teatro, e não temia juízos sobre a iniciativa de, sozinha, levada por um taxista de confiança, ir a todas as récitas da temporada lírica no Municipal, no tempo em que pelo Rio passavam todo ano os melhores cantores do mundo da ópera.

Tinha mais, tinha alguma vocação literária que cultivava; para si somente, também; escrevia crônicas sobre a movimentação social e política da cidade, singularidades, ângulos distintos, acrescentava pensamentos. Guardava tudo para si, organizadamente, em pastas, e relia espaçadamente, confirmando aqui, retificando ali. Não se aventurava na poesia, mas escreveu dois ou três contos que só a irmã mais velha, por muita insistência, conseguiu ler e apreciar bastante o mérito para estimulá-la à publicação em seção literária de alguma revista. Nem pensar.

Mergulhada em afazeres, Maria Helena, se chamava, podia-se dizer Maria dos afazeres, que à época ainda não eram classificados como terapia ocupacional, mas que tinham para ela uma intensidade extraordinária, desde o primeiro tempo de manhã bem cedo — era a primeira a levantar-se, era a dona da casa da rua Sá Ferreira onde residiam os pais — até a hora de dormir, que não era tardia mas não se antecipava ao findar de tudo o que devia ter sido feito no dia, por dever e até por prazer, mas sobretudo por necessidade de preencher o espaço largo das suas expansões vitais. Maria Helena era uma forma candente de energia, tinha reservas enormes de ternura, embuçadas porém, queimando em doses certas como fonte alimentadora da sua movimentação vital. Tinha corpo de mulher, de curvas sem grandes acentuações, mas femininas, assim mesmo, corpo maleável mas de carnes severas, árduas, que não despertavam o sexo dos homens em geral.

Afazeres, muitos e múltiplos em variedade, forma de torná-los menos onerosos, não buscava o sacrifício, nenhuma filosofia de flagelação como via de salvação da alma, ou mesmo da saúde do corpo. Ao contrário, cultivava o prazer, não tanto o divertimento, mas o prazer, nada de jogos de paciência, ou mesmo jogos de carta com amigas, passatempos e conversas sem conteúdo, só o estritamente indicado pelo dever da educação. Gostava, sim, de conversar com os homens, os cunhados, sobre política, no Brasil e no mundo, sobre as novas idéias que vinham da Europa, identificava-se mais com o marido da irmã mais moça, que trazia dos tempos de faculdade simpatias pelo movimento comunista, mas tinha admiração pela sobriedade e pela consistência madura das ponderações do cunhado mais velho. Animava-se, ela, e opinava, acabava falando mais que eles e tinha de se refrear ao perceber que podia estar excedendo as conveniências nos seus conceitos acalorados. No mais, eram suas artes, seus estudos, sua vontade imensa de abarcar saber e desenvolver habilidades, naturalmente nas áreas acessíveis às mulheres, a história, as antigüidades, a museologia, não a ciência, por exemplo, os negócios, as construções, os ofícios masculinos. Tinha escutado falar de Freud: seu cunhado mais moço, terminado em ano recente o curso de direito, novidadeiro, inteligente, discursivo, informado em teorias novas, revolucionárias, interessante, foco das atenções dela, sem que ninguém percebesse, claro. Algo pulsou com força misteriosa e mandatória na sua alma em direção àquelas proposições cujo enunciado lhe chegava de forma vaga, muito imprecisa, mas que pareciam conter uma visão completamente renovadora, clarividente, quem sabe, das expressões do comportamento humano, do corpo, da alma, do ser por inteiro. Uma precisão quase absoluta de saber sobre aquela nova psicologia, de conhecer, de um pouco mais se aproximar daquelas aberturas, uma força de atração inelutável, várias vezes escutara Geraldo falar sobre aquele médico judeu austríaco que curava pessoas histéricas, quase loucas, com as suas teorias do inconsciente, todos ouvindo, só ele sabia. Mas não, para ela era impossível, tinha consciência, havia um impedimento total, intransponível.

Afazeres muitos, sim, multiplicados por ela mesma, e entretanto, como os cultivava em termos de prazer, tinha também tempos de reserva, poucos na verdade, mas tinha, para outros tipos de agrado, deleite mesmo, em alguns casos, como, por exemplo, o costume de caminhar à beira da praia, da esquina da Sá Ferreira ao extremo de Copacabana, o posto seis, sentar-se muitas vezes sobre as pedras abaixo do forte, e ali ficar em pensamentos de trinta, quarenta minutos. Nem pensamentos, eram mais divagações esfiapadas, de todo desconcatenadas, puro culto à vista do mar, vista saudável e salgada daquela imensidão que ia dar na África. Coisa assim de conversar com o mar, tinha lido em algum comentarista ou biógrafo de Victor Hugo que o grande escritor gostava de debruçar-se sobre o mar, em todo o tempo em que viveu na ilha do Canal, e conversar com aquele ser da imensidão, que conhecia e consolava o mundo inteiro, que sabia de todas as histórias da humanidade e não guardava com egoísmo aquela sabedoria mas estava sempre disposto a compartilhá-la com quem tivesse espírito para escutá-lo.

Não era coisa que fizesse todo dia mas quase toda semana; caminhar um pouco na orla, às vezes somente ir até o extremo do posto seis e voltar, só para folgar e fruir as dedicatórias do oceano, os sais iodados. Mas de quando em quando soltava-se o tempo e a vontade de uma duração maior daquele colóquio, e Maria Helena espichava a contemplação assentada sobre as pedras, e ouvia, e ouvia, o marulhar que trazia palavras, histórias, evocações, e até razões da vida, odores nutrientes que penetravam seus pulmões sadios, ela que nunca tivera nada de parecido com a fraqueza das irmãs. Ali encontrava mais vigor e mais repouso num tempo largo, sabença vinda de longe, daquele velho mar, sabedoria final, o espírito inquieto é atraído pelo desmedido do mar. E retornava à casa com humor leve e alma estofada. E retomava os afazeres com impulsos lestos, quase de menina. Sempre. Menos um dia, uma certa tarde, diferente, muito diferente, quando chegou afogueada e tensa, estranhamente pressurosa em terminar a feitura de um vestidinho para a menina da irmã mais moça que estava ainda em Belo Horizonte. Trazia um vento com ela, uma tensão que não tinha correspondência nenhuma com o que dizia da precisão, a festinha era na semana seguinte, havia tempo e muito, ela era ágil e hábil na costura. Mas a agitação do ser exigia gestos e obras atropelados naquele fim de tarde. Foi direto ao banheiro e tomou um banho, a mãe reparou, naturalmente, estranhou, mas estava ocupada e nem perguntou, não havia nada, a resposta seria cortante.

Mas foi diferente aquela tarde, e Maria Helena depois não foi mais ao posto seis para sentar-se em conversas com o mar. E nem a mãe foi capaz de captar qualquer variada vibração de apreensão no ir e vir da filha pela casa. Tudo dentro das regularidades. Saberia que a filha solteira amava? Oh, a mãe. Amava sem sequer sonhar, tão impossível o amor? Que mãe atenta, ligada, como ela, falharia nessa intuição? E na sensibilidade capaz de interceptar qualquer mínima e contida inflexão de ternura da filha na proximidade do corpo, do rosto, até da voz que ela trazia no coração? Bem, fosse o caso, seria só ela, a mãe, e mais ninguém no mundo a saber, nem com o marido falava. E aquela tarde diferente na volta de Maria Helena teria talvez levantado algum tipo de suspeita ou conjetura imaginosa. Sim, provavelmente, mas, se houve, desvaneceu-se. De propósito, como fazem os comandos do inconsciente, esqueceu. Tudo voltou ao que era o dia-a-dia da casa e só dois meses depois a velha mãe, ansiosa, lembrou-se bem da aflição da filha naquele fim de tarde, o ritmo anormal dos passos, o rubor da face, o desalinho dos cabelos, o banho apressado, e o todo da expressão perturbada de Maria Helena ao escutar no rádio a ave-maria quando chegava em casa. E então, lembrando tudo, chamou o genro. Discretamente, a sós; claro que o marido então sabia, mas quedou-se no escritório. Tinha de chamá-lo, o primeiro, Geraldo, e não o mais velho e mais sábio, ela bem sabia por quê. Talvez não tivesse sido bom, obviamente revelava uma referência especial, mesmo que não fosse de desconfiança. Mas que em si era absurda, completamente absurda, mas que, mesmo absurda, naquele momento de aflição de mãe aflorou forte. Era, bem, era claramente uma relação de preferência da filha; razões havia, ele próprio haveria de entender o chamado. Chamou Geraldo, para contar o que, até aquela hora, quase meio-dia, só ela e o marido sabiam: Maria Helena havia desaparecido.

Não; realmente não desconfiava e nem queria desconfiar nada que ele soubesse de alguma coisa; não podia e não queria, chamou só para olhar bem nos olhos dele, bem no fundo, e principalmente dividir com ele o espanto. Maria Helena havia saído durante a noite, ninguém viu a hora. Deixou um bilhete lacônico: afasto-me por precisão absoluta; não perguntem, porque não há resposta agora, mas saio por vontade, por iniciativa só minha, que tem explicação mas que só um dia poderá ser dada. Vou ter saudades, muitas, mas é preciso. Imperativo.

Nunca chegou o dia da explicação. Morreram o pai depois a mãe; morreu a irmã mais moça e mais doente, ficou Geraldo viúvo com a filha adolescente e não se casou outra vez; oh, destino, nunca Maria Helena teve deles mais qualquer notícia. Um monstro lhe sufocava a alma e interditava qualquer pensamento voltado para uma comunicação, mesmo secreta, que pudesse revelar seu paradeiro — a vergonha. O monstro incorpóreo mas invencível e cruel no espírito dela, incondicional, a desonra e a vergonha. Tinha esperado, talvez, que o tempo relativizasse as coisas para que suas razões pudessem ser apresentadas, na lonjura do tempo e do espaço, sem reencontro físico, que para isso ela não tinha coragem, mas só, tão-somente, para levantar um aceno do bem e bafejar uma aragem que iniciasse a dissipação do pecado. Havia um fator de graça, muito forte, a menina, com doze anos, que era, toda ela, um sopro inconfundível de beleza e de pureza.

Razões, tinha nesse impedimento duro, coisa assim: mulher — é preciso entender, o ser mulher, naquele tempo, e ainda naquela família erguida em sobrancerias, tudo isso posto, não podia, era impossível violar a regra que constituía o cerne da dignidade da mulher, seu patrimônio intocável até a morte, a honra, a vergonha, o núcleo em torno do qual, então, sim, era possível construir filosofias pessoais de ser mulher, como ela havia projetado e tentava realizar. Tempos, ora, não se podia ter a mais leve idéia de que os tempos mudariam tanto, ela era mulher do seu tempo, da sua morada de usos e costumes éticos que obrigavam categoricamente o ser feminino, mesmo ela, diria mesmo ela, porque pensava assim, mesmo ela que era mulher evoluída porque tinha cultura, que sabia das coisas, que era educada, de bom gosto e, principalmente, de boa família.

Outras questões, que podiam ser aduzidas num confessionário, talvez fracamente explicativas, mas que não alteravam em nada a gravidade da sua falta perante a sociedade: o fato de ela ser a irmã do meio entre duas moças tão bonitas e ela nem tanto, ela nada, na verdade, nem bonita nem feia mas sem graça nenhuma, sem o toque da graça feminina, os ademanes e os manejos da sedução feminina, nenhum, mas mulher, entretanto, com boa saúde, as outras duas, doentes, embalsamadas em carinhos e cuidados, casadas, com homens que fariam a felicidade de qualquer mulher, homens — bastava o primeiro olhar; irmãs doentes mas com filhos sadios, e ela, a outra, mulher também, entre as duas, conviessem, quem fosse capaz que entendesse, destacando a particularidade desse ser, mulher, que era gênero mas que também era indivíduo, pessoa, com seus condicionamentos, humanos e biológicos, segunda e primeira naturezas, ambas com forças muito presentes nela, força exterior, força do bem, da razão, da compreensão, da educação, da religião, mas também a outra, a força das entranhas, do coração, daquela intimidade candente que também é obra de Deus; ambas animando permanentemente a vida do ser, mulher, era preciso dizer muitas vezes, despertar e manter aceso o entendimento, e ela o fazia para ela mesma, para manter o que lhe restava de dignidade sem curvaturas aviltantes, mas sem a mais leve pretensão, nem quimera, de fazer essas razões chegarem a outros, razões de mulher concha, este entendimento muito próprio e interior, de ser de ventre aberto para receber a semente, ventre arredondado em doçuras e branduras, escrínio vivo e róseo da frutificação, ser paciente, a mulher, que do seu ventre se faz, ela por inteiro, abrigo e agasalho onde nutre, vela e apascenta um novo mundo humano. Dizia assim, para ela, porque sentia e sabia, não só as palavras mas todo o desdobramento insofismável do *logos*, tinha com ela a razão, para poder explicar, e até bem explicar e, quem sabe, convencer.

Mas.

A vergonha. É certo que havia pensado também, e muito, na vergonha da família, imaginara a dificuldade da mãe, até principalmente do pai, das irmãs, no encontrarem palavras para dizer algo sobre o desaparecimento dela que não tinha explicação nenhuma; simplesmente porque eles não sabiam de nada. Depois soube, por um canal de comunicação que manteve durante anos funcionando só com informações de lá para cá, soube que a família atribuiu tudo a uma paixão dela por um estrangeiro, diplomata que morou no Rio e foi para o seu país, que era casado mas não se dava bem com a esposa e apaixonou-se por Maria Helena, e na volta ao seu país propôs que ela fosse com ele, assegurando-lhe um lugar de respeito na sociedade local, mesmo sem casamento, pela projeção que tinha a família dele. E ela, arrebatada como era, os amigos que a conheciam sabiam, ela se entregou e foi viver sua paixão. E envergonhada, sentindo que ia ferir a dignidade da família que ela tanto fazia questão de preservar, resolvera-se pela fuga, pelo sumiço sem palavras, na expectativa de uma explicação posterior cuja oportunidade acabou não encontrando, sabia-se lá por quê, continuavam esperando e tentando saber algo mais preciso. Era o que podiam dizer, inventar, a versão mais verossímil e talvez mais compreensível ou mais humanamente aceitável sobre o que não sabiam. Maria Helena soube anos depois, quando o assunto já deveria estar sepultado, juntamente com a imagem e a memória dela. Mas não teve relato dos momentos de aflição e de explicações pelos quais todos em casa deveriam ter passado. A vergonha deles, não só a dela, a vergonha deles talvez bem maior. Pensou nisso, sim, e muito, era a ferida culposa que custava mais a cicatrizar: a deslealdade.

Mas.

Viveu em Rivera esse tempo todo, cidade uruguaia bem na fronteira do Brasil. Não foi difícil chegar lá, tinha economias, vendeu as apólices que tinha, que ganhava do pai e não gastava, escondidamente comprou tudo em libras e aprontou-se em todos os detalhes, sabia bem o roteiro até Porto Alegre e tinha a intenção de chegar a Montevidéu, onde com certeza poderia sobreviver dignamente fazendo costuras e outras atividades, traduções, por exemplo, era uma cidade grande, com progresso e oportunidades. Mas no navio, no vapor que tomara em Santos para Porto Alegre, foi companheira de cabine, na convivência mais completa, uma convivência que se foi tornando nos poucos dias mais afável quase hora a hora, comunicante e afetuosa, de uma professora que morava em Santana do Livramento e que tinha vindo ao Rio cumprir um sonho de juventude, conhecer a capital e suas maravilhas, tão cantadas e cultuadas em todo o País. E nessa convivência convenceu-a das facilidades que teria em ir com ela à sua cidade, e até alugar uma pequena casa no Uruguai, do outro lado da rua, e começar ali uma vida simples, com ajuda de conhecimentos que ela, a professora, tinha nos dois lados.

    É óbvio que a professora percebeu quem ela era, isto é, sua condição e seu caráter, através de que signos nunca se sabe, nem ela mesma, a professora, um traço firme e brilhante no olhar que Maria Helena tinha, a educação revelada na fala e nos gestos, até um jeito forte de fechar as mãos, que eram femininas mas sem o trato refinado que deviam ter para condizer com as palavras que usava no falar, ou mesmo com a qualidade de suas roupas. Maria Helena nada disse de sua vida naqueles dias mas deixou no sopro das palavras qualquer vibração que levou a outra a pressentir que carregava um filho no ventre. Percebeu e veio-lhe o gratuito impulso de ajudar, coisa de mulher para mulher, compreensão própria do mundo que as aproximava.

    Pois sim, na conversa de dia inteiro, depois que tocaram em Rio Grande e rumavam para Porto Alegre, a amiga soube que Maria Helena tocava piano e tinha conhecimentos de teoria musical. Pronto, ali estava a oportunidade, a professora de Livramento era uma velha senhora de setenta e quatro anos, que havia formado gerações, era conceituada em toda a região, continuava muito procurada mas não tinha mais condições de atender novos alunos, teria muito interesse em ir passando alunos recentes e novos para ela, Maria Helena.

Viveu ali mais de vinte e cinco anos, naquela cidade dupla, pequena, provinciana, sim, mas não tão atrasada culturalmente como o interior do Rio ou de Minas; havia atividades musicais e literárias, um pequeno jornal semanal de música e literatura, onde ela, Maria Helena, escrevia regularmente e findou por ser diretora. Viveu quase que na mesma casa, só um mês e pouco, quando chegou, hospedou-se numa pensão uruguaia até achar a pequena casa rosa-claro de janelas brancas, com uma sala e uma saleta embaixo e dois quartos no segundo andar, que alugou durante quase dez anos e depois acabou comprando, quando o proprietário morreu e os filhos acharam de fazer bom preço.

Vinte e cinco anos, um quarto de século — tinha notícias, sim; não dava, mas recebia, isto é, depois de uns três anos daquele exílio: sabia que os dois sobrinhos eram alunos do Colégio Andrews e uma das amigas novas que fez em Livramento, uma senhora distinta e de palavra, que, como ela, escrevia no jornal cultural, tinha um irmão que era muito amigo e colega de faculdade do filho da dona Alice, diretora do colégio, e por este traço de união, pedindo encarecidamente a mais completa discrição, sabia dos sobrinhos e até da irmã mais velha que ainda morava no mesmo endereço em Copacabana. Mesmo depois que deixaram o colégio, continuou, pela mesma fonte, por especial amizade e colaboração que ela muito agradecia, a ter notícias esparsas, e principalmente a saber que a irmã continuava a morar na mesma casa. Foi a Montevidéu e, por duas vezes, de lá, sem deixar informação sobre o seu endereço, remeteu bilhetes curtos para a irmã, amigáveis, sim, até carinhosos, mas curtos, só para dizer que vivia bem e tinha saudades. Quando Gisela fez dezoito anos, a filha que vivia muito apegada a ela, do café da manhã ao depois do jantar, moça completamente feita, mas que parecia não ter saído da adolescência, pela insegurança dos gestos e palavras frente a outros que não aquelas duas ou três amigas mais chegadas da mãe, Gisela, curso secundário completo e bem-feito, pianista como ela, a mãe, ajudante nas aulas, traços que eram dela nas linhas do corpo e mesmo da face, até aquela leve indefinição na aura de feminilidade, mas uma tez muito distintiva, morena e azeitonada, com um certo retesamento que lhe dava um brilho irradiante, o cabelo preto, bem-encorpado e liso, que acabava compondo uma figura de beleza ímpar, que se completava com os olhos de um verde-escuro mas luminoso, de grande profundidade, moça linda, era o que se dizia sem hesitação, onde chegava tinha de ser olhada com admiração, oh, o orgulho da mãe, o tesouro feito e lavrado por ela, mas a preocupação também, o perigo da dilapidação. Fez dezoito anos, e então Maria Helena resolveu escrever uma carta. A carta. Junto, iria a fotografia de Gisela.

Muito pensamento, anotação, muito rascunho. Claro que não diria tudo; era impossível, até porque tudo teria de compreender principalmente as sensações daquele momento que afinal tinha sido o nó vital da sua vida. Tudo, era impossível. O que seria, o que não seria, mas estava resolvida a escrever, e diria, finalmente, onde morava e como vivia. Não sugeriria, mas, pensando, repensando, imaginando com emoção, deitando lágrimas mesmo, não descartava a hipótese de um reencontro com a irmã, o elo que sobrara no vínculo afilado com a sua primeira vida, um único encontro, só, de recordação, ou mesmo de reafirmação, era sua raiz, mas não de restauração, impossível e mesmo sem sentido qualquer religação, um encontro que não podia ser no Rio, não admitia a idéia de voltar à sua cidade, que era querida, sim, a sua cidade querida, mas que para ela era absolutamente irreversível no afastamento, razões, esquisitas ou não, impediam completamente, não poderia ir ao Rio sem ver Copacabana, e não suportaria o corpo sobre as pernas ao ver aquele mar que fora o seu interlocutor de muito tempo, decisivo na formação do estado de espírito resoluto, aquela emancipação que viera num repente e que desatara todas as suas dúvidas, inibições, apreensões, tudo num momento, aquele mar, aquela sensação salgada e saudável que ainda tinha presente na alma e no corpo por inteiro, e que era de todo indizível, era estritamente dela, somente dela, impossível rever aquele mar. Mas podia ser em lugar neutro, em São Paulo, teria disposição de ir, se a irmã não quisesse vê-la em Rivera ou encontrá-la em Montevidéu.

A carta. Sim, faria. A carta, a saudade e o sonho da saudade que muitas vezes caía dentro da noite, um fio que a mantinha a recordar os pais, a mãe, a irmã mais fraca, sempre tão pálida, que se fora tão sem tempo de olhar o mundo, a paixão idiota, infantil por Geraldo, tão idiota que se havia dissipado a ponto de não ter mesmo, por ele, qualquer interesse de lembrança.

A carta era a memória, sim, mas a memória do estofo daquela vida de família, memória boa, branda, não a aguda memória do ponto nodal que era só dela, apenas dela, e também os fatos do seu destino a partir dali, todo o desenrolar que a irmã ignorava, claro, principalmente Gisela, principalmente, o ser feito do seu, a descrição da moça, a alegria dela, mãe, que era aquela filha que era ela mesma, uma continuidade que era una. A saudade, a lembrança, os fatos, mas a carta não seria a mulher. A mulher, o que tinha sido, o que era ainda, um tanto modificado mas era, só acabava com a morte, mas o que era era indizível, a expressão não dava em palavras. A vergonha, o opróbrio, lá o que fosse, havia muito estava extinto, acamado na poeira cinzenta, não seria esta a razão de não contar, como o fora na primeira hora, a da fuga. A razão agora era a falta da expressão que comunicasse, para o entendimento, não para o espanto, o escândalo atrasado, que esse tempo de pasmo também havia dissipado. Talvez o olhar, rosto no rosto, depois de tanto tempo, talvez o olhar mudo pudesse dizer algo, nunca tudo, a condensação de matéria feminina dentro dela, que não foi coisa de um momento, conhecia aquele homem, uma dúzia de vezes o tinha visto àquela mesma hora da tarde, era um pescador que ficava ali a rondar as águas e as pedras, como a sondar a noite e o dia do amanhã, ia e vinha, longe e perto dela, quando chegava perto sentia-lhe o cheiro do mar, olhava e não dizia nada, só olhava, e ela também, era um liame de olhares, fraco, expressão de olhares rápidos, fugazes mesmo. Por vezes havia outros, também pescadores, às vezes umas crianças, mas o mais freqüente era ele estar sozinho, num pedaço de areia que ficava junto às pedras, apartado da vista da rua pelas canoas que ficavam sobre roletes, uma ao lado da outra, para serem lançadas durante a madrugada. Parecia um índio moço e magro, pele lisa, esticada e escurecida pelo sal e pela luz da natureza, ele tinha uma luz nos olhos verdes, seu corpo era de estrias firmes, esticadas como a pele, um calção curto, preto, singelo, também esticado, bem mostrava, torso e membros enxutos e moldados pela vida do mar e pela força do arrastão de todo dia, a face aguda e os cabelos pretos e escorridos, caídos sobre os ombros. Era a figura que via, mas também sentia, figura viva que trazia e revelava, oferecia, uma vez chegou um pouco mais perto dela, ali bem junto das pedras onde ficava recostada, fora da vista dos que passavam na calçada, por empenho de solidão, que procurava, por propósito de imersão na paz que vinha do oceano, uma vez chegou mais perto e olhou-a, mas olhou junto com ela, retos os olhares em fração de tempo, e sorriu então, ele, leve, discreto, sem atrevimento, mas um sorriso de dentes sadios, alvos, a contrastar brillhante com o estanho cuproso da pele.

Foi uma emissão comunicativa, única, ela correspondeu com uma milimétrica abertura de lábios, algo circulara entre eles que queria dizer algo, sem palavras, Maria Helena nunca ouviu uma palavra dele, nem ele dela, e no entanto eles se sabiam, sabiam alguma coisa, só eles sabiam. Tanto que no dia seguinte ela não faltou, quando muitas vezes passava dias e até semanas sem ir ao posto seis. E sentou-se no mesmo lugar, junto às pedras, mais avisada quanto à possibilidade de ser vista da calçada, teve cuidado maior com o ângulo das canoas. E ele já estava lá, indo e vindo, as pernas molhadas até as canelas, entrando e saindo do mar, auscultando a água de sal com os pés e com as mãos, era o que fazia todo dia.

Demorou-se um pouco mais aquele dia, até chegar mais perto dela e ficar ali rondando. E ela sabia, ela esperava, tinha como certo que assim seria, como uma espécie de rito, sagração necessária da natureza, e quando enfim chegou mais perto ele sorriu seus dentes alvos como da primeira vez, porém mais largo e mais diretamente que da primeira vez, e ela então, Maria Helena, sorriu também, inteira. Sim, agora era claramente um ato de comunicação, inteligível, era um signo de permissão, e então ele foi até o mar e voltou, foi e voltou, ela sabia que ele ia fazer isso, e então ele se sentou ao lado dela, ela sabia.

Em momento algum, não só naquela hora mas depois pelo tempo afora, Maria Helena teve sensação de estranheza, de algo irreal, impossível ou mesmo imprevisível, foi tudo como ela sabia que ia ser; ele sentar-se e ficar olhando e sorrindo, uns minutos, sem dizer nada, claro, e depois recostar-se ao lado dela, o cotovelo fincado na areia e a cabeça apoiada na mão, como fazem os índios, olhando-a agora toda, fixamente, de cima a baixo. E depois seguiu como devia, sexo puro, nem ela esperava gesto de amor, e nem queria, achava que seria o que foi, que devia ser o que foi, ele a beijou, sim, algumas vezes, mas o significado do beijo era rasteiro, sem nenhum carinho, a expressão principal estava nas mãos dele que levantaram a saia dela e passearam fartamente pelas coxas, com um certo esforço para aumentar a fruição insuficiente daquela superfície macia, volumosa e lisa de mulher, com mãos de pele grossa que ele tinha, de sentidos embotados pelo uso duro, uma ânsia dele que foi, foi, até um arquejo mais sôfrego de insatisfação e um esforço decidido que puxou a calcinha dela até os pés, como ela sabia que ia acontecer. O significado estava no corpo dele, aquele corpo humano tenso e rijo que se deitou sobre ela e que ela acabou tateando demoradamente nas costas, com prazer, junto com a dor que sentia, mesmo ele não tendo sido bruto, mas determinado, homem, ela mulher. Significado diferente, de algum enternecimento em todo aquele encontro, só o gesto dela mesma, abrindo a blusa e soltando o sutiã, para sentir o contato do peito duro e liso dele contra o dela.

Não; não só aquele, mas outro gesto, o de apertá-lo contra o peito com ternura no momento em que sentiu o gozo dele. Foram trinta segundos de amor dela, outro significado diferente.

O significado maior, porém, muito maior, total, foi o que sentiu quando, depois de uma recomposição rápida, uma saída mais rápida ainda daquele local, sacudindo areias e vestígios quaisquer, sem olhar para lado nenhum, muito menos olhar para ele, para seus olhos verdes, sem ter trocado com ele uma palavra sequer, sair em passo acelerado para em pouco mais que cinco minutos estar em casa, dizer coisas bem breves e vagas e dirigir-se diretamente ao banheiro e acender o aquecedor para um banho que, àquela hora, devia causar alguma estranheza, mas não suscitou indagação, tendo os afazeres e aprontamentos para o jantar mantido as mentes ocupadas, o significado pleno de tudo aquilo aflorou então como uma sensação bem corpórea de bem-aventurança, seu corpo imóvel estendido na banheira, imerso na água tépida, quando ela passou a mão, brandamente, uma vez, duas, muitas, pelo ventre e sentiu, teve a centelha da certeza revelada, sentiu a blandícia da fecundação ali dentro, a bênção.

A bênção, indizível, não havia como colocar na carta, e no entanto estava ali, tanto tempo depois, gestada e saída do ventre dela: Gisela, esta sim, podia ser referida, contada, descrita, pormenorizada, mostrada em retrato, retratada em expressões de palavras, atos de palavras, dizendo, num canal de comunicação antigo, que tinha convicção de ainda poder usar com a irmã e ser compreendida.

A irmã, Corina, a mais velha, que levava o nome da avó, era não só a mais sensata, equilibrada, a mais feliz das três, sem dúvida, falando da felicidade normal das mulheres da classe delas naqueles tempos, a mais bem constituída no total, apesar da doença que teve e curou em definitivo, com marido também feliz, leal, normal, engenheiro bem-sucedido, que ela, Maria Helena admirava, era tudo isso, Corina, e era a mais querida para ela, tinha sido sempre a mais querida, não sabia se a mais moça tinha em relação a ela, Maria Helena, qualquer coisa que suscitasse barreiras afetivas, embora nada aparecesse na relação entre as duas, irmãs que se gostavam normalmente. Talvez, nem queria fuxicar nessas coisas, mas talvez a caçula, desde criança a mais fraquinha e mais cuidada, e também a mais bonita, Sonia, com aquela pele de ninfa, de uma palidez que levantava suspiros, e os olhos bem pretos, sempre febris, talvez, tudo aquilo, e o marido, Geraldo, que tinha sido a paixão cega, surda e indevassável de Maria Helena, talvez, não queria remexer naquelas coisas, nem havia por quê, Sonia estava morta, e a carta tinha de ser para Corina, mas talvez houvesse razões fortes que ela, Maria Helena, trazia no inconsciente.

A carta era assim: Corina, irmã querida. Não, melhor pôr irmã e amiga de toda a vida. Melhor porque ia falar justamente de toda aquela vida vivida em separado. E entretanto, separada mas ligada, sempre pensando nela e na mãe, em todos na verdade, mas especialmente nela e na mãe. Ia falar com a certeza da compreensão da irmã, certamente não com um alcance que encerrasse todo o sentido daquela vida que teve de construir sozinha, teve de, por obrigação, por dever, com a única marca de tristeza que não podia remediar, única não, mas principal mágoa, de longe a maior mágoa, a de não ter podido dar explicação aos pais, à mãe especialmente, que tanta confiança tinha nela, à mãe que era mesmo o modelo de mãe da classe deles, o pai também, claro, mas é que na mãe ela via a força daquela confiança tão completa e abrangente, que ela, Maria Helena, havia traído, atraiçoado, era a palavra, razão da sua fuga e de sua vida em separado, aquela culpa carregava e era pesada, era um chumbo na alma, e sem remédio, sem ter ao menos, antes da morte dela, podido pedir perdão. Pois isso tinha de dizer à irmã naquela carta, pedir perdão pelo mal irreparável, pedir por intermediação, pedir por representação, pedir por pedir, não adiantava nada, mas pedir por humildade.

Então, a carta era assim: Corina, irmã querida, amiga de toda a minha vida

No Que Creio; No Que Não Creio

Havia o canavial, vegetação abundante, rebentos crescidos de força nutriente vinda da terra a partir dos toletes jogados nela, terra forte da baixada, aluvião do Paraíba, dava soca, ressoca, e ainda punha cana mais uma ou duas vezes, folhas de uma palha cortante, gado come não sei como, cor de verde-claro ou amarelado, cheiro bom de açúcar, melado de cana, entrei numa trilha que se me oferecia naquele meio, andei e quando vi, engolfado naquele mar verde, estava menor que o topo daquela biomassa pendoada, sem horizonte, longe nenhum, só a trilha, de ir, de continuar, ou de voltar. Era assim que os negros se escondiam quando decidiam fugir de ser escravos: caíam no canavial, iam na direção ensinada, iam pelo sol e pelo céu, abrindo caminho entre a folhagem densa, até o ponto em que outros, já fugidos, esperavam para levá-los adiante a um quilombo na serra. O canavial era também o leito nupcial dos casais de rapto: havia amor entre os jovens, tesão incontrolável, os pais da moça não queriam o casamento, o rapaz raptava, combinado com ela, e os dois caíam no canavial, ninguém achava, procura daqui, procura dali, no escuro, passavam a noite e no dia seguinte apareciam, envergonhados, é verdade, mas radiantes, o casamento consumado, tinham de ir para a igreja, os pais eram os primeiros a exigir.

Canavial é uma extensão que não tem fim; nas vésperas da Abolição, quando a luta ia grossa entre senhores e escravos, a vingança dos negros contra os fazendeiros cruéis era tocar fogo no canavial deles, um horror de fogaréu, inextinguível, aquele imenso inferno iluminado.

Parei para respirar, pensei naquilo tudo, rememorando, quase vendo a história, o tempo, olhei e decidi, para a frente, estava perdido no espaço mas na frente estava o tempo, o que é, que não é, a volta seria uma espécie de retorno à morte, à base do destempo. Então fui e caminhei, de um ponto em diante não tinha mais espaço nem tempo, não pude contar hectômetros nem meias horas, fui indo e não sei as quantidades, era um andar antigo e arejado de vento de cana, pendões balançando. Sei que cheguei e havia uma clareira. Cansaço eu sentia, sim, sinal de esforço despendido, não era mais jovem mas ainda tinha energia. Na clareira, abaixado, a pouca distância dos meus pés, um homem mexia num fogo sob uma trempe feita de pedras; sobre ela uma panela de lata de goiabada como eram as antigas, goiabadas cascão de Campos. O homem, jovem, bem escuro, atiçava o fogo e cozinhava, havia arroz e feijão com carne-seca, havia angu e uma verdura, o cheiro era denso e vertia o apetite. Agachado, a camisa era azul de mangas curtas, um pouco desbotada, a gola esgarçada, e a calça era cáqui, de campista, tudo combinava com as botinas marrons de sola fina. Agachado, deve ter percebido minha chegada. Então, virou-se e me olhou.

Era o Bapo. Mil novecentos e doze; meu pai tinha estado ali fazia pouco.

Ele disse, voltou-se para o seu fazer cheiroso, atento aos gestos técnicos, mas pensando no que me dizia sem me olhar.

Que sim, meu pai havia saído havia pouco, tinha escutado os gritos da mãe aflita que o buscava para o almoço, tinha tido pena da mãe, uma senhora de corpo grande e vestido pesado, que se preocupava com os sumiços do filho menino, sete anos e era o único, só dois anos depois viria o segundo. Por ele, comia ali com o Bapo aquela comida mais saborosa que a de casa, porque feita por eles, na medida, ele também, o menino, mexia na panela e na trempe, avaliava os temperos simples, nada da complicação sabida e apreciada das cozinheiras do grande fogão da cozinha larga da casa, as negras especialistas, gordas, olorosas.

Por pouco, então, deixei de ver meu pai, falar com ele, ouvir sua voz branca de menino, coisa esquisita, de sonho, vê-lo, neto do senhor, no convívio ameno e até amigo com o filho da ex-escrava, coisa de um sentido que eu não conhecia, esta relação que existia, a coisa branda dentro da coisa brava, a humanidade dentro da crueldade. Ainda esperei um tanto de tempo que eu não sei, mas não havia a menor possibilidade de ele voltar, e eu me senti intruso ali, o Bapo me ofereceu, está servido?, mas senti que ele queria comer só, na natureza dele, sem ser observado, já tinha dito o necessário de atenção e de assunto.

Então segui, acenei um adeus e retomei. Ainda uma vez olhei para trás e vi a cara do Bapo, luzidia, tinha tanto escutado falar dele, ele então sorriu os dentes puros, tão brancos, menino também mas quase adolescente, veludoso, devia ter uns três anos mais que meu pai.

Tomei uma reta ligeiramente ascendente, era a que havia, se não a de retorno. Canas e canas, era nenhuma diversidade, o mar de espaço igual de cor igual para não ter tempo, e eu não saber o quanto prosseguia. Fui, fui e dei no galinheiro ao fim do esforço. Aquilo me dizia, sim, desde menino, gostava de colher ovos, examiná-los por fora, até saber qual das galinhas punha cada um, não eram muitos, claro, oito a dez cada manhã eu recolhia, alguns dos ovos tinham uma casca levemente rosada, e eu sabia que eram fruto de uma galinha gorda, carijó, que tinha um bico branco, diferente das outras. Pedia que me fizessem gemadas com aqueles ovos distintos, com açúcar e uma colherinha de vinho do Porto, a cor da gema era fascinante, um pequeno sol brilhante. Não resultou num sistema imunológico particularmente forte, eu tinha muito resfriado, gripes, amigdalites com febrões, me levaram a operar com sete anos e desde então a coisa foi pior nas gripes, e acabei pegando crupe, gripe tão grave que fecha a garganta e mata por sufoco.

Mas ao fundo do galinheiro havia uma cerca de arame farpado, bem, era um limite definido, cortava o canavial, dizia que dali em diante era do vizinho e eu não podia avançar. E então recordei que uma vez, com meu irmão, atravessamos uma dessas cercas, abrindo com o pé e a mão o espaço entre o segundo e o terceiro fio para o outro passar, e ingressamos frementes num território pardo abotoado de grandes placas de bosta de boi secas. Touro bravo, ou mesmo alguma vaca zangada, mas não era isso, é que ali era terra adversa, o perigo advinha do que havia acontecido segundo tínhamos escutado algumas vezes na mesa de almoço e de jantar: as cartas.

Aí já não era o Bapo, era o Bêca, também amigo de meu pai de muito tempo, mas já em outra escala, eles rapazes da mesma classe e confraria, falando de meninas e moças, saindo a cavalo pelos campos. Mas foi que meu avô e o pai do Bêca se desentenderam por causa de limites, cercas, a tal história. Fosse em Mato Grosso, ou mesmo no Nordeste, a desavença avultava até as armas dos capangas se enfrentarem, quem sabe raspando bala num dos donos. Mas ali, não, Campos era terra de cultura, teve luz elétrica na frente do Rio, teve luzes de procedimentos também civilizados. Primeiro falaram através de amigos comuns, depois procuradores, só depois, quando explicações não convenciam por intermediação, foram aos argumentos expostos diretamente. Mas por escrito, por meio de cartas trocadas, de cá pra lá e vice-versa, uma rodada, duas, três, não sei quantas, demoradas, bem-traçadas, na linguagem e nas razões inteligentes, até com mapas desenhados. Quando se cruzavam na rua, cumprimentavam-se com respeito. Até que o pai do Bêca, numa quinta ou sexta carta, escreveu que julgava que meu avô fosse mais inteligente do que realmente era. Era insulto. Era forma educada de chamar de burro. Não dava pra prosseguir, ia ser insulto sobre insulto até as armas. Então meu avô chamou advogado e foi à Justiça. Não sei bem como acabou, provável que a sentença tenha vindo pelo meio, como era comum entre famílias fortes. Mas cessaram os cumprimentos; cruzavam-se e viravam-se os rostos. E, o inevitável, pena, lamentado de lado a lado, meu pai e Bêca se esfriaram. Continuaram se falando, aqui e ali, quando se viam, mas a amizade, o bom, a alegria ruidosa da amizade jovem se findou.

E quando eu e meu irmão cruzamos a fronteira anos depois, clandestinamente, pulando cerca farpada, sabíamos das cartas e do caso antecedente, desavençoso, que ficou, sobrevivente às mortes dos litigantes, de tal forma que nós dois não cumprimentávamos, só víamos de longe, os filhos do Bêca, um menino e duas meninas, mais ou menos da nossa idade.

Eu não ia, daquela vez, sozinho no canavial, pular aquela cerca, e resolvi, depois de descansar e excogitar, admirar as aves poedeiras, o galo plumoso e colorido, resolvi voltar do galinheiro pela mesma trilha, único caminho. Era a mesma porque não havia outra no meio do verde alto, mas poderia não ser, porque nada havia que a distinguisse, era só a mesma cana sobre cana, o mesmo olor doce, voltei, e fui e fui, e ao fim do esforço não cheguei novamente à clareira do Bapo mas acabei por dar num espaço mais aberto com casa construída e conhecida, com varanda espaçosa pro lado de trás, onde meu pai e minha mãe jogavam pingue-pongue como eu os havia visto muitas vezes, ele de camisa vermelha, de malha, justa sobre o corpanzil, um gorro na cabeça, e, mais para dentro, tios e primos conversavam jogando bilhar, todos moços daquele mesmo tempo.

Confundi-me, confuso aliás já bem estava, o tempo, não quis estranhar-me a mais, e sentei-me então ao chão no fim da trilha, sem ser visto, antes de avançar em direção à casa. Para pensar, o que era aquilo. O que quer dizer o que se vê, representação do mundo num horizonte aberto? Imagens de menino que eu guardava e nem sabia, ocorrências, que eu nem mesmo tinha visto com meus olhos, como a do Bapo, o que pensar? Pelo menos, parar e ficar ali um pouco; refletir. Aliás, o impulso que me vinha não era o de chegar à casa, entrar à vontade no meio dos grandes, eram todos grandes, eu menino que quase nem chegava a ser visto, reparado, tinham as coisas, as conversas deles, não havia lugar para mim, não via meu irmão nem os primos menores, era assim, era chato ser menino. A coisa em si do eu é a memória acumulada do que foi visto e sentido, e também do que foi contado, como se tivesse sido visto; principalmente do que foi sentido, em qualquer caso. Na memória do Homem há Deus porque em algum momento, muito lá atrás, alguém O viu e relatou. Ficou para sempre, com aquele sentimento de espanto, mesmo que hoje ninguém O veja mais.

Fiquei um pouco e resolvi retornar à trilha do canavial. Devagar, pensando, era já bem mais de meio-dia, ainda bem claro, mas o sol já declinava, e eu não tinha almoçado, eles, na casa, com certeza já tinham comido e nem deram por minha falta.

Não, na verdade não era bem assim, minha mãe com certeza estranharia a minha ausência, eu devia ter almoçado e estar ali naquela casa, eu também, no quarto, sozinho, pensando, isso sim que era comum. Lembrei do Bapo, do feijão cheiroso, agora nem pensar, devia ter aceitado naquela hora, mas era constrangedor, não tinha com ele a intimidade de meu pai, agora nem mais o acharia, o retorno era sempre diferente, só o canavial era igual. Fui e fui na volta, cada vez mais cansado, e acabei me deparando com uma estrela de trilhas. Até então, sempre era único o caminho, e de repente, de uma pequena clareira saíam várias trilhas, uma verdadeira estrela de opções, de umas nove pontas, que me obrigou a estancar, indeciso, com medo até de perder aquela pela qual eu havia chegado ali. O cansaço me fez arriar outra vez no chão, de joelhos agora, para ver se pensava melhor. Não pensei; não havia o que pensar para desconfundir e decidir. Tudo era mesmice igual, canas altas, pendoadas igualmente, mas havia o sol que se movia no céu. E então, por ele podia decidir, e achei, não sei por que razão, que devia seguir a trilha de direção contrária à do movimento do sol. Oriente? Sabia lá. Levantei-me e fui. Começaram a aparecer moedas jogadas no chão no meio das canas, um quatrocentos réis grande, de níquel, com a figura de Oswaldo Cruz, bem nítida; uma nota de mil-réis de Campos Sales, a prata bonita de dois mil-réis com a cara de Santos Dumont brilhando — no Natal, eu ganhava um saquinho com cinco pratas daquelas, de presente de minha avó. Não, estanquei; interessante reaver aquelas moedas mas seria certamente, aquela trilha, outra vez uma volta pelo que já havia acontecido, o passado que o sol havia iluminado, com suas razões, causalidades e tudo; o impulso que veio então foi de tentar o futuro, ir na direção do sol, mais depressa que ele, o tempo por vir, mesmo com o risco de me perder, nunca alcançar. Então depressa ingressei na trilha exatamente contrária à que havia tomado, a que se embrenhava na direção do sol. Cento e oitenta graus de volta. E comecei a percorrê-la com um passo estugado, depois acelerado, quase a correr.

Cansei depressa, estive a ponto de perder o chão e os sentidos depois de um intervalo que não sei traduzir em tempo. E não vi nada nessa trilha. E senti medo; se forçasse mais, de repente poderia acabar o meu tempo, e eu morrer ali de destempo. Quem corre contra o tempo encontra a morte, um vaticínio que me veio e me freou. Mais e mais, então já devagar, cauteloso, e não vi nada. Pensei então, ao sentar-me de novo, agora deitando sobre a terra, respirando e olhando o céu, para maior alívio, pensei que realmente naquela trilha não ia ver nada mais, não ia chegar a nada, aquela era a reta do nada; da morte. Deitado, com o ouvido perto do chão escutava bem claro o ruído dos bichinhos que andam por baixo do canavial, bichinhos vivos, roedores, serpentes, aranhas rasteiras, seres da sombra das canas, que só saem daquele mundo encoberto quando há fogo de fogaréu.

Não ia chegar senão à morte, ao nada, daquele lado, e a morte da gente a gente não vê, como o nascimento da gente. A morte não é só o horror do nada, ela é o inalcançável que só se vê nos outros. Eu tinha pensado em encontrar naquela trilha do sol corrente um dos meus filhos, então com cento e sete ou cento e onze anos, e conversar sobre a vida naquela idade e no tempo deles. Eu sabia que aquilo ia acontecer e queria ver, isto é, a vida dele com mais de cem anos, a vida rolando naquele outro tempo que eu nunca iria vivenciar, sabia até algumas das coisas que ele iria me dizer se houvesse a conversa. A volta de Prometeu vitorioso, tanto tempo depois, não importava o tempo, havia vencido e trazia o divino fogo da vida. Só que era impossível o encontro. Não era a razão que me dizia, a matemática, era a certeza, aquela certeza mais forte, cósmica, transcendental, sei lá, que fala da morte e a gente costuma se recusar a escutá-la, com horror.

Pois bem, eu deixava solto o pensamento sobre a morte, sobre o nada que vem depois dela, o nada de quem morre, o não-ver o que vem para os que continuam vivendo, um ou outro choroso, triste, saudoso, o resto, aos bilhões, muito bem. Sobre o nada que aconteceu antes de nós, sabemos muito, claro, pelos relatos, as histórias dos pais, dos avós, das pessoas importantes, não há nenhum horror no nada de antes. E se meu pai não se tivesse casado e fecundado minha mãe, nenhum horror também nesta hipótese de eu não ter nunca saído do nada. Guerras, pestes terríveis, fomes, massacres, torturas indizíveis, nenhum horror no saber que aconteceram, não nos podiam atingir, éramos nada. O horror está em ter contemplado e amado, em ter respirado o ar da inocência e visto a luz da grandeza, e antever tudo isso vertido no nada. Para sempre. O que é o para sempre?

Quero um dia dizer sobre o que creio e o que não creio: religião, política, filosofia, felicidade, vida, alegria verdadeira. Tenho crenças, só preciso sistematizá-las. Sei que a morte é o ponto que incomoda nisso tudo. Não houvesse morte e não precisaríamos pensar sobre a vida, era ir vivendo, por mais chato que fosse — e seria. Mas por acabar, é importante pensar nela.

Este conto aconteceu, no meio daquele canavial grosso; foi um aviso que caiu, como a me dizer que tinha de buscar essas emoções do refletir sobre a gente humana, seu crescer e decair sobre a terra. Não basta o relato das coisas que sei, que vi, escutei e aprendi; a literatura é importante, claro, e muito, mas é preciso ir além, pesquisar, pensar e dizer para discutir. A política, por exemplo, é essencial que se discuta e esclareça; não há vida sem política, o que há fora dela é engodo, enganação, pretender fazer de tudo ciência, indiscutível, é mentira que tem propósito. Mas até mesmo as questões de Deus, a religião, têm que ser discutidas, sim, o esclarecimento pela razão é o dom que recebemos dEle, para ser usado.

Muita coisa se aprende também pelo sentimento, a intuição que baixa sobre cada um. Escutar e intuir pelos sons infinitos do cantochão gregoriano que começa na hora terceira. Esperar pela luz. Ela existia. Até ali no meio do canavial.

Este livro foi composto na tipologia Raleigh BT,
em corpo 11/15, e impresso em papel
off-white 80g/m², no Sistema Cameron da
Divisão Gráfica da Distribuidora Record.

Seja um Leitor Preferencial Record
e receba informações sobre nossos lançamentos.
Escreva para
RP Record
Caixa Postal 23.052
Rio de Janeiro, RJ – CEP 20922-970
dando seu nome e endereço
e tenha acesso a nossas ofertas especiais.

Válido somente no Brasil.

Ou visite a nossa *home page*:
http://www.record.com.br